U0523946

是父是子

三苏家风家教

张花氏 著

四川文艺出版社

图书在版编目（CIP）数据

是父是子：三苏家风家教 / 张花氏著. 一成都：
四川文艺出版社，2023.9
ISBN 978-7-5411-6752-2

Ⅰ.①是… Ⅱ.①张… Ⅲ.①散文集－中国－当代
Ⅳ.①I267

中国国家版本馆CIP数据核字(2023)第163918号

SHIFU SHIZI

是父是子
——三苏家风家教

张花氏 著

出 品 人	谭清洁
策划组稿	张庆宁
责任编辑	李小敏
封面设计	魏晓舸
封面题字	徐 炜
插图书法	谢凡耿
责任印制	崔 娜
责任校对	蓝 海

出版发行	四川文艺出版社（成都市锦江区三色路238号）
网　　址	www.scwys.com
电　　话	028-86361802（发行部）　028-86361781（编辑部）
排　　版	四川胜翔数码印务设计有限公司
印　　刷	四川华龙印务有限公司
成品尺寸	169mm×239mm　　开　本　16开
印　　张	17.75　　　　　　　　字　数　240千
版　　次	2023年9月第一版　　印　次　2023年9月第一次印刷
书　　号	ISBN 978-7-5411-6752-2
定　　价	49.80元

版权所有，违者必究。如有印装质量问题，请与出版社联系调换。联系电话：028-86361796。

苏门家风

孝慈仁爱,

济世齐民。

学行天下,

文行忠信。

君子之泽，可至于百传
——写在前面的话

张花氏

从开始研究苏东坡到现在，二十多年过去了，世界和我本人都发生了很大的变化，我在苏东坡研究领域又增加了很多新认识、新思考。

家风家教是约定俗成的规则或者规范，家族成员相信它、坚守它，通过这种相信、坚守，继续家族的成功就成为可能。中国历史上一些强大家族甚至在一段时间的式微之后"卷土重来"，一而再，再而三，长盛不衰，给中华文明史增添了辉煌的材料。这正应了苏东坡所说的话："君子之泽，岂独五世而已，盖得其人，则可至于百传。"（《六一泉铭并叙》）

但是考察一个家族的成功历史，往几十代上推究有些牵强，若从三五代人中做一个阶段性的研究，就有具体的说服力了。"十年树木，百年树人"，如果以至少三十年为一代，三代即九十年，五代则是一百五十年。苏东坡这一代，往上溯两代，向下衍两代，共为五代，其家风家教，以"三苏"（即苏洵、苏轼、苏辙）为核心，基本上可以做一个研究的样本，供国人所参考、借鉴。事实上，"三苏"非常注重谱牒文化，注重家族发展的文字记录，但即使如此，苏轼兄弟对于其高祖、曾祖两代的事迹，还是有些语焉不详甚至完全无法说清楚的。

苏东坡的爷爷苏序出生于公元973年，这个时间是在北宋开国之后的第十三年；而东坡之孙中的代表苏符去世于公元1156年，也就是说去世于北宋灭亡之后约三十年。如此看来，东坡家族这五代的演进发展，基本上与北宋王朝相终始，家族命运与王朝命运联系得非常紧密。

以"三苏"为核心的苏门家风传承，大致可以划分为五个阶段：初创——发展——强大——沉淀——回望。家风的形成，是一点一点、一代一代开枝发叶积累起来的，似乎与历史学家顾颉刚的"层累地造成中国古史"的观点吻合。第一阶段代表人物苏序；第二阶段代表人物苏涣、苏洵、程夫人；第三阶段代表人物苏轼、苏辙；第四阶段代表人物苏迈、苏过；第五阶段代表人物苏符、苏籀。

这样一打量，苏门家风家教的形成与发展，便如同一个纺锤体，中间硕大厚实的部分正是"三苏"（苏洵、苏轼、苏辙）——他们三人贡献了这个伟大家族家风家教的核心内容。

我在写作中有很多发现。比如，五代人，各美其美，贡献各自独特的家风家教内容。这些内容具有鲜明的个性特征，需要从史料中发现、归纳。但是苏门家风还有一种共性的东西，需要吃透与祖孙五代有关系的重要文本，梳理出贯穿于五代的"家风大事件"，然后"合并家风同类项"，找出五代人的"家风公约数"。这些"同类项"和"公约数"，就有可能是整个苏门五代沉淀下来的家风的共性内容。

个性与共性，如同经线与纬线编结的器具，便可承物了，一些看似散点的家风家教内容就附丽其上，有了着处。

比如读书、作文、写诗、书法、劳动等的方法和习惯，比如忠诚、勤劳、正直、真诚、清廉、勤奋、孝顺、宽容、旷达、乐观、幽默、坚持、主动等品德，笔者对它们进行归纳总结，从为人、为政、为学、为己等方面整理出苏门家风。

为人
孝慈仁爱，方正贤良。
直道真心，虚怀热肠。

为政
济世齐民，洁身廉政。
急公拯溺，除弊息争。

为学
博观约取，厚积薄发。
守度创新，学行天下。

为己
文行忠信，刚勇义明。
独立不惧，反身而诚。

笔者将上面的家风家教诸条内容发给全国各地的苏学研究专家，获得了积极的评价。我们又共同努力，在其基础上得出十六字：

孝慈仁爱，
济世齐民。
学行天下，
文行忠信。

东坡大概说过绚烂之极趋于平淡之类的话，苏门家风家教，似乎可以从这平平淡淡的十六字见出真章来。

本书根据以上的核心词，结合大量的史料写成，共由二十七篇文章组成。

另外，本书专门拈出苏轼、苏辙于嘉祐二年（1057）参加尚书省礼部进士考试的内容进行解读，作为"附录"。读者可以发现，二子的考试内容如诗、赋、论、策问与家风家教有非常密切的关系，苏轼的《刑赏忠厚之至论》认为治国理政在进行刑、赏时也要秉持忠厚之风，可以说就是忠厚家风家教的延伸。家风家教效果的重要检验标准之一，就是能否通过科举考试获得各个方面的认可。苏轼兄弟金榜题名，也可以说是优秀的家风家教收获了丰硕的果实，没有这个果实，家风学习很容易流于空洞，缺少说服力。

本人从事苏东坡研究二十多年，所著《与苏东坡分享创造力》是较早的研究苏东坡家庭教育的一部书，并有多年从事教育工作的经历，这些帮助我更好地创作出《是父是子——三苏家风家教》。

苏东坡说："某生于远方，性有愚直，幼承父兄之余训，教以修己而治人。虽为朝廷之直臣，常欲挺身而许国。"这句话提到家风教育对自己的影响，就是最终要成为挺身许国的朝廷直臣。优秀家风家教之重要和不可缺位，于此可见。

我研究苏东坡，进而研究"三苏""苏门"以及整个宋代，都是建立在乐趣基础上，没有人要求我这样做。等我把这些写完，二十多年就过去了，我的人生就由这些文字组成了时间，一个一个码放在书上。我看着一个一个文字，就看到组成这些文字背后的时间，我的时间是可以一个一个拎起来打量的，我觉得时间是那么具体，我就没有什么后悔的了，古语云:"知之者不如好之者,好之者不如乐之者。"

四川文艺出版社的张庆宁总编辑及其团队在该书的创作、宣传推广上做了非常前瞻的、细致的工作(书还在写作中,就应读者的要求在新都、眉山进行了两次分享活动,这是非常独特的情形)。另外他们保证了该书按时出版,真是功莫大焉。

最后要禀明一点,苏门家风家教,浩瀚有如"苏海",很难进行尽善尽美的归纳,有不全面、不恰当的地方,恳请三苏研究、教育研究的专家们批评指正。

2022年7月24日成都锦江区三圣花乡,客居中

2023年5月29日改于金石路

當代丁芒和聯

嶔崟名勝獨二
唐宋文豪八有三

癸卯之春眉齋沙民耿書

目 录

【篇一】 第一代 | 苏序

苏序：耕读传家，以启山林 / 003

【篇二】 第二代 | 苏涣、苏洵、程夫人

苏涣：勤读守度，移风易俗 / 011

苏洵：纵横驰骤，发愤专志 / 018

苏洵：取名寄意，学行天下 / 025

苏洵：同题探究，致君尧舜 / 031

程夫人：家国兴衰，本于闺门 / 048

【篇三】 第三代 | 苏轼、苏辙

苏轼：习武强身，大勇天下 / 059
苏轼：学致其道，行成于廉 / 066
苏轼：积极心理，活出自己 / 074
苏轼：从心所欲，创造创新 / 084
苏轼：爱而劳之，读不废田 / 092
苏轼：百读不厌，万卷通神 / 102
苏轼：手足之爱，平生一人 / 111
苏辙：今世兄弟，更结来生 / 123

【篇四】 第四代 | 苏迈、苏过

苏迈：相从艰难，淡泊守志 / 137
苏过：与石传神，孝感古今 / 145

【篇五】 第五代 | 苏符、苏籀

苏符：学有家法，行如古人 / 155
苏籀：记录家风，栩栩如生 / 161

【篇六】 苏门

苏门：诗文家声，雄视百代 / 171
苏门：无心于工，自大自刚 / 190
苏门：文行忠信，斯文在兹 / 204
苏门：苏门家风，大事略表 / 219

【附录】

进士考试：高文至理，出人头地 / 235
诗歌考试：张弛想象，寓理于妙 / 242
赋作考试：经史八韵，采摭风教 / 248
论之考试：齐家忠厚，推及刑赏 / 254
策问考试：经世致用，不为空言 / 263

篇一 第一代

苏序

漢室忠臣第
宋朝學士家

蘇氏宗祠聯

癸卯之春甫齋耿氏耿書

苏序：耕读传家，以启山林

> 苏序忠孝、乐观，教育子女有宽有严，注重子女的自我发展。苏序继承了乐善好施的家风，别人患难就迅即相助，奋不顾身。衣服、食物稍微富余，就马上拿去帮助别人，即使造成了自己穷困饥寒，也不后悔。

讲苏轼家族的家风，从苏序开始比较合适。

苏序之前的三代，似乎都只是以种田为生，在乡里有了行义的好名声，但在家族中，那时还没有把读书提到重要的位置。

苏序的祖父名叫苏祜，他有一个行义的故事，叫"临财毋苟得"：一个道士跟他说，我的道术很高明，能够变化出你想要的任何东西来，我可以把这个技术传给你。但苏祜拒绝接受。道士很诧异，说，世界上竟然还有拒绝可能立马到手的富贵的人！由此可见苏祜的过人之处。

苏序的父亲苏杲，留下过乐善好施的传说。

上面两个先辈，一个是外来的财物不贪不取，一个是自家的财物好施好舍，这是个很朴素、很厚重、很有定力的好家风，解决了物、我的大矛盾。

到苏序那一代,就在"耕"之外,渐渐加入了"读"的成分。

苏杲生九子,苏序排行第七。除了他,兄弟们似乎都遭受了不公平命运的打击,先后离世。

在读书上,苏序是苏家"筚路蓝缕,以启山林"的关键人物。苏序在儿子苏洵的眼里,喜欢做善事而不好读书。苏序在孙子苏轼眼里,则是对一本书略微知晓大义就放下书本不读的人。熙宁初年,苏轼托好朋友曾巩为爷爷苏序写神道碑,谈到苏序的读书,曾巩说他务求知晓大义。这样一综合,我们就知道,苏序人生的重心还是在"耕",对于"读",却也保持了足够的兴趣,或者说,读书对他来讲是一种生存之外的需要。需要指出的是,苏序在诗歌创作上,是一个无师自通的"草根大户"。苏轼说,遇到那些平素苛酷凶暴、大肆扰害乡里的官吏,爷爷总是会作诗予以揭露。而在苏洵眼里,父亲苏序创作诗歌,能够直接口占而出,非常迅速快捷就作成了。几十年间,苏序创作了诗歌数千篇之多。朝廷、州郡之事,子孙家常之事以及农业、渔业生产之事都被写到诗歌之中。所以,我们说苏轼一族诗歌传家,苏序是领路先行者,功不可没。

从创作数量来说,苏轼一生留下了两千八百多首诗,而他的爷爷苏序也创作有数千首,只不过没有流传下来罢了。

喜欢就好,何必要流传呢?

但是,苏序的这一个兴趣,竟然牢牢地镌刻到家族的基因图谱之中去了,真是"无心插柳柳成荫"啊!

显然,在子弟的教育上,苏序很清醒地认识到系统性的重要,三天打鱼两天晒网、一曝十寒,这些都不可取,教育和耕种有同样的逻辑,就是要按照规律办事。三个儿子的教育就这么开展了起来。从结果来看,非常成功。长子苏澹、次子苏涣读书都非常出众,可惜苏澹享年不永,留下了遗憾。三子苏洵虽然背了一个"不学"的大黑锅，却是一个真正的读书种子，因为学习的"发动机"已经安置到儿子的身体和灵魂中去了。当有人向他指出苏洵"不学"的问题时，他自然选择相信自己的儿子："我的儿子，难道我会担忧他不学吗？"

天圣二年（1024），苏序的教育模式结出了第一个硕果，勤奋好学的苏涣金榜题名。在这之前，眉山的读书人，只有一个叫孙堪的人在天禧年间进士及第过，但是没有产生什么影响就去世了。

自唐末至宋初，整个五代你方唱罢我登场，战乱不息。眉山的士人，躲在家里独善其身，不肯外出做官，因为做官实在太凶险。到了北宋，王朝政策已经发生了巨大变化，可是眉山的士子还是躲在家中，继续旧有的生活模式。苏序要儿子们一边握着农具，一边拿着书本；眼里望着庄稼，心里装着天下。俗话说"凡事预则立，不预则废"，到了苏序儿子苏涣那里，就捷足先登、蟾宫折桂了。

这是一个转折点。

苏序的"以启山林"，还表现在以下方方面面。

劳动的习惯。苏轼在《眉山远景楼记》中讲述了家乡薅秧的情形。他说，每年二月，农事就开始进行了。到了四月初，秧苗短浅而杂草繁多，薅秧的人全部出动。数十人乃至上百人为一队，确定工作量、工作时间，以鼓声指挥劳动者。要选择大家都敬畏、信服的两个人，一个击鼓，一个掌握沙漏，薅秧的前进后退、行动休息，都听从这两个人的。没有完成工作量的、出工不出力的，都会受到责罚。根据田亩多少计算劳动量，等到整个薅秧工作结束后再进行统计。田多而人丁少的人户，就出钱来补偿。七月中，稻谷茂盛而杂草衰败，又击鼓召集众人，用罚金和补偿的钱买来酒肉，用来祭祀田祖，唱歌作乐，饭饱酒足才散去。由此可以看出，苏序家庭中劳动的习惯，深刻地影响了后人。苏轼后来贬谪黄州，艰难中耕种东坡，可以说是劳动拯救了苏轼。劳动的家风，在中国知识分子家庭中，像苏轼一家那样保持得那么紧密，并不是绝无仅有的。

苏序继承了祖父和父亲乐善好施的家风，别人有难就迅即相助，奋不顾身。衣服、食物稍微富余，就马上拿去帮助别人，以致好几次使自己陷入穷困饥寒的境地，但也不后悔。等到情况稍微有点好转，还会自我安慰说："我就知道帮助了别人，自己也不会受困的。"

在苏轼描述爷爷的文字中，有一个词叫"疏达不羁"，这一点，我认为也遗传到了苏轼的性格气质之中："疏"即自放，"达"即旷达，"不羁"则是不受约束。

还有一点，就是磊落坦荡。曾巩受苏轼委托所撰写的墓志铭中说，不管是熟悉还是不熟悉的人，苏序一旦认识，便倾心相交，不设防。苏序对苏轼的为人产生了非常大的影响，苏轼后来"上可陪玉皇大帝，下可陪卑田院乞儿"，还有"眼前见天下无一个不好人"，在人生道路上吃了很多亏也不后悔，这可以说是他爷爷的隔代真传。

顺便梳理一下，苏序庆历七年（1047）七十四岁时辞世，苏轼景祐四年（1037）出生，苏辙宝元二年（1039）出生，可以说，二人的童年也是在爷爷苏序的诗歌和其美德的熏陶中度过的。在此，特别要提一件事，"庆历新政"是北宋名臣范仲淹领导的一次改革运动。新政中有一条，就是要求各个州县设立学校，并以皇帝的诏令发布。新政很快就失败了，但是开办的学校却保留了下来。士人欢欣鼓舞，争着入学。苏序也拍着巴掌叫好，认为是朝廷做的一件大好事。但看着那么多的人踊跃入学，苏序却让自家的子弟退让，这件事让大家非常服气。

曾巩说，以前蜀人安居乡里，不愿外出为官，苏序却首先让孩子读书受学，提供成长成才的各种条件。苏涣以进士光大门楣，蜀人大受鼓舞，争相仿效，风气大变。后来，眉山一地学者发展到一千多人，这个举起教育大旗的第一人，就是苏序。

既兴家风，又振乡风，这是苏序的伟大贡献，苏轼自己写了纪念爷爷的文章，还专门委托好友曾巩撰写墓志铭，原因就在这里。

诗文呈现

赠职方员外郎苏君墓志铭（节选）

曾巩

君讳序，字仲先，眉州眉山人。其先盖赵郡栾城人也。曾大父钊，大父祐，父杲，三世皆不仕，而行义闻于乡里。祐生于唐季，而卒于周显德之间，尝以事至成都，遇道士异之，屏人谓曰：吾术能变化百物，将以授子。祐辞不愿，道士笑曰：是果有以过人矣。而杲始以好施显名。君读书务知大义，为诗务达其志而已，诗多至千余篇。为人疏达自信，持之以谦，轻财好施，急之人病，孜孜若不及。岁凶，卖田以赈其邻里乡党，至熟，人将偿之，君辞不受，以是至数破其业，危于饥寒，然未尝以为悔，而好施益甚。遇人无疏密，一与之，倾尽无疑碍。或欺而侮之，君亦不变，人莫测其意也。

李顺叛，攻眉州，君居围中守御。会其父病没，君治丧执礼尽哀，退慰安其母，皆不失所宜。庆历初，诏州县立学取士，士争欲执事学中，君独戒其子孙退避，人皆服其行。蜀自五代之乱，学者衰少，又安其乡里，皆不愿出仕。君独教其子涣受学，所以成就之者甚备。至涣以进士起家，蜀人荣之，意始大变，皆喜受学。及其后，眉之学者至千余人，盖自苏氏始。

篇二 第二代

苏涣、苏洵、程夫人

宋戴复古诗联

白衣苍狗易改变

淡妆浓抹难形容

癸卯之春青斋心民耿书

苏涣：勤读守度，移风易俗

> 苏涣在学校接受了系统的学习，他读书勤奋，写文章无一废话，很顺利地通过了科举考试。他为人讲规矩，不懈怠，有儒者之风，对家风、乡风的改变有重要的作用。他为官讲法度，有仁心，被称为"吏师"。

伟大人物的大交响曲诞生之前，应该有一些美妙的序曲。

眉山城很小，几排青瓦房夹着几条石板街道，安静祥和，相对富庶，没有大都市的喧嚣和浮躁，周边有比较发达的纸业，正好可以进行智慧的积累。这样的环境适合伟大人物的诞生。

眉山就是这样一个小城。

苏轼的父辈时期，眉山的读书人就开始崭露头角，文化的春风滋养着这一方水土，使青年人找到了前进的方向。曾巩在给苏轼祖父苏序所作墓志铭中说：蜀地经历了五代十国时期的大动乱，有知识有文化的人逐渐减少，这些人大都安居在乡里，不愿意出仕为官。苏序却让孩子苏涣去学校接受系统的学习。

苏涣读书，以"勤奋"为人所知。

想读书却找不到书读，怎么办？

一般人就放弃了，不一般的人就多行走，把行走也当成阅读。但这还不够，行走中就会遇到一些同道，遇到想要读的书。

借书而读，读后犹不甘心，还想读，就抄书。

抄书是一种调动多元智能的阅读。单纯地读书，读后印象不深，拿起笔来一抄，就记得牢了。好的书开阔眼界，增长知识。

抄书抄写到一定程度，没准还会成就一个书法家。

苏涣的抄书习惯，可能影响到苏轼兄弟。一个不勤奋的读书人，是没有耐心抄书的。

苏涣在天圣元年（1023）参加州里举行的解试。那个时候解试还不糊名，主持解试的蒋堂读了苏涣的文章，称赞文字工整，无一废话。一个"叹其工"的夸奖，也是要从十年寒窗、勤奋学习中来啊。

第二年，苏涣不负所望，考中进士。人还没有回到家，朝廷的封诰就先到了。

苏涣高中，不仅仅是一家人的荣耀，整个家乡都感到十分荣耀。据说，苏涣登科回乡，家乡人非常高兴，前往迎接的人绵延了一百多里路。

苏家人沉浸在无限的快乐之中，杀猪宰羊，大宴宾客，庆贺了几天。

后来，中试的苏涣回家，一起攻读的同年也来了，当地的官员等一帮人也来了，把苏家大院闹翻了天。当地士绅、三亲六故的又凑帖送礼，这样一热闹，二十几天就过去了。苏家的小孩子都仿佛觉得春节提前来到了。

其实，北宋王朝为了引导百姓形成读书的风气，可谓不遗余力。宋朝

开国的皇帝所倚重的宰相赵普就有"半部《论语》治天下"的佳话,到了真宗那里,皇帝本人更是写下《劝学诗》,劝人读书:

> 富家不用买良田,书中自有千钟粟。安居不用架高堂,书中自有黄金屋。出门莫恨无人随,书中车马多如簇。娶妻莫恨无良媒,书中有女颜如玉。男儿欲遂平生志,六经勤向窗前读。

观念开始发生变化,大家逐渐认识到,读书是一个改变人生的途径。曾巩说,后来眉山有成就的学者有一千多人,就是由苏家带动的。

苏涣为官,守规矩,讲法度,思维缜密,逻辑清晰,心中装着一个"仁"字,面对各种压力和困难,总能找到很好的解决办法。

苏涣任开封士曹时,西夏人侵犯边境。北宋的骑兵缺少战马,官长就把这件事交给苏涣筹办。这是件很难办的事情,但是苏涣圆满完成任务不说,还没有侵扰百姓。

苏涣知鄢陵县时,那一带发生了大饥荒。有家兄弟中的哥哥杀弟弟,只是为了取其衣裳穿,但没有杀死。老父亲和弟弟跑到官府求情。苏涣知道这是灾荒把人逼上了绝路,从其请求。

为阆州通判时,他把父亲苏序接过去。苏序见到儿子处理公事有条不紊,老到、干练,开心不已。苏序离开后不久,发生了金州、洋州兵乱,危及阆州。当时阆州州守缺,苏涣勇于任事,组织官民守城,击退了乱兵。

祥符离京城不远,很多富贵人家住在那里,苏涣任祥符令时,县里原来有一名公文抄录手张宗,干了很多奸诈的事情,因为害怕苏涣而离职,让他的儿子来代。这种显然不合法度的事情遭到了苏涣的拒绝。张宗竟然贿赂温成皇后家的人，请动圣旨，要让张宗继续担任抄录手。苏涣大义凛然，拒绝奉诏。很快又一宦官传命，要苏涣在法条之外让张宗复职。苏涣便去见太守李绚，说："一匹夫竟然把法度扰乱到这样的程度，就是州府也没法办事了，您为什么不以县里不同意为由来申辩呢？"李绚感到很惭愧，第二天就去面见皇上，皇上说并非是他本意，命宫廷管理机构专门处理这件事，将两个宦官打出宫门。这事在京城产生了巨大反响，包拯见到苏涣，赞不绝口："你虽一县令而能坚守法度，不屈不挠，比那些言事的大臣强多了！"

包拯不苟言笑，铁面无私。当时就流行两句话，一是要想让包公笑一笑，比让黄河水变清澈还难；二是走后门通关节是不行的，因为有一个活着的阎罗包老大人在那里守着呢。让包拯服气的人不多，赞美的人也很少，他对苏涣的这个评价就显得非常难得。

顺便插一个苏轼跟包拯后人的故事。包拯身后萧瑟，他的儿子包缋娶妻崔氏，包缋很年轻时就病故。到哲宗时，崔氏已经守节二十年，朝廷封崔氏为永嘉郡君。这个敕封，就是苏轼写的。标题为《故枢密副使包拯男太常寺太祝缋之妻寿安县君崔氏可特封永嘉郡君仍封表门闾》：

> 敕崔氏。汝甲族之遗孤，大臣之家妇。夫亡子夭，惸然无归。而能誓死不嫁，抚养孤弱。使我嘉祐名臣之后，有立于世，惟汝之功。昔卫世子早死，共姜自誓，诗人歌之。韩愈幼孤，养于嫂郑，愈丧之期。若崔氏者，可谓兼之矣。其改赐汤沐，表异其所居。以风晓郡国，使薄于孝悌者有所愧焉。可。

敕封说了三个方面的内容，一是崔氏使得名臣之后有所依傍；二是崔氏兼具了《诗经》中的共姜和唐朝韩愈的堂嫂郑夫人的美德；三是对崔氏的赏赐，可以在全国倡导一种好的风气，让那些不讲孝悌的人从中受到感化。包拯对苏涣的评价，又从苏轼对包拯后人的评价中，得到了回声。这是很好的家风故事。

回到苏涣的话题上来。他精通法律，又以仁爱为主，无私无畏，即使通了天的案子，也要遵守王朝的法度。所以苏涣每到一个地方，那个地方就秩序井然，苏涣被称为"吏师"。

苏涣善于发现人才，也注重人才的培养。他在阆州发现了鲜于侁和蒲宗孟、蒲宗闵兄弟，三人后来都成了北宋有名的大臣。其中蒲宗孟的姐姐嫁苏涣之次子苏不欺，蒲宗孟的次子蒲素安娶苏涣孙女（苏不欺次女）为妻。

庆历七年（1047），七十五岁的苏序含笑离世，苏涣丁忧回家，苏轼兄弟第一次见到伯父。二人向他请教如何读书、作文，苏涣对他们说：

> 予少而读书，师不烦。少长为文，日有程，不中程不止。出游于途，行中规矩。入居室，无惰容。非独吾尔也，凡与吾游者举然。不然，辄为乡所摈曰："是何名为儒？"故当是时，学者虽寡，而不闻有过行。自吾之东，今将三十年，归视吾里，弦歌之声相闻，儒服者于他州为多，善矣。尔曹才不逮人，姑亦师吾之寡过焉可也。
>
> 苏辙《伯父墓表》

"我从小就开始读书，教书的先生不急不躁，有耐心。稍微长大一点写文章，每天都有写作的数量，还要遵循一定的规矩。达不到这个数量、不合这规矩就必须继续写，直到完成。外出游历行走于道路，行走也要有行走的规矩；回到室内，也没有疲惫松懈之色。不是我一个人是这样，凡是跟我一起学习的人都是如此。如果不这样，就会被乡里瞧不起，说：'你凭什么称为儒者呢？'所以那个时候，读书学习的人虽然不多，却没有听到他们有什么不好的行为。我离开家乡外出做官，到现在快三十年了，回到家乡，能听到弦歌之声，看到穿儒服的人比别州的多，真好啊！"

苏涣语重心长地对苏轼兄弟说："你们的才能赶不上别人，姑且学我，尽量不犯错就可以了。"

苏涣的话，是深入浅出的家风训导，有几个方面的意思，一是他读书时候的老师教学态度好，有耐心，有方法；二是当日的学习任务必须完成；三是读书人要有读书人的样子，不要让人瞧不起；四是比较三十年前后家乡的学风，看到了风气的养成，感到高兴；五是给苏轼兄弟指出了一条学习成长的路径。

苏涣的教诲真是一场及时雨，兄弟二人肃然动容，点头不已。

顺便说一下，苏涣也是一个诗人，创作有诗歌一千多首，收集在一部名叫《南麇退翁》的集子中。写诗自苏序开始，苏涣也写诗，因为留存下来的极少，看不出他的诗歌的面貌来。

诗文呈现

伯父墓表（节选）

苏辙

服除，选知祥符。祥符多富贵家，公均其徭赋而平其争讼，民便安之。乡书手张宗久为奸利，畏公，托疾满百日去，而引其子为代。公曰："书手法用三等人，汝等第二，不可。"宗素事权贵，诉于府。府为符县，公杖之。已而中贵人至府，传上旨，以宗为书手，公据法不奉诏。复一中贵人至曰："必于法外与之。"公谓尹李绚曰："一匹夫能乱法如此，府亦不可为矣，公何不以县不可故争之？"绚愧公言，明日入言之。上曰："此非吾意。谁为祥符令者？"绚以公对，上称善，命内侍省推之。盖宗以赂请于温成之族，不复穷治，杖矫命者，逐之，一府皆震。包孝肃公拯见公，叹曰："君以一县令能此，贤于言事官远矣！"

苏洵：纵横驰骤，发愤专志

> 苏洵是另外一种读书成功的典型，他注重从内在生发学习动力。当他发现科举考试埋没人才，并且跟真正做学问没有多大的关系的时候，就毅然决然地退出来了。对于提升能力的各种学问，他总是抱着很大的热情去探究，比如军事、书画，但对于声律这样的学问，他却不想去浪费时间。他注重四处游历对提升学问的价值，又能做到兀然端坐，终日读书，不为外部环境所影响。
>
> "三苏"的巨大成就，首功要记在苏洵头上。

苏序开宝六年（973）生，三十六岁时生第三子苏洵，时间是大中祥符二年（1009）。苏洵比二哥苏涣小九岁。

苏涣接受的系统性学习，在苏洵身上恐怕就要打些折扣了。更何况苏洵又是那么聪明，一切就由着他的性子来吧，天又不会垮下来。所以，苏洵的教育可以说是一种自然主义教育了。

苏涣、苏洵的教育，不能不引起教育研究者极大的关注。

七八岁正是一般孩子发蒙之时。据说苏洵这个时候就开始断句读书、作诗文，但苏洵似乎没有一下就爱上读书、作诗。这期间，父亲苏序也没有特别因为苏洵不爱读书而烦恼，苏序本人也不算是一个爱读书的人，读一本书读到晓得大概的意思就放下了。再说了，他现在不读书，不代表今后不读书；再说了，读书的方法千差万别，不走到盖棺论定的那一刻，谁能够确定不同的人读书的效果呢？

"我的儿子，难道我会担心他不学吗？"

苏序这一句话，有三层意思：一是儿子现在处在心理困扰的时期，在外人面前不能伤害到他的自尊心；二是儿子聪明，总有一天会回到读书的正道上去的；三是给儿子打气，让儿子的学习动力从内在生发出来。

北宋时，眉州属成都府路。眉州的大部分还是平原，岷江自北而南缓缓流过。这里水旱从人，民不知饥馑，所以人的发展动力就需要更好地调动，否则人们就要在温柔富贵乡中了却一生了。

天圣二年（1024），苏家发生了一件大事——苏涣中进士了。这一年苏洵十五岁。哥哥金榜题名，弟弟难免会受到一些影响。

一个家庭中，如果不出意外，大家的智力不分轩轾。兄弟之间，互为竞争对手的时候有，互为榜样的时候则更多些。

从科举考试的表现来看，苏洵表现得并不成功。天圣四年（1026），初举进士，不中。景祐四年（1037），举进士再不中。庆历六年（1046），举制策不中。次年举茂才异等不中。这几次考试的结果都不理想，跟他的哥哥苏涣真是没有法比了。

从科举考试角度来看，苏洵输了；但是真正从读书角度来看，苏洵并没有输。一次又一次的挫折，加深了他对读什么、怎么读的认识，加深了他长期的、有专门的师资教授的读和长期的、自觉的读的认识，加深了他对只读考试书籍和无书不读的认识，加深了他为了做官的读和为了升华自己的读的认识。《三字经》里有名有姓地说苏洵："苏老泉，二十七。始发愤，读书籍。彼既老，犹悔迟。"蹉跎了青春岁月，直到二十七岁（苏洵自谓二十五岁）才晓得后悔，反面典型终于得以扭转，变成了正面典范。苏洵凭借自己的聪明才智和坚持不懈，使他荒废时光的形象得以扭转。

问大家两个问题，就明白了：

我们是为了考试才去读书的吗？

我们是为了改变命运才去读书的吗？

如果大多数人对这两个问题点头称是的话，那么，对于苏洵来说，他就必须改变。

他要从小进入学校去，接受专门的训练；

他要每天刷题不止，像他的哥哥所做的那样，"不中程不止"；

他要认真去研究诗歌的格律、策论的格式、各种经典的记诵；

他要从道家、佛家那里退出来；

他要克制自己对军事的过度喜欢；

他要……

苏洵就是苏洵。

一遇到句读和属对声律这类索然无味的学习内容的时候，他的兴趣马上就荡然无存了。这是他当时骨子里头有消极懒惰情绪，没有积极对待学习上的困难的一面，欠账日积月累，造成了偏科，终于再也补不起来，最终成为他成功路上最大的绊脚石。

苏洵是一个擅长数理逻辑思维的工科型人才，尤工军事，对于声律，他不想去浪费时间。最终，他的功名仕进之路被阻断了。

还有，家乡眉山当地的语言，几乎不能区分平舌音和翘舌音，也不能区分前鼻韵和后鼻韵，最大的不足是它的轻声特别多。直至今天你听眉山人说话，感觉是仿佛在空中说话，飘飘欲仙似的。眉山考生现在参加高考，在注音辨音方面同样会遭遇极大的困扰，从而失掉不少分。一千多年前的苏洵会不会也是如此呢？

那时，诗歌是重要的考试内容，苏洵并没有、也不愿在这上面投入精力（他一生创作诗歌一百首左右，这在"唐宋八大家"中，是非常少的）。

苏洵曾写信给朋友说：考试的时候，半夜就要起床，带上干粮，到东华门外等啊等，一直要等到天亮，再排成一队依次进入考场，弯下膝盖，低着脑袋靠近书桌。每想到这里，真是全身都凉透了。这样的考试是每个考生都要面对的，虽然很苦，但只能适应。而苏洵却在心里产生了极大的抵触情绪，对整个科举考试失去了兴趣。

考试失败就晋升无门，从而失去了一个在合理的位置上表达自己思想的机会。

我的眼前浮现出这样一个情景：在苏洵最后一次科举考试失败后的一天，苏轼到父亲苏洵屋里请安。他看到屋里烟雾弥漫，以为着火了，非常惊惶，很担心父亲的安全。但是再仔细一看，父亲很沉静，他将一叠一叠的文稿从几案上取下来，一张一张地扔到火盆里，纸张在火盆里翩翩起舞，不一会儿就变成了一堆黑灰。

苏轼很替父亲心疼，说："数十年心血，焚之何故？"

苏洵又扔出了厚厚的一叠，用火钳在火盆里搅了一下，回头对苏轼说道："趋时讨巧之文，留之何用？"

感觉到语气不对，他又补充说："父亲一辈子都在走弯路，现在是迷途知返。这些都是父亲参加科举考试时的应景之物，俗不可耐，臭不可闻！一火焚之，如释重负！"

苏轼还是不太明白。

这次焚烧文稿之后，苏洵很长一段时间足不出户，于是教授苏轼和苏辙做学问的时候多了。

父亲兀然端坐，终日读书，那些以前读过的《论语》《孟子》《韩非子》及其他圣贤之文，读出了新意，读出了长度、宽度和高度。苏洵持之以恒的意志力对苏轼一生影响极大，苏轼曾在一首诗中说，从前读书写作，连走到园子中看葵花追逐太阳的时间都没有。

苏洵烧掉了以前所有浮躁无根基的文章，洗心革面，兀兀穷年，深度阅读，一些天才的顿悟变成了《几策》《权书》《衡论》等著述。他再三重读自己的作品，如同浴火重生一般，说理冷峻不形于色，抽丝剥茧奏刀砉然，情随笔至金声玉振，今日和昨日判若两重天地了。

这次焚稿之后，苏洵对科举考试也失去了兴趣。读书为学，是一辈子的事，相比科举，就重要得多了。

今天还有没有像苏洵那样的读书人？

有人举出了陈寅恪先生，说他游历欧美，在多所一流学府中留学，没有一张博士文凭，但是他却被称为"教授中的教授"。

诗文呈现

文安先生墓表

张方平

仁宗皇祐中，仆领益郡，念蜀异日常有高贤奇士，今独乏耶？或曰："勿谓蜀无人，蜀有人焉，眉山处士苏洵，其人也。"请问苏君之为人，曰："苏君隐居以求其志，行义以达其道。然非为亢者也，为孕蕴而未施，行而未成，我不求诸人而人莫我知者，故今年四十余不仕。公不礼士，士莫至。公有思见之意，宜来。"久之，苏君果至。即之，穆如也。听其言，知其博物洽闻矣。既而得其所著《权书》《衡论》阅之，如大云之出于山，忽布无方，倏散无余；如大川之滔滔，东注于海源也，委蛇其无间断也。因论苏君："左丘明、《国语》、司马迁之善叙事，贾谊之明王道，君兼之矣。远方不足成君名，盍游京师乎？"因以书先之于欧阳永叔。君然仆言，至京师。永叔一见，大称叹，以为未始见夫人也，目为孙卿子，献其书于朝。自是名动天下，士争传诵其文，时文为之一变，称为老苏。时相韩公琦闻其名而厚待之，尝与论天下事，亦以为贾谊不能过也。然知其才而不能用。初，作昭陵，凶礼废阙，琦为大礼使，事从其厚，调发辄办，州县骚然。先生以书谏琦且再三，至引华元不臣以责之。琦为变色，然顾大义，为稍省其过甚者。及先生没，韩亦颇自咎恨，以诗哭之，曰：知贤不早用，愧莫先于余者矣。先生亮直寡合，有倦游之意，独与其子居，非道义不谈。至于名理胜会，自有孔颜之乐，一廛一区，侃侃如也。又数年，召试紫微阁，不至，乃除试秘书省校书郎，俾就太常修纂建隆以来礼书，以为霸州文安县主簿，使食其禄。集成《太常因革礼》一百卷，书成，奏未报而以疾卒，享年五十有八，实治平三年四月。英宗闻而伤之，命有司具舟载其丧，归葬于蜀。明年八月壬辰，葬于眉州彭山县安镇乡可龙里。朝野之士为诔者百一十有三人。先生字明允。考序，大理评事，累赠职方员外郎，以节义自重，蜀人贵之。生三子：澹、涣，教训甚至，各成名宦；先生其季也。已冠，犹不知书。职方不教，乡人问其故，笑曰："非尔所知也。"年二十七，始读书，不一二年，出诸老先生之右。一日，因览旧文，作而曰："吾今之学，乃犹未之学也已。"取旧文稿悉焚之，杜门绝宾友，翻诗书经传诸子百家之书，贯穿古今，由是著述根柢深矣。质直忠信，与人交共忧患，死则收恤其子孙。不喜饮酒，未尝戏狎。常谈陋今而高古。若先生者，非古之人欤？谓今莫如古者，斯焉取斯！嘉祐初，王安石名始盛，党友倾一时。其命相制曰："生民以来，数人而已。"造作言语，至以为几于圣人。欧阳修亦善之，劝先生与之游，而安石亦愿交于先生。先生曰："吾知其人矣。是不近人情者，鲜不为天下患。"安石之母死，士大夫皆吊之，先生独不往。作《辨奸论》一篇。

苏洵：取名寄意，学行天下

> 苏洵给两个儿子取名，对他们的未来充满了期许。身居蜀地，心怀天下，终究还是要走出去的，要仰仗车马的，便给儿子取名"轼""辙"。名字要列入族谱，关乎家风，原因就在这里。从二子后来的成就来看，苏洵的预见性让人吃惊。

非智力因素包括人们在认知事物、掌握知识的过程中表现出的兴趣、情感、意志等心理因素。这些都是掌握新知识、发展创造力的发动机，是内在的动力因素。

苏洵发现，年幼的苏轼机敏活泼，热情好胜，他相信人，说实话，做事干脆而不太重视后果，这是苏序的隔代遗传；苏辙沉静持重，少言寡语，追求尽善尽美而又不显山露水，这又是苏洵自己的真传。兄弟二人外出，哥哥一定在前面探险，这就跟车前面的横木"轼"一样；弟弟则在后面安静地跟随，这又跟车过之后的痕迹"辙"一样。他们的名字正好形象地体现出各自不同的性格特点。

有一次，朋友从京城寄来一本古谱，苏洵爱不释手，就着古琴，手挥七弦，一气呵成。苏轼将这些美妙的旋律留在了记忆之中。

苏洵喜欢收藏书画，达到了非常痴迷的程度。有的作品家里有收藏，他担心弄丢了，家里没有的，既盼望得到，又唯恐得不到，这种心理有时发展到一种严重的状况——"薄富贵而厚于书，轻死生而重于画"。蜀地素以文化发达著称，人才济济，不论在佛道还是山水、花鸟方面，都有一批很有造诣的画家，在中国绘画史上占有很重要的地位。苏洵的收藏，可以同一般喜欢收藏字画的公卿相媲美，这个宝库给苏轼以深厚的书画艺术滋养。苏轼爱好绘画，条件上可谓得天独厚。苏洵发现，在绘画上，和哥哥苏轼相比，苏辙就没有表现出兴趣。

孩子绕膝，会缠着苏洵问各种问题，比如他们的名字是什么寓意是肯定要问的。

苏洵就想起自己也曾问过父亲自己名字的由来。

一个家庭，兄弟姐妹，按照排行取名，这是约定俗成的事情，某种程度而言，这也是家风的组成部分。但如何取好一个名字，那些古代的书如《诗经》《论语》《易》就派上了用场。苏洵这一代，以水为名，老大苏澹，老二苏涣，老三苏洵。

苏洵想到苏序拿着《易》书翻来覆去，得到三兄弟名字的情形，不禁会心。比如苏涣的"涣"出自第五九"涣卦"之六四爻，爻辞是这样说的："涣其群，元吉。"

什么是"涣其群"？苏洵说："群者，圣人所欲涣以混一天下者也。"就是圣人散了小小的群队，合并成一个大群。

"涣"的名字就是这么来的。

关于"涣"的意思，苏轼后来对其还有升华，他说"涣其群"的意思就是"合小以为大,合大以为一"之意。

苏洵和苏轼的解读,让南宋的朱熹非常佩服,认为比二程的解读准确。《朱子语类》中说:

> 此说虽程传有所不及。如程传之说,则是"群其涣",非"涣其群"也。盖当人心涣散之时,各相朋党,不能混一。惟"六四"能涣小人之私群,成天下之公道,此所以元吉也。老苏天资高,又善为文章,故此等说话皆达其意。大抵《涣卦》上三爻是以涣济涣也……
>
> "涣其群",言散小群做大群,如将小物事几把解来合做一大把。东坡说这一爻最好,缘他会做文章,理会得文势,故说得合。

这段话的意思是:这种说法,就算是二程的观点也比不上。按照二程所说,是"群其涣",不是"涣其群"。大概人心涣散之时,各自结成朋党,难以团结在一起,只有"六四"爻能离散小人组成的私群,而成就天下的公道,这就趋向大吉了。苏洵天生禀赋高强,又善于写文章,所以能够表达清楚他的意思,大约"涣卦"前三爻是通过"涣"来佐助"涣"的内容。

"涣其群",意思是散了小小的群队,合并成一个大群,就像将几个小事物拿来合成一大把。东坡解读这一爻解得最好,因为他善于写文章,清楚文章之势,所以说得恰当。

苏洵跟儿子们讲,身居蜀地,心怀天下。你们终究还是要走出去的。怎么出去啊?这就要仰仗车马。所以你就叫苏轼,你就叫苏辙。

苏洵曾就两个儿子的名字所作的解读文字《名二子说》,成于苏轼十二岁时。这一篇文章还通过其名字预测了他们的未来:

轮辐盖轸，皆有职乎车，而轼独若无所为者。虽然，去轼，则吾未见其为完车也。轼乎，吾惧汝之不外饰也。天下之车，莫不由辙，而言车之功者，辙不与焉。虽然，车仆马毙，而患亦不及辙，是辙者，善处乎祸福之间也。辙乎，吾知免矣。

这段话的意思是：车的各部分都分担了车的职责，而作为车前的横木"轼"，却没有多大的用处。即便如此，如果去掉了这根横木，我认为就不是一辆完整意义上的车了。所以，轼啊，我害怕你太过张扬，不能掩饰自己的思想啊！天下的车，一路走过，都会留下车辙，而在说到车的各部分的功劳的时候，就没有车辙的份了。但是一旦出了车祸，却不会牵连到车辙，因此，车辙虽不得福，却不致招祸。辙啊，我不担心你的安危。

为了两个儿子能够健康成长，苏洵给他二人取了既不高贵也不气势磅礴的名字。作为车前的横木，看上去是可有可无；作为车的痕迹，更是默默无闻。但是，如果车没有横木，不能称其为一辆完整的车；车轮的痕迹表面上看与车的祸福没有关系，而如果车没有痕迹，就没有办法判断车向前行进的方向是否正确。看来，研究了多年《易经》且著述颇丰的苏洵，对两个儿子的人生预测还是有相当准确的预见性的。

古人认为文字具有"绝地通天"的神秘力量，所以尊重文字。而从心理学的角度上看，名字被呼来唤去，使用频率高，且终其一生。

重视家风家教的中国家庭，会把取名看作家风建设的重要内容。传说古人的家庭新成员自牙牙学语时便会被告知家族的三十代排行，这是需要背诵下来的。家族取名即以排行为依据，一个家族的历史便可以从中获得清晰的了解，家族与家族之间也可据族谱排行判断是否联姻，确保家族发展在正确的道路上,所谓"称呼不乱,祖先沾光"也强调了名字对传承的意义。

纪念先人的墓碑,主要由名字组成:逝者的名字、立碑者的名字(依辈分排列)。名字错了,碑就失去了意义。

同样,族谱上也是一代一代写满了名字,名字排错了顺序,族谱也失去了价值。特别需要说的,那些像诗一样的家风家训,就排在一个个名字前后,构成家谱的内容。

因此,名字具有极强的心理暗示作用,为人父母给孩子取名不可不慎。

只是苏洵没有想到的是,苏轼、苏辙兄弟的人生大车,西出岷峨,或东去湖杭,或北走契丹,然后南贬岭海,从积极方面看,他们通过行走、饱览大好河山、增广见识,但从消极方面看,却总是在行走,走得太漫长、太艰辛了。

更没有想到的是,苏轼兄弟把下一代以"走"字为名。他们的孩子苏迈、苏迨、苏过、苏遁、苏迟、苏适、苏远们也一同行走,远涉万里,这是一般家庭很难有的经历。苏遁是苏轼和朝云的孩子,就是在量移汝州、起复委用的行走中,夭折于金陵的,他真的"遁"了。

一个家族史诗般的长征啊!名字要列入家谱,具有强烈的发展暗示性,体现了鲜明独特的家风。那就是身行万里、学行天下,把读书、行走结合起来,从二子后来的成就看,苏洵的预见真是令人佩服。

诗文呈现

忆山送人(节选)

苏洵

少年喜奇迹,落拓鞍马间。纵目视天下,爱此宇宙宽。山川看不厌，浩然遂忘还。岷峨最先见，晴光厌西川。远望未及上，但爱青若鬟。大雪冬没胫，夏秋多蛇虺。乘春乃敢去，匍匐攀孱颜。有路不容足，左右号鹿猿。阴崖雪如石，迫暖成高澜。经日到绝顶，目眩手足颠。自恐不得下，抚膺忽长叹。坐定聊四顾，风色非人寰。仰面啜云霞，垂手抚百山。临风弄襟袖，飘若风中仙。揭来游荆渚，谈笑登峡船。峡山无平冈，峡水多悍湍。长风送轻帆，瞥过难详观。其间最可爱，巫庙十数巅。耸耸青玉干，折首不见端。其余亦诡怪，土老崖石顽。长江浑浑流，触啮不可栏。苟非峡山壮，浩浩无隅边。恐是造物意，特使险且坚。江山两相值，后世无水患。

天竺寺（并引）

苏轼

予年十二，先君自虔州归，为予言："近城山中天竺寺，有乐天亲书诗云：一山门作两山门，两寺原从一寺分。东涧水流西涧水，南山云起北山云。前台花发后台见，上界钟清下界闻。遥想吾师行道处，天香桂子落纷纷。笔势奇逸，墨迹如新。"今四十七年矣。予来访之，则诗已亡，有刻石存耳，感涕不已，而作是诗。

香山居士留遗迹，天竺禅师有故家。
空咏连珠吟叠壁，已亡飞鸟失惊蛇。
林深野桂寒无子，雨浥山姜病有花。
四十七年真一梦，天涯流落涕横斜。

苏洵：同题探究，致君尧舜

> 今天学三苏家风，特别要学苏洵放下身段，亲自参与"同题作文"的创作。放下了身段，从孩子们的视角出发，研究问题，并拿出解决的办法。这一方式会带来多方面的效果：家风教育上躬亲示范，平等相待，绝不盛气凌人；注重从事实出发，不为空言；同一个材料展开之后，可以带来多个结论，甚至包括相反的结论，所以对人的想象力、创造力必须尊重。类似的研究多了，就会变成终身受用不尽的财富。

苏洵的远见卓识

苏洵是那个时代具有远见卓识的教育家之一。

苏洵拨开文化的重重迷雾，直接追随汉初诸贤。他认为，自从秦始皇焚书之后，文化传续的纽带有断裂的危险。汉初，叔孙通、贾谊、董仲舒等人，以诗书礼乐弥缝其间，两汉之文朴茂、充实，后世之文没法相比。他本人深入研究、学习他们的作品之后，深信这是文化的出路。

于是，三人在远离京城的西蜀，深耕汉代文化，文风也变得朴茂、充实起来，并具有巨大的力量了。

苏洵甚至以汉儒自比，他在给韩琦的信中这样介绍自己："洵著书无他长，及言兵事，论古今形势，至自比贾谊。"（《上韩枢密书》）对那些汉儒，因为研究细致深入，苏洵能够判断他们的水准，说："常以为董生（仲舒）得圣人之经，其失也流而为迂；晁错得圣人之权，其失也流而为诈；有二子之才而不流者，其惟贾生（谊）乎？"（《上田枢密书》）他认为，贾谊兼具董仲舒、晁错的才能并保有自己独特的个性。

苏洵的远见卓识深深影响到了苏轼兄弟。苏辙在《亡兄子瞻端明墓志铭》中说："少与辙皆师先君，初好贾谊陆贽书，论古今治乱，不为空言。"

汉初诸贤的文章重在解决实际问题，所以苏轼兄弟在父亲的引导下学习他们，写出来的文章"论古今治乱"，具有很强的操作性，不再空洞无物了。

苏洵的远见卓识，与欧阳修的文化改革形成了呼应，并在苏轼兄弟的进士考试上得到了验证。

苏洵的作文之法

苏轼在嘉祐四年（1059）十二月《南行前集叙》中说：

> 夫昔之为文者，非能为之为工，乃不能不为之为工也。山川之有云雾，草木之有华实，充满勃郁而见于外，夫虽欲无有，其可得耶？自少闻家君之论文，以为古之圣人有所不能自已而作者，故轼与弟辙为文至多，而未尝敢有作文之意。

意思是说，古人作文，不是为了工巧而工巧，而是自然而然达到工巧的境界。山川有云雾，草木有花朵、果实，充实丰满蓬勃有活力，而形之于外，要想让它们不如此，怎么可能呢！我从小就听家父讲文章的写作，认为古代圣人作文，是内心充满、无法自已而写成的。所以，尽管我和弟弟苏辙写了很多文章，却从不敢有作文的想法。

苏洵教作文，提出了具体要求：

> 大凡文之用四：事以实之，词以章之，道以通之，法以检之，此经史所兼而有之者也。虽然，经以道法胜，史以事词胜；经不得史无以证其褒贬，史不得经无以酌其轻重；经非一代之实录，史非万世之常法，体不相沿，而用实相资焉。
>
> 苏洵《史论上》

事、道、法、词"四用"，可做如下理解：事，摆事实；道，讲道理；法，说清楚（逻辑的方法）；词，讲辞藻（把话说得好听一点）。以"文之用四"来讨论文章，笔者认为这至少是写论说文最妥帖、最有效的指导方法。

今天教人作文的书汗牛充栋，但大都王顾左右而言他，言不及义，哪里说得这样清楚明白！

对军事问题的探究

苏辙说过，父子三人从古代历史中探究治乱得失，不为空言。这本身就是一种实事求是的学习、研究之法。可以说，这样的学习、研究，成就了三苏的大学问，是值得每个人认真学习的。

但是，王安石读到三苏的文章，却很随意地贴了一个标签："全类战国文章。"

当时，注重经术的王安石在北宋政坛声名鹊起。在他的眼里，"战国文章"不过是一些策士的纵横之术，是入不得儒家正统的。儒家正统是本，"战国文章"是末，三苏文章便是舍本逐末之作。

北宋积贫积弱、外侮连连，热血的苏洵投入了很多精力钻研军事，期望有朝一日能有所用。他自己研究六国成败兴亡，还带动两个儿子参与进来；他出于对孙子用兵的敬仰，便根据自己的理解，结合宋朝当时"与士大夫共治"、重文抑武现状，重新诠释了《孙子兵法》；他将雄韬伟略形诸文字，并在对苏轼兄弟的教育中积极贯彻他的军事主张。

有一次，苏洵同儿子们读富弼于庆历二年（1042）写的《使北语录》。文中涉及富弼劝说辽国国主停止兴兵攻打北宋的事。富弼说，发动战争是会导致"国家受其害"而"人臣享其利"的，人臣一旦"享其利"，势力强大起来，就会威胁君主的政权。辽国国主一听，觉得富弼所言很有道理，便息兵了。

苏洵就着这件事问两个儿子，哪个古人说过类似的话呢？

苏轼回答说："严安亦有此意，但不如富弼说得明白。"

这件事，说明热爱军事的苏洵，不仅自己研究军事问题，还让苏轼兄弟也参与研究。

谈兵，这在儒家教学中是非常独特的课程。那些腐儒们既缺少这方面的积淀，也缺少这方面的勇气。喜欢谈兵的苏洵在教学中给苏氏兄弟灌输了一股浩然阳刚之气，这在苏氏兄弟的文章、诗词和为官处事中都有体现：于文章则"天风海雨袭人"，于诗词则开"豪放"一路，为官则不避斧钺、勇于言事，处事则"卒然临之而不惊，无故加之而不怒"。

三苏的文化构成，除了儒家的学问之外，还有道家、佛家的学问，这还不够，上面提到的属于兵家、纵横家的军事方面的学问，也要加入进来。这样一加入，就广博无涯，很难归类了。但是像王安石这样学问广博的人，却还以"战国文章"这个箍儿来贬抑三苏的学问，是站不住脚的。黄庭坚就专门说过，苏轼秉持儒家传统，把他的作品说成"战国文章"，显然有失公允。

父子《六国论》的同题、同类创作

六国破灭，归于一统，是政治、军事、外交、历史、文学、经济等众多领域进行广泛深入研究的重大题材，三苏父子饶有兴趣，各有高论，散见于诸多文章之中。

苏洵《六国论》一篇传诵古今，影响很大，写于庆历焚烧旧稿之后到皇祐期间（1049—1054）的可能性比较大，他也写作了不少关于秦与六国的文章。

《苏轼文集》中辑录苏轼谈及秦、六国相关文章，有若干篇什，其中《秦始皇帝论》一篇，是嘉祐五年（1060）制科考试上呈的二十五篇"论"之一，晚于父亲苏洵创作《六国论》的时间。

苏轼又有《论秦》《论封建》《论始皇汉宣李斯》三篇（三文的标题又名为《始皇论上》《始皇论中》《始皇论下》），还有《论商鞅》《论项羽范增》等篇，可以看得出其文章侧重于从秦的角度进行观察思考。本书要着重提及收在南宋郎晔《经进东坡文集事略》中的一篇文章《六国论》（又名《论养士》）。上述的文章，较早辑录的茅本中有一个总题注："十三篇载志林。"既然是载于《东坡志林》一书，其写作时间就基本确定了——该书是苏轼从元丰至元符二十年间的史论杂说，这个时间范围大致确定之后，又于郎本卷一、二总题下有一注释说："自此以下十六篇，谓之志林，亦谓之海外论。"这个注释，把苏轼写作的这些关于秦与六国的文章的时间，确定为在海南时所作。

苏辙《栾城集》中，涉及秦与六国的内容也不少。

可见，秦与六国问题，是三苏父子的家学，可以说贯穿了三苏父子的一生。

十多年前笔者撰写《与苏东坡分享创造力》一书，读到三苏父子各自撰写《六国论》这同一题目的文章，就觉得这种同样题目、分别创作的研学方式，最能穷尽学问的广度和深度，激发无穷的创造力。今天来看，我把它看作三苏家风的重要内容，深信今日中国的每个家庭都借鉴、推广这种方式的话，必将大有成就。

仔细读这三篇同题文章，至少有几个方面的启发：可以看到苏洵的老辣，看到苏氏兄弟对父亲苏洵文风的继承，看到父子三人就天下兴亡所做探讨背后的积极用世、报效国家之心，看到良好的家风对子女成长成才的重要性。

是的，三苏论六国，这是中国需要大力提倡的学术家风的具体面貌。修身齐家治国平天下的人生理想在家庭教育中如何得到落实，这也是一个经典的案例。苏洵的带动，苏轼兄弟的平等参与和辩论，似乎都可以让后人效仿。这种培养创造力的同题作文之法，中国的家庭可以接受、采纳。

苏辙认为六国灭亡，"盖未尝不咎其当时之士虑患之疏而见利之浅，且不知天下之势也"。他责备六国谋臣没有充分认识韩、魏在战略上的重要性，缺乏远见，胸无大局，贪图小利，背弃承诺，自相残杀，让秦人有机可乘，各个击破。他的文章观点鲜明突出，见解独特新颖，论证充分有力，语言简洁明快，笔挟感情，文势纵横，充满了朝气和激情。

苏轼《六国论》，则是从养士的角度来看问题。苏轼认为养士这个问题，是先王都不能避免的。国家有奸诈之民，就像鸟兽中有凶禽猛兽，昆虫中有毒物蜇物一样，让这些东西各自有着落，这是可以做到的；如果铲除它们，让它们不存在，就没有这个道理了。苏轼说，他考察世代变化，知道六国能够长久存在，而秦却很快灭亡的原因就在这里，这是不能不注意的。智慧的人、勇敢的人、善于游说的人、有力量的人，这四种人都是百姓中出类拔萃的人，但他们都要受养于人。所以，先王要分出天下的富贵，与这四种人共享。这四种人不失职分，那么百姓就和平。六国之君，虐待使用其百姓，不亚于秦始皇、秦二世，但当时百姓竟然没有一个背叛他们的，这是因为那些百姓中的出类拔萃者，大部分以客的身份养着，没有失职的缘故。

秦始皇开始想驱逐客卿，但采纳了李斯的建议停止了。等吞并天下之后，便认为客卿无用了，所以摧毁著名的城市，杀掉豪杰，把百姓中的出类拔萃者放归田野之中。苏轼说，把一百万虎狼放到山林中又让它们处于又饥又渴的状态，不知道它们会吃人。世人认为始皇帝是个有智慧的人，我是不相信的。汉代的养士比秦稍微宽松，苏轼认为是吸取了秦的教训，爵禄不能完全羁縻天下士人，所以稍微宽松地对待他们，原因或许就在其中。

苏轼在文末总结说："君子学道就会爱人，小人学习了道就容易使唤。"苏轼从秦与六国在军事上的相争跳出来，转到对人才软实力国家方略的角度来反省历史教训，用于指导今天的治国理政，可以说一点也不过时。

苏轼在另一篇《论秦》中说："秦并天下，非有道也，特巧耳，非幸也。然吾以为巧于取齐，而拙于取楚，其不败于楚者幸也。"总的来说，秦吞并六国，不是天命，只是巧胜；不只是幸运，总的战略也正确。具体说来，巧在取齐，笨在取楚，不败于楚只是幸运。六国呢，有抗秦有事秦，有联合相救有毁盟不助，主要是该合不合、该打不打，终至灭亡。这样就有主有次，有正有反，避免了"成则为王，败则为寇""胜则全对，败则全非"的片面性。该文章与其父苏洵的《六国论》风格更为接近。

苏洵极善策论，尤长政论史论，而且阅历更深，博古通今。宋时，契丹南犯，真宗与其订下屈辱的"澶渊之盟"，每年供契丹银十万两，绢二十万匹；西夏侵犯，仁宗朝每年供给西夏银十万两，绢十万匹，茶叶三万斤；后契丹再犯，又每年增供银十万两、绢十万匹。朝廷如此软弱，苏洵深感忧虑，觉得如此下去，国将不国，因此古为今用，借古讽今，认为"六国破灭，非兵不利，战不善，弊在赂秦。赂秦而力亏，破灭之道也"。六国灭亡，弊病在于贿赂秦国。他告诫宋朝统治者，"为国者无使为积威之所劫哉"，"苟以天下之大，下而从六国破亡之故事，是又在六国下矣"。偌大的宋朝如果被契丹、西夏的积威吓倒，只知"贿赂"，势必走向灭亡。

笔下是战国烽烟，眼中却是王朝的现实，内心深处是化不开的家国情怀。三苏文章，是一个一个的解决方案。借古讽今，指点江山。言之有物，经世致用。文人士大夫如何修身齐家治国平天下，可以从三苏那里找到一条学习的路径。

苏洵文章，观照现实，毫不躲闪，他剖析六国破灭的原因就是贿赂秦国，鲜明地指出"以地事秦，犹抱薪救火，薪不尽，火不灭"。在文章结尾更是直指当朝：前事不忘，后事之师。如果自己拥有天下这样大的家业，还要继续效仿六国贿赂秦国，演绎破亡的故事，就又比六国还不如了。

笔者亦为人父，不免会与孩子谈到读书的问题、作文的问题，但根据孩子当时的反应和孩子长大后的反馈，我在做父亲这点上远远谈不上称职，或者当时自以为很好的教育，其效果到目前还远远没有体现出来。

我总是叉着腰，居高临下地想灌输点什么，而孩子写作时会遇到什么梗，我并不能感同身受。

但是，苏洵做父亲却不是这样的。他既是教育的主导，又是教育的主体，他带领他的两个儿子去到战国末期的历史时代，感受战端四起的历史大潮，运用所掌握的丰富的历史材料，进行推理演绎，反复论证，仿佛秦与六国的攻守大沙盘，就摆在自己的面前一般。于是，笔下泉源涌动，珠玑腾跃，汩汩滔滔而来。

我的眼前仿佛出现了这一幕：三人把文章一页一页地贴到墙上，然后依次看过去。苏洵沉静，苏辙沉静，苏轼却抑制不住欢快之情在大声地读着，不时做一些即兴的评论。然后读到某些地方停下来，三个人便开始了讨论，甚至面红耳赤地争辩。

事实上，苏洵写作《六国论》的时间，是在庆历焚稿之后到皇祐年间，此时苏轼兄弟青春逼人，学力大进，他们与父亲议论历史、家国、天下，正是对手。

笔者认为，今天学三苏家风，特别要学苏洵的教育方法。

放下了身段，从孩子们的视角出发，研究问题，拿出解决的办法。笔者认为，这一方式带来了多方面的效果：家风教育上躬亲示范，平等相待，绝不盛气凌人；注重从事实出发，不为空言；同一个材料展开之后，可以带来多个结论，甚至包括相反的结论，所以对人的想象力、创造力必须尊重。类似的研究多了，就会变成终身受用不尽的财富。

苏轼兄弟后来与父亲坐船南行的唱酬、苏轼兄弟后来各自仕宦中的诗歌交流、苏轼本人对于赤壁所进行的同题创作（即"两赋一词"）、苏轼与儿子们的联句，等等，都是从苏洵这个原点中来。

又着腰说教，要比亲自参与轻松得多，但危害性也大得多。家风教育要特别防止这种盛行很久的倾向。

这种文章，鞭辟入里，一针见血，黄庭坚在回复外甥洪驹父的书信中谈到"学作议论文字"的时候，专门提出"更取苏明允文字读之"，老苏之文，如同老吏断狱，真是笔墨中风雷滚滚啊。

家风家教视野里的苏洵

身在西蜀偏僻之地，苏洵却与天下文宗欧阳修声气相和，其底气来自对文化深入的思考和精准的判断，这是苏洵作为儒者的家国天下情怀的伟大之处，让人领悟到了古今士人的读书正道。

> 洵少年不学，生二十五岁，始知读书……其后困益甚，然后取古人之文而读之，始觉其出言用意与己大异。时复内顾，自思其才，则又似夫不遂止于是而已者。由是尽烧其曩时所为文数百篇，取《论语》《孟子》、韩子及其他圣人贤人之文，而兀然端坐，终日以读之者七八年。方其始也，入其中而惶然，博观于其外而骇然以惊。及其久也，读之益精，而其胸中豁然以明，若人之言，固当然者。然犹未敢自出其言也。时既久，胸中之言日益多，不能自制，试出而书之，已而再三读之，浑浑乎觉其来之易矣。然犹未敢以为是也。
>
> 苏洵《上欧阳内翰第一书》

苏洵讲自己二十五岁才开始读书，又常常陷入困惑杂乱的思想之中，一气之下，干脆烧掉了所写的数百篇文章，从此专注于读《论语》

《孟子》等，前后有七八年的时间。然后，从蒙昧到豁然开朗，再到下笔有神。

烧掉自己所写的东西意味着否定自我，这是非常痛苦的。欧阳修也有相似的读书经历，与苏洵一见，顿成知音。之后，点拨教育苏氏兄弟的接力棒传到了欧阳修的手上。

苏洵在文学上的成功告诉我们：咬定青山不放松，就能够取得成功。

苏洵在为学上的成功告诉我们：读书，再晚都不迟。

同样，他也是一个军事家，教育后世士人要用一双智慧的眼睛明察天下安危祸福。

而作为一位伟大的教育家，苏洵在中国教育史上的地位被大大忽视。

苏洵与程夫人是中国教育史上举案齐眉的并蒂花，他们的创新教育故事一洗孟子之母、韩愈之嫂、欧阳修之母和王安石之母独自鞠育的艰辛坎坷，而谱写出自成一家的完美教育诗篇。他们的教育成果更阳光、更自然、更快乐。

还是看看欧阳修在《故霸州文安县主簿苏君墓志铭》中是如何评价苏洵的吧：

> 有蜀君子曰苏君，讳洵，字明允，眉州眉山人也。君之行义，修于家，信于乡里，闻于蜀之人久矣。

概说苏洵在乡里的品德名望。

> 眉山在西南数千里外，一日父子隐然名动京师，而苏氏文章遂擅天下。君之文博辩宏伟，读者悚然想见其人。既见，而温温

似不能言。及即之，与居愈久，而愈可爱。间而出其所有，愈叩而愈无穷。呜呼，可谓纯明笃实之君子也！

介绍苏洵因文成名及为文特点、为人特质。

年二十七，始大发愤，谢其素所往来少年，闭户读书为文辞。岁余，举进士，再不中，又举茂才异等，不中，退而叹曰："此不足为吾学也。"悉取所为文数百篇焚之。益闭户读书，绝笔不为文辞者五六年。乃大究六经、百家之说，以考质古今治乱成败、圣贤穷达出处之际，得其精粹，涵蓄充溢，抑而不发。久之，慨然曰："可矣！"由是下笔，顷刻数千言。其纵横上下，出入驰骤，必造于深微而后止。盖其禀也厚，故发之迟；志也悫，故得之精。自来京师，一时后生学者皆尊其贤，学其文以为师法。

苏洵的求学经历，与他的哥哥苏涣是完全不同的，现在他可以自信地站在他哥哥的面前以及所有人的面前。

在"唐宋古文八大家"中，他是唯一没有进士"学历"的一位，也是为官时间最短、官职最小的一位。

他的仗剑天涯，继承了司马相如、李白等人的自信、无畏、坚韧、深情，注入了"武"与"侠"的成分，注入了富国强兵的强烈愿望，而与众多的文人不同。

他的文武兼备，他的军事理论，深深地影响了苏轼与苏辙。苏轼后来官至兵部尚书，苏辙出使辽国，这些伟大的成就，都有苏洵点点滴滴的培养、塑造之功。

苏洵在两个儿子的教育上,长期陪伴、平等参与、少说多引导、不局限于经书,真是可圈可点。他那卓有成效的家风,影响了将近一千年。

苏洵编完朝廷委托的巨著《太常因革礼》一书,累病交加,于治平三年(1066)离世,享年五十七岁。

诗文呈现

六国论

苏洵

六国破灭,非兵不利,战不善,弊在赂秦。赂秦而力亏,破灭之道也。或曰:六国互丧,率赂秦耶?曰:不赂者,以赂者丧。盖失强援,不能独完。故曰:弊在赂秦也。

秦以攻取之外,小则获邑,大则得城。较秦之所得,与战胜而得者,其实百倍;诸侯之所亡,与战败而亡者,其实亦百倍。则秦之所大欲,诸侯之所大患,固不在战矣。思厥先祖父,暴霜露,斩荆棘,以有尺寸之地。子孙视之不甚惜,举以予人,如弃草芥。今日割五城,明日割十城,然后得一夕安寝。起视四境,而秦兵又至矣。然则诸侯之地有限,暴秦之欲无厌,奉之弥繁,侵之愈急,故不战而强弱胜负已判矣。至于颠覆,理固宜然。古人云:"以地事秦,犹抱薪救火,薪不尽,火不灭。"此言得之。

齐人未尝赂秦,终继五国迁灭,何哉?与嬴而不助五国也。五国既丧,齐亦不免矣。燕赵之君,始有远略,能守其土,义不赂秦。是故燕虽小国而后亡,斯用兵之效也。至丹以荆卿为计,始速祸焉。赵尝五战于秦,二败而三胜。后秦击赵者再,李牧连却之。洎牧以谗诛,邯郸为郡,惜其用武而不终也。且燕赵处秦革灭殆尽之际,可谓智力孤危,战败而亡,诚不得已。向使三国各爱其地,齐人勿附于秦,刺客不行,良将犹在,则胜负之数,存亡之理,当与秦相较,或未易量。

呜呼!以赂秦之地封天下之谋臣,以事秦之心礼天下之奇才,并力西向,则吾恐秦人食之不得下咽也。悲夫!有如此之势,而为秦人积威之所劫,日削月割,以趋于亡。为国者无使为积威之所劫哉!

夫六国与秦皆诸侯,其势弱于秦,而犹有可以不赂而胜之之势。苟以天下之大,下而从六国破亡之故事,是又在六国下矣。

六国论

苏轼

春秋之末,至于战国,诸侯卿相皆争养士,自谋其谋。夫说客,谈天雕龙、坚白同异之流,下至击剑扛鼎、鸡鸣狗盗之徒,莫不宾礼。靡衣玉食以馆于上者,何可胜数。越王勾践有君子六千人,魏无忌、齐田文、赵胜、黄歇、吕不韦,皆有客三千人。而田文招致任侠奸人六万家于薛,齐稷下谈者亦千人。魏文侯、燕昭王、太子丹,皆致客无数。下至秦、汉之间,张耳、陈余号多士,宾客厮养,皆天下俊杰。而田横亦有士五百人。其略见于传记者如此,度其余当倍官吏而半农夫也。此皆役人以自养者,民何以支,而国何以堪乎?

苏子曰：此先王之所不能免也。国之有奸，犹鸟兽之有鸷猛，昆虫之有毒螫也。区处条别，使各安其处，则有之矣；锄而尽去之，则无是道也。吾考之世变，知六国之所以久存，而秦之所以速亡者，盖出于此，不可以不察也。夫智、勇、辩、力，此四者，皆天民之秀杰也。类不能恶衣食以养人，皆役人以自养也。故先王分天下之富贵，与此四者共之。此四者不失职，则民靖矣。四者虽异，先王因俗设法，使出于一。三代以上，出于学；战国至秦，出于客；汉以后，出于郡县吏；魏、晋以来，出于九品中正；隋、唐至今，出于科举。虽不尽然，取其多者论之。六国之君，虐用其民，不减始皇、二世，然当是时，百姓无一叛者，以凡民之秀杰者，多以客养之，不失职也。其力耕以奉上，皆椎鲁无能为者，虽欲怨叛，而莫为之先。此其所以少安而不即亡也。

始皇初欲逐客，用李斯之言而止。既并天下，则以客为无用，于是任法而不任人，谓民可以恃法而治，谓吏不必才取，能守吾法而已。故堕名城，杀豪杰，民之秀异者散而归田亩。向之食于四公子、吕不韦之徒者，皆安归哉？不知其能槁项黄馘而老死于布褐乎？抑将辍耕叹息以俟时也？秦之乱，虽成于二世，然使始皇知畏此四人者，有以处之，使不失职，秦之亡，不至若是速也。纵百万虎狼于山林而饥渴之，不知其将噬人。世以始皇为智，吾不信也。

楚、汉之祸，生民尽矣，豪杰宜无几，而代相陈豨，从车千乘，萧、曹为政，莫之禁也。至文、景、武帝之世，法令至密矣，然吴王濞、淮南、梁王、魏其、武安之流，皆争致宾客，世主不问也。岂惩秦之祸，以为爵禄不能尽縻天下之士，故少宽之，使得或出于此耶？

若夫先王之政则不然。曰："君子学道则爱人，小人学道则易使也。"呜呼！此岂秦、汉之所及也哉！

六国论

苏辙

愚读六国世家，窃怪天下之诸侯以五倍之地、十倍之众，发愤西向，以攻山西千里之秦，而不免于灭亡。常为之深思远虑，以为必有可以自安之计，盖未尝不咎其当时之士虑患之疏而见利之浅，且不知天下之势也。

夫秦之所与诸侯争天下者，不在齐、楚、燕、赵也，而在韩、魏。秦之有韩、魏，譬如人之有腹心之疾也。韩、魏塞秦之冲，而蔽山东之诸侯，故夫天下之所重者，莫如韩、魏也。昔者范雎用于秦而收韩，商鞅用于秦而收魏。昭王未得韩、魏之心而出兵以攻齐之刚、寿，而范雎以为忧。然则秦之所忌者可以见矣。

秦之用兵于燕、赵，秦之危事也。越韩过魏而攻人之国都，燕、赵拒之于前，而韩、魏乘之于后，此危道也。而秦之攻燕、赵，未尝有韩、魏之忧，则韩、魏之附秦故也。夫韩、魏，诸侯之障，而使秦人得出入于其间，此岂知天下之势耶？委区区之韩、魏，以当强虎狼之秦，彼安得不折而入于秦哉？韩、魏折而入于秦，然后秦人得通其兵于东诸侯，而使天下遍受其祸。

夫韩、魏不能独当秦，而天下之诸侯藉之以蔽其西，故莫如厚韩亲魏以摈秦。秦人不敢逾韩、魏以窥齐、楚、燕、赵之国，而齐、楚、燕、赵之国因得以自完于其间矣。以四无事之国，佐当寇之韩、魏，使韩、魏无东顾之忧，而为天下出身以当秦兵，以二国委秦，而四国休息于内，以阴助其急。若此可以应夫无穷，彼秦者将何为哉？不知出此，而乃贪疆场尺寸之利，背盟败约，以自相屠灭。秦兵未出，而天下诸侯已自困矣。至使秦人得伺其隙，以取其国，可不悲哉！

程夫人：家国兴衰，本于闺门

> 程夫人对苏洵的"浪子回头"有着正面的巨大的劝化作用，对苏轼兄弟的教育是成功的，是三苏家风的建设者、推动者。苏洵的变化、苏轼兄弟的成长证明了程夫人建设和推动的成功。本书书名为《是父是子——三苏家风家教》，却要在此处为一名伟大的女性留一位置。

眉山大户程家中有一女子，有才有德，待字闺中，苏家少公子苏洵聪颖俊逸，沉静朴茂，双方议合，遂成婚。

那女子即程夫人。

程家富，苏家穷。她来苏家，需要调低自己的生活标准以适应苏家的实际。新郎官虽然聪颖，但似乎没有安定下来。一家大小都认为她不能适应而会造成矛盾，特别是婆婆老而有病，性情特别严厉。这些都是程夫人需要面对的问题。

程夫人嫁入苏家的第二年，生了一个女儿，但是这个女儿没有活过一年就夭折了，她不得不面对失去孩子的悲伤。

程夫人平静地接受了一切。

程夫人生了三个女儿三个儿子,最后只剩下三个:小女儿苏八娘、次子苏轼、三子苏辙。

特别是长子、次女,都死于苏洵外出参加科举考试之时。在厌恶科举考试的同时,更让苏洵觉得:要守住硕果仅存的一女两儿就要待在家里。

苏洵后来闭门不出,专心向学、教子,主观的认知是重要因素。但程夫人的不言之劝,也是不可缺少的。

苏辙饱含深情地回忆,母亲程夫人"生而志节不群,好读书,通古今,知其治乱得失之故"。典型的例子,就是她教苏轼读《汉书·范滂传》时,母子之间的互动。

范滂是东汉时期的一位忠臣,是一个敦厚质朴、有胆有识、学问渊博的人。他反对当时宦官专权,当权的宦官就罢免了他的官职,后来又派人到处追捕他,要置他于死地。他知道了这个消息,为了不连累亲戚朋友和年迈的母亲,就主动去衙门投案。他说:"古人循善,自求多福;今我循善,身陷大戮。我死后,请将我埋在首阳山侧,上不负皇天,下不愧夷齐。"他的母亲听说了,就带着孙子到监狱向儿子告别。范滂对母亲说:"儿子没有辜负您的教诲,一生清白,光明磊落。我死后,弟弟会替我为您尽孝,供养您的生活。只是儿子一死,就要抛舍您的恩情,不能再为您侍奉汤药了,希望您不要过分悲伤,好好保重身体。"说完,泪流满面,先是匍匐在地,继而长跪不起。

范母双手把儿子扶起来,说:"你能跟李膺这样的大贤人一起成就好的名声,是我范家的光荣。一个人怎么能既求有好名声又希望尽孝呢?"

程夫人读到这里,哭出声来。

苏轼问:"母亲,如果以后我做了范滂,您同意吗?"

程夫人答:"你可以做范滂,我难道就不能做范滂的母亲吗?"

眉山当地有谚语云:"家有贤妻,男儿不遭混事。"还有一句:"爹拙拙一个,娘拙拙一窝。"程夫人对苏轼兄弟的教育是成功的,对苏洵的"浪子回头"有着正面的巨大的劝化作用,是苏氏兄弟正直品德形成的最主要的外因。苏洵的转变、苏氏兄弟的成长证明了程夫人相夫教子取得了巨大成功。

程夫人是苏氏兄弟早期教育的承担者,对于两兄弟教育的贡献一点儿也不亚于丈夫苏洵。她一生下苏轼和苏辙,似乎就天然地成为一个伟大的教师。

小树由叶绿到叶黄增加一轮年轮,人更加奇特,没有一种生命的成长像人那样需要长达数年甚至更长时间的培养和教育。敏感的程夫人亲历了孩子心智、智能发展的过程,她看到了孩子从牙牙学语到字字珠玑,她清楚良好的行为和性情对于孩子的重要性。

"我昔家居断还往,著书不复窥园葵。"(《送安惇秀才失解西归》)苏轼读书的生活就是这样:断绝无谓的应酬,写文章时连到花园中去看葵花的时间都没有,这就是良好的行为习惯,但苏氏兄弟从中获得的更多的是快乐。

一千年前还没有教育学、心理学,但是一千年前肯定有教育学家、心理学家。作为一名教育学家、心理学家,如果仅仅掌握两门专业显然是不够的,而一个充满了爱的母亲,就有可能成为一个伟大的教育学家、心理学家。

程夫人的教子经验,本人总结了若干条,大致如下:

一、道德的养成是一个敏感的过程,要特别防止说教。经典史书的阅读或共读是一种好办法,它防止了说教的枯燥,因为史书本身蕴含了教化的因素，比如上面所举的读《汉书·范滂传》的事。

二、人不应该凌驾在万物之上，哪怕是一只鸟，当你平等地对待它的时候，你会从它那里学到更多；并且爱所启发的效率，来得更伟大，行得更久远。这一条对苏轼兄弟影响是非常大的。

三、孩子成长有关键期，要因势利导。在这一点上提供一点证据。

董储在宝元二年（1039）任眉州太守。这个人会写诗，擅书法，苏轼甚至说他的书法超过李西台，但他并不为人所知。

那年，苏轼三岁。有一天，苏洵夫妇在家中宴请董储。很自然地，董储就注意到了苏轼。这位太守当场预测苏轼将来必将大有作为于天下，正像当年桥玄对曹操的预测一样。

桥玄预测了什么？又是一个典故。

曹操少年时身份低微，但是桥玄一见到他，就认为他不同凡俗，必将大有为于天下。这么看得起自己，曹操当然很感动了，把桥玄当作知己。桥玄死后，曹操有一次路过桥玄的坟墓，大发哀痛之声——您当初和我在一起的时候，很从容、平静地发下誓言：等我死了，你走路正好经过我的坟墓，如果不用一斗酒、一只鸡来祭奠我，你的车走不了三步远，你的肚子就会痛，你可不要埋怨我。

所以，多年之后苏轼密州太守任满，在前往京城的过程中，专门绕路去到安丘董储的坟前，"斗酒只鸡"向前任眉州太守表达自己由衷的敬意。他饱含深情地说："只鸡敢忘桥公语，下马来寻董相坟。"

关于人的命运，尼采说得很有道理："所有这一切都极为强烈地让我们想起埃斯库罗斯世界观的核心原理，它把命运（Moira）看作超越诸神和人类而稳居宝座的永恒正义。"

因为董储等一些人的预测，苏洵夫妇在苏轼三岁的时候，开始对他实施了循序渐进的教育，这跟放羊似的教育形成了对比。

四、临财毋苟得。程夫人不准人去发掘地下的疑似宝藏，甚至自己虽然贫穷也拒绝向富裕的娘家请求支持。这是很难做到的，但是程夫人做到了。

五、不应该鼓励人去求悦于当世，而是要帮助个人去发现自己真正的价值——认识自我。在这一点上，她成就了自己的孩子，还帮助了自己的丈夫。

苏氏兄弟蟾宫折桂，正要大展宏图的时候，教育家程夫人却等不及享受这无上的殊荣，撒手西去。程夫人去世的日期是嘉祐二年（1057）四月八日，消息送到汴京的时候已经是五月中旬了。得知这一噩耗，正"春风得意马蹄疾"的苏轼父子如同被兜头泼了一瓢凉水，三人赶紧收拾行李，急急忙忙返回蜀地。

家中因为没有青壮子弟照顾，房屋倾倒破败，就像贫困落魄的人家一样。按照当地习俗，程夫人虽然四十八岁，两个儿子已经取得了功名，也算是尊贵无比了，但是，还没有抱孙子的她只能算是中年，不能算老人。亲戚邻里都很替她惋惜。苏洵念及夫人相夫教子的种种德行，更是悲从中来。他用充满感情的絮叨，回忆了妻子和自己走过的艰难一生：

呜呼！

与子相好，相期百年。不知中道，弃我而先。我徂京师，不远当还。嗟子之去，曾不须臾。子去不返，我怀永哀。反复求思，意子复回。人亦有言，死生短长。苟皆不欲，尔避谁当？我独悲子，生逢百殃。有子六人，今谁在堂？唯轼与辙，仅存不亡。咻呴抚摩，既冠既昏。教以学问，畏其无闻。昼夜孜孜，孰知子勤？提携东去，出门迟迟。今往不捷，后何以归？二子告

> 我：母氏劳苦。今不汲汲，奈后将悔。大寒酷热，崎岖在外。亦既荐名，试于南宫。文字炜炜，叹惊群公。二子喜跃，我知母心。非官实好，要以文称。我今西归，有以藉口。故乡千里，期母寿考。归来空堂，哭不见人。伤心故物，感涕殷勤。嗟予老矣，四海一身。自子之逝，内失良朋。孤居终日，有过谁箴？昔予少年，游荡不学，子虽不言，耿耿不乐。我知子心，忧我泯没。感叹折节，以至今日。呜呼死矣，不可再得！安镇之乡，里名可龙。隶武阳县，在州北东。有蟠其丘，惟子之坟。凿为二室，期与子同。骨肉归土，魂无不之。我归旧庐，无不改移。魂兮未泯，不日来归。
>
> 苏洵《祭亡妻文》

我感到无限悲痛的是你一生遭逢无数次的磨难。我们先后生了六个子女，现在有谁在对着祭坛哭着祭祀呢？只有苏轼、苏辙两兄弟。你教他们学会做人，直到他们成人结婚。你教他们学知识，总是害怕他们见识不广。你白天黑夜不知疲倦，有多少人知道你的勤奋是为了什么？等我回到家里，你却撒手尘寰。我悲伤地痛哭呼号，还是没有你的影子。我睹物思人，常常为你勤俭持家、诚恳待我而流泪不止。我垂垂老矣，没有了你我将会孤独地度过余生。自从你离世，我就失去了一个最好的知己。我整天孤独地待在屋里，如果行事出了差错，还有谁来规劝啊！

我又想到我年轻的时候，成天放浪形骸，不思读书进取，而你虽然不说话，却是心事重重，不快乐。这一切我都知道，你是担心我沉沦堕落下去啊！在你的感召下，我终于回到了学习的正道上，取得了今天的成就。呜呼！你却离我而去，我再也无法拥有你了！

显然，苏洵悲伤的回忆中，既谈到了程夫人在儿子们教育中发挥的重要作用，也提到了她对自己的巨大影响。程夫人的去世确实给了苏洵巨大的打击。

多年以后，一代宿儒司马光为程夫人撰写了墓志铭。

司马光首先叙述了程夫人的身世，然后特别旌扬了程夫人的德行：

当时苏家比程家贫穷，但是程夫人为了维护丈夫的名誉，从来没有向自己的娘家求援。

苏洵结婚后很长一段时间还是"游荡不学"，程夫人在他的转变过程中起了很大的作用。

苏洵专心求学后，程夫人为了支持丈夫做学问，毅然独自挑起了家庭的重担，使得苏洵无后顾之忧，最后成为一代大儒。

程夫人教育孩子，以爱为核心，更加注重品德教育，要求孩子走儒家正道。

司马光称赞程夫人"识高虑远"，"开发辅导成就其夫子，使皆以文学显重于天下"。他进而评价说："古之人称有国有家者，其兴衰无不本于闺门。今于夫人，益见古人之可信也。"司马光这句话是对我们这个民族历史上所有的妇女对于家庭和国家的贡献所做出的高度评价，而对于程夫人来说，这也是一个实事求是的评价。研究她的教育观点，仍然具有重要的现实意义。

诗文呈现

武阳县君程氏墓志铭

司马光

治平三年夏，苏府君终于京师，光往吊焉。二孤轼、辙哭且言曰："今将奉先君之枢归葬于蜀。蜀人之祔也，同垄而异圹。日者吾母夫人之葬也，未之铭，子为我铭其圹。"光固辞，不获命，因曰："夫人之德，非异人所能知也，愿闻其略。"二孤奉其事状拜以授光。光拜受，退而次之曰：

夫人姓程氏，眉山人，大理寺丞文应之女。生十八年，归苏氏。程氏富而苏氏极贫。夫人入门，执妇职，孝恭勤俭。族人环视之，无丝毫鞅鞅骄倨可讥诃状，由是共贤之。或谓夫人曰："父母非乏于财，以父母之爱，若求之，宜无不应者，何为甘此蔬粝？独不可以一发言乎！"夫人曰："然。以我求于父母，诚无不可。万一使人谓吾夫为求于人以活其妻子者，将若之何？"卒不求。时祖姑犹在堂，老而性严，家人过堂下，履错然有声，已畏获罪。独夫人能顺适其志，祖姑见之必悦。

府君年二十七犹不学，一日慨然谓夫人曰："吾自视，今犹可学。然家待我而生，学且废生，奈何？"夫人曰："我欲言之久矣，恶使子为因我而学者！子苟有志，以生累我可也。"即罄出服玩鬻之以治生，不数年遂为富家。府君由是得专志于学，卒为大儒。夫人喜读书，皆识其大义。轼、辙之幼也，夫人亲教之。常戒曰："汝读书，勿效曹耦，止欲以书自名而已。"每称引古人名节以励之，曰："汝果能死直道，吾亦无戚焉。"

已而，二子同年登进士第，又同登贤良方正科。自宋兴以来，惟故资政殿大学士吴公育与轼制策入三等。辙所对语尤切直惊人，由夫人素勖之也。若夫人者，可谓知爱其子矣。始夫人视其家财既有余，乃叹曰："是岂所谓福哉！不已，且愚吾子孙。"因求族姻之孤穷者，悉为嫁娶振业之。乡人有急者，时亦周焉。比其没，家无一年之储。夫人以嘉祐二年四月癸丑终于乡里，其年十二月庚子葬某地，享年四十八。轼登朝，追封武阳县君。凡生六子，长男景先及三女皆早夭。幼女有夫人之风，能属文，年十九既嫁而卒。呜呼，妇人柔顺足以睦其族，智能足以齐其家，斯已贤矣；况如夫人，能开发辅导，成就其夫子，使皆以文学显重于天下，非识虑高绝，能如是乎？古之人称有国有家者，其兴衰无不本于闺门，今于夫人益见古人之可信也。铭曰：

贫不以污其夫之名，富不以为其子之累，知力学可以显其门，而直道可以荣于世。勉夫教子，底于光大。寿不充德，福宜施于后嗣。

篇三 第三代 苏轼、苏辙

宋陆游诗联

江声不尽英雄恨
天意无私草木秋

癸卯春月庸斋润民敬书

苏轼：习武强身，大勇天下

> 常常操习弓弩，历练行伍，苏轼对"勇"有独到的体会。他说"勇"有两种，"匹夫之勇"和"天下之大勇"。"匹夫之勇"拔剑而起，挺身而斗，这种不能算勇；"天下之大勇"，是"卒然临之而不惊，无故加之而不怒"，因为"所挟持者甚大"，苏轼本人就拥有这种"天下之大勇"。

习武能强身健体，知兵则可以保家卫国，因此，重习武、喜谈兵是苏家非常重视的家风。

父亲苏洵是一个军事理论家，撰写了大量军事内容的文章，他常常向北宋王朝的高官上书，陈述自己的军事方略，期望对国家有所帮助。他深入探究秦、六国兴亡之由，让人误解他背离了儒家的正道而变成了纵横家、兵家了。不仅如此，他还常常与苏轼兄弟进行广泛而深入的军事探讨，把两个儿子也培养成了军事方面的专家。典型的例子就是，当年契丹国主欲发动对北宋的战争，名臣富弼驱车北上，以三寸不烂之舌力阻击之。富弼说，发动战争是君王被其害而人臣享其利，因此君王的实力削弱了。苏洵就问苏轼兄弟历史上有没有人说过类似的话，苏轼说严安先生有此意。从这个事例来看，苏轼兄弟显然对军事方面的内容很精通。

苏轼的时代，北方有强大的契丹，他出生两年后西边的李元昊叛宋，接着发生了数次大战，都以北宋的失败告终。如何战胜这两个对手，国家要强大，百姓要强悍而智慧，所以，习武强身，保家卫国，就成了苏轼和弟弟日常的功课了。

乡里人巢谷参加过针对西夏的战争，是熙河名将韩存保的贴身幕僚，他对战争的理解自然会影响成长中的苏轼。

苏轼说自己小的时候"健如黄犊"，一天到晚跟人四处奔走，采摘梨栗。他曾经说过："寻山跨坑谷，腾趠筋骨强。"可见，他筋骨强壮，寻山跨谷，不觉得是多困难的事。

苏轼小时候，对刀剑是不陌生的。他在一首诗中说，有人送他一把刀，长不满尺，是剑和铍的零头。这把刀上面有连环纹，上下连在一起。苏轼每天就把它带在身上。家中老鼠猖獗，白天就敢出入，甚至打架，在门上跳舞，跟主人混居在一个房子里。猫见了却不去捕食，结果呢，老鼠就在家中生了小老鼠。小小的苏轼就拿出刀在磨石上磨。这一磨不打紧，老鼠逃得无影无踪了。

刀握在手上，春天抄了纸，用它裁纸；秋天砍了芦苇，用来编织养蚕的筐箩；冬天斫木，用作过冬的炭火；夏天去竹林里，用它砍竹笋。

苏轼的刀耍得娴熟，进而领略到从军的趣味。他说："少年带刀剑，但识从军乐。"他还跟弟弟说："千金买战马，百宝装刀环。何时逐汝去，与虏试周旋。"有了好的功夫，还要好的武器，名马宝刀，正是英雄所好。

但这还不够，要想成为一个优秀的士兵，还要学习相关的军事知识，他说自己在成长过程中"尝读《周官》《司马法》，得军旅什伍之数"，如此，已经进步到会行军布阵了。

除了刀剑，苏轼还渐渐爱上了射箭。苏轼坐船顺岷江南下到乐山，见到了一个在嘉州做酒税的河西弓箭手郭纶。小小的苏轼在这些人的影响下，显然不会做手无缚鸡之力的腐儒了。

苏轼学射箭，进步很快。在凤翔府做官时，"官箭十二把，吾能十一把箭耳"。弟弟听说后，就写诗去夸奖哥哥军事理论与实践的良好结合："旧读兵书气已振，近传能射喜征蘷。"虽然力气并不是特别大，仅能胜过五斗，但是才华出众，可敌三军。

苏轼回复说，射箭这一件事情，你最有条件学，因为你身材高大。你学会以后，一定会像关云长那样子长髯飘飘，射箭技艺出众——"观汝长生最堪学，定如髯羽便超群"。在苏轼的诗中，弟弟的高身材和像关云长一样的美髯，还有他的红脸都被很明确地记录了下来，弟弟长得很帅。

苏轼至少有两次送刀给苏辙，但苏辙似乎没有练习刀剑弓矢也具有一种俨然的风仪。他出使契丹，不怒而威，有大臣体。

苏轼在凤翔学习射箭，有一个好的条件，有一个将军王彭，是大将王全斌后人，他在凤翔做军事官员时不是很买太守陈希亮的账，这一点跟苏轼有共同之处。王彭欣赏苏轼的文章，每当苏轼写了新作，王彭就会捧在手中欢喜莫名，翻来覆去地读。

在苏轼的一生中，习武强身、注重射箭、熟读兵书的习惯是一以贯之的，后来，朝廷逐渐看到他在军事上的才华。苏轼后来的官职也与军队有关系：

熙宁十年（1077），朝奉郎、尚书祠部员外郎、直史馆、权知徐州军州事、骑都尉；

元丰二年（1079），检校水部员外郎、黄州团练副使；

元祐六年（1091），龙图阁学士、左朝奉郎、知颍州军州事、兼管内劝农使、轻车都尉、赐紫金鱼袋；

元祐七年（1092），龙图阁学士、左朝奉郎、知扬州军州事、充淮南东路兵马钤辖；

元祐七年（1092），除兵部尚书；

元祐八年（1093），端明殿学士兼翰林侍读学士、左朝奉郎、定州路安抚使、兼马步军都总管、知定州军州事、上轻车都尉、赐紫金鱼袋；

……

从上面的材料可知，从在徐州任知州开始，苏轼逐渐担任军事主官的职务，他的射箭功夫一流，亲自参与军队的演习猎会，获得了军队的认可。他在徐州的一次《猎会诗叙》中坦陈这种感觉很美好，倡导习武功，懂军事。他说："驰骋之乐，边人武吏，日以为常。如曹氏父子，横槊赋诗以传于世，乃可喜耳。"把武器横在马上写诗，直追三国曹魏公之雄风，壮哉！而在《观杭州钤辖欧育刀剑战袍》中，把武将的勇猛无敌、不惧生死跟书生的"帷幄生杀"进行了对比，无疑，苏轼是站在前者一边的："将军恩重此身轻，笑履锋芒如一掐。书生只肯坐帷幄，谈笑毫端弄生杀。"

苏轼遭逢"乌台诗案"，他的诗被作为"谤讪朝政及中外臣僚"的证据。御史台审状中详列驸马都尉王诜与苏轼往来事实，其中涉及弓箭——"送弓一张，箭十支，包指十个"，皆入罪账之中。可见苏轼对弓箭真是入迷啊!

他在密州做太守时写的那一首《江城子》里仍然提到了弓箭。

> 老夫聊发少年狂。左牵黄,右擎苍。锦帽貂裘,千骑卷平冈。为报倾城随太守,亲射虎,看孙郎。　酒酣胸胆尚开张。鬓微霜,又何妨。持节云中,何日遣冯唐?会挽雕弓如满月,西北望,射天狼。

"千骑卷平冈",是形容作为太守的苏轼和部下骑术精湛,气势宏大;"亲射虎",这是苏轼在显示他的高超的骑射技术;"鬓微霜",有武学专家说这是他横练功夫的外在表现;"会弯雕弓如满月,西北望,射天狼",紧接前面"射虎",不管是实写还是虚写,苏轼一再强调的射箭功夫,一定是他引以为傲的。

苏轼兄弟多次策试进士,代朝廷征询军事对策,现举两个例子。

苏轼策试武学,要求讲用古代的阵法。他在《私试武学策问二首》之一中说,古代善于打仗的人,常常兵分二路合击敌人,既是出正阵,又算是出奇阵,这样可以使得敌人因疲于应对而败。但是这种阵法唐代就遗散不讲了。因此,他要求考生见仁见智,拿出自己独特的见解来。

苏辙则代表皇帝向武进士请教:我们通过什么办法能把我们的优势展现出来,让敌人看到就不敢来进犯,即使进犯也一无所得呢?使敌人的谋略失败,势力分散,即使退走也不得安宁,即使安宁也不能长久,有什么路径可以实现?淮阴侯韩信伐赵,所取得的胜利只是幸运获得的,如果左车的谋略实行,那么有什么好的办法呢?司马懿击退了蜀国,并非他的功劳。如果诸葛孔明不死，胜负会怎样？要求武进士将自己的见解写成文章，供皇帝观览。

朝廷缺乏优秀的将领，还缺乏针对性的战略战术，上面的材料可见。

苏轼说："有非常之人，然后有非常之功。"他认为军事上的胜利或者失败，不一定代表国家实力增强了或者削弱了，但它是治乱的征兆。历史上有因为获得胜利后国家灭亡了的例子，有因为打了败仗国家却兴起来了的例子，比如夫差和勾践。

苏轼在《孙武论下》强调君王要善于驾驭将领。他说"天子之兵，莫大于御将"，原因是天下之患，不在于寇贼，亦不在于敌国，而在于将帅之无能，因为无能，就以寇贼敌国的威胁来要挟自己的国君。因此"将帅多，而敌国愈强，兵加，而寇贼愈坚。敌国愈强，而寇贼愈坚，则将帅之权愈重"，国君麻烦就大了。

上面说到将领，那么普通老百姓呢？苏轼说："民不知兵，富而教之。"又有《教守战》为天下称道不已。苏轼认为："先王知兵之不可去也，是故天下虽平，不敢忘战。秋冬之隙，致民田猎以讲武……是以虽有盗贼之变，而民不至于惊溃。"后世迂儒认为"天下既定，则卷甲而藏之"，于是"人民日以安于佚乐"，一有盗贼之警，就不战而亡了。

所以苏轼大声疾呼要"士大夫尊尚武勇，讲习兵法""庶人之在官者，教以行阵之节。役民之司盗者，授以击刺之术。每岁终则聚于郡府，如古都试之法，有胜负，有赏罚。而行之既久，则又以军法从事"。这一点，对于指导今天的现实仍然有意义。

常常操习弓弩，历练行伍，苏轼对"勇"有独到的体会，他说"勇"有两种，"匹夫之勇"和"天下之大勇"。"匹夫之勇"拔剑而起，挺身而斗，这种不能算勇；"天下之大勇"是"卒然临之而不惊，无故加之不怒",因为"所挟持者甚大",苏轼本人就拥有这种"天下之大勇"。

国人每逢佳节,相互问候之际,总爱把"身体健康"作为第一项祝愿的内容。通过习武,拥有一个健康、强壮的身体,这是家庭之福。踏入社会,报效国家,为国家健康工作五十年,这也是国家之幸。

诗文呈现

留侯论(节选)

苏轼

古之所谓豪杰之士者,必有过人之节。人情有所不能忍者,匹夫见辱,拔剑而起,挺身而斗,此不足为勇也。天下有大勇者,卒然临之而不惊,无故加之而不怒,此其所挟持者甚大,而其志甚远也。

和子由苦寒见寄

苏轼

人生不满百,一别费三年。三年吾有几,弃掷理无还。长恐别离中,摧我鬓与颜。念昔喜著书,别来不成篇。细思平时乐,乃为忧所缘。吾从天下士,莫如与子欢。羡子久不出,读书虱生毡。丈夫重出处,不退要当前。西羌解仇隙,猛士忧塞壖。庙谟虽不战,虏意久欺天。山西良家子,锦缘貂裘鲜。千金买战马,百宝妆刀环。何时逐汝去,与虏试周旋。

苏轼：学致其道，行成于廉

> 穷尽万物之理，能够解决物我之间的矛盾。拥有了这个武器，在贪和廉的问题上，就有可能做出明智的选择。苏轼写过一篇文章叫《六事廉为本赋》，提到的六事指的是廉善、廉能、廉敬、廉正、廉法和廉辨，"各以廉而为首，盖尚德以求全"。这其中最重要的就是廉，因为"廉一贯之"，于是"功废于贪，行成于廉"。

"道"是中国哲学中的一个重要概念，苏轼以自己独特的研修，参透了真正的成道者的皮相。他说，真正的得道者，是不会去询问"道"或者谈论"道"的，询问"道"或者谈论"道"的人是没有得道的人。得道的人还有一个特征，就是摆正了物、我的关系，眼中既无物也无我，而没有得道者的眼中总是先我而后物。一个得道的人，物我充盈，是没有先后之分的。

因此，在对待物我问题上，先我而后物，即近于贪；先物而后我，又近于不近人情。

道从哪里获得呢？苏轼在《日喻》一文中引用子夏的话说："百工居肆以成其事，君子学以致其道。"并且非常果决地宣称"道可致而不可求"，那个"致"，就是学习。学习可以致道，也就是"通万物之理"。这里又出现了一个"理"，我们所说的"道理"在这里可以合在一处，可以作为一个意思来理解。

一个得道的人就会拥有新的能力，就是观察、判断世界有了一个无私角度，即使是古代的所谓贤人所说的观点，也会有不同的意见而不予采纳。人因此而自信，也因此而知道自己不会讨这个世界的喜欢。

如何穷尽万物之理？当苏轼在密州建了一个台时，他的弟弟苏辙就从老庄角度出发，命名此台为"超然"，也就是超然万物之外。这是建立在大认知上的一个宏观视角。苏轼认同弟弟的观点，他说如果从微观视角，游于"物之内"，"自其内而观之，未有不高且大者也。彼挟其高大以临我，则我常眩乱反复，如隙中之观斗，又乌知胜负之所在。是以美恶横生，而忧乐出焉"。这就悲哀了，因为从内观物，既有可能被物所沦溺，又未必能清晰地穷尽物。游于"物之外"，则"横看成岭侧成峰"，获得了认知上的高屋建瓴。

苏轼说，一个人，如果用自己拥有多少物，比如说金钱、美女、房产来衡量自己的价值，他的人生就永远不会满足；另一方面，如果他对事物冷漠不关心，他就缺乏尽职尽责行事的动力。上述两者都找不到人生的出路，因而成了烦恼的根源。苏轼拿自己的老师欧阳修"六一居士"来举例，称他"自谓六一，是其身与五物为一也"，这实际上是齐物我、忘得丧的表现。由此，"物"的诱惑力就大大地减弱了。

苏轼在《宝绘堂记》中说："君子可以寓意于物，而不可以留意于物。寓意于物，虽微物足以为乐，虽尤物不足以为病。留意于物，虽微物足以为病，虽尤物不足以为乐。老子曰：'五色令人目盲，五音令人耳聋，五味令人口爽，驰骋田猎令人心发狂。'然圣人未尝废此四者，亦聊以寓意焉耳。"这是他写给朋友王晋卿的一篇文章中的观点——"不留意于物"。作为人，抑制对于物的占有之欲，长此以往，形成一种自觉意识，用于指导自己的人生。

苏洵爱画，苏轼在《四菩萨阁记》中说，一开始的时候，父亲于物无所好，待在家中就像吃斋的和尚，说话、欢笑的时候不多。怎么办呢？有孝心的苏轼兄弟以及苏洵的弟子门人就送各种画给他，让他开心，于是苏洵"虽为布衣，而致画与公卿等"。苏轼本人是一位画家，也爱收藏。但是就是在这样的环境下，他的弟弟却没有受到影响。苏轼在《石氏画苑记》中引用苏辙曾经说过的一句经典："所贵于画者，为其似也。似犹可贵，况其真者。我行都邑田野所见人物，皆吾画笥也。所不见者，独鬼神耳，当赖画而识，然人亦何用见鬼。"身外的都邑田野人物，就是我装画的口袋，它们都活生生地呈现在我的面前。我唯一看不到的就是鬼。鬼多是从画中识得，但是我又何必通过画来认识鬼呢。从苏辙的话中可知，他也是穷万物之理的得道者。

知道要穷万物之理，才能得道，那么具体的方法除了学，还有什么呢？

苏轼在《文与可画筼筜谷偃竹记》说，你要走到万物那里，去认识它们，即格物，先要熟悉事物的特征，比如竹，要"成竹在胸"，画竹的速度要快，如"兔起鹘落"，否则就"稍纵则逝"了。有些事物，心中知晓其中之理，但是在实践的时候却达不到熟练的程度，这是什么原因呢？是学习不够——"夫既心识其所以然而不能然者，内外不一，心手不相应，不学之过也"。这样的例子不止发生在画竹上,在很多事、很多领域都如此。

还需要指出的是,苏轼兄弟从小养成了劳动的习惯,他们在劳动中认识物,又比一般的书生待在书斋里"格物"要客观一些。我们看到苏轼兄弟每到一处,总是不停地栽种花草果木,尤其是在贬谪之地。当那些杉、竹、月季还有各种农作物、蔬菜生长旺盛,兄弟二人的家庭里便总是充满了旺盛的生命的气息。

苏轼兄弟俩的手艺五花八门,其中一门不得不说一下。他们二人小时候在家中尝试嫁接各种果木,其中一项就是在苦楝树上嫁接李子,等到李子结果,摘下来一尝,苦不可言。这种"格物"怕是古今历史上一个独特的例子吧。

"读万卷书,行万里路",苏轼是这方面最具代表性的人物,不折不扣的求知欲极其旺盛的"践行派"。他送儿子苏迈去德兴做官,经过石钟山,晚上与儿子前往石钟山,探讨山得名的缘由,最后获得了满意的答案。这一实地考察的举动,对儿子可能带来终身的影响。这件事不仅影响到苏迈,还影响到了很多人,这里举书法家米芾的例子。

米芾制作了一方砚台,为其取名为"石钟山砚"。他专门请苏轼为这方砚台题写砚铭。砚铭中有"有米楚狂,惟盗之隐。因山作砚,其词如陨",说米芾就像孔子遇到的楚狂接舆,是盗中的神不知鬼不觉者。因为一座石钟山而制了一方砚台,读到那砚台铭文就像听到雷雨的到来。此事足以证明米芾对苏轼的追随以及苏轼《石钟山记》在那时所产生的巨大影响。

参透了万物之理,因而得道,所以物、我之间常常是一种平等的关系。苏轼在《岐亭五首并叙》其二中说:"我哀篮中蛤,闭口护残汁。又哀网中鱼,开口吐微湿。"

甚至在人与人的竞争活动中，苏轼也会站在胜负双方的角度思考问题。他在《观棋并引》中说："胜固欣然，败亦可喜。"这种辩证的物我观，非常高级。

处理物、我关系，还有一个方法，就是中庸。《记》中说天下国家可以治理，爵禄可以放弃，雪白的刀刃可以践踏而过，但是中庸却很难做到。既不可过，又不可不及。怎么办？君子讲中庸是讲时中，即有所不中而归于中。君子在危难关头，可以视死如归，之所以不死，是要寻求合于中庸之道。君子见利能够不受诱惑，君子所以受其利，也是寻求合于中庸之道。小人贪利而苟免，不过是以中庸之名自便，这就是孔子、孟子厌恶乡原的原因。

有了以上理论和实践的方法，去穷尽万物之理，解决了物我之间的矛盾。拥有了这个武器，在贪和廉的问题上，就有可能做出明智的选择。苏轼在早年应科举时写的一篇文章叫《六事廉为本赋》。这篇文章提到的六事指的是廉善、廉能、廉敬、廉正、廉法和廉辨，这六事，"各以廉而为首，盖尚德以求全"。廉善者善于做事，廉能者工作方法多，廉敬者忠于职守坚持不懈，廉正者正直而不俯仰于人，廉法者不让法度弛废，廉辨者取信于民。这其中最重要的就是廉，因为"廉一贯之"，于是"功废于贪，行成于廉"。

元祐中，苏轼兄弟一个为翰林学士承旨，一个在政府"备位执政"，于是两兄弟先后上札子，要求下到地方为官以避嫌疑。苏轼在《辞免翰林学士承旨第一状》中说的理由是"兄居禁林，弟为执政。在公朝既合回避，于私门实惧满盈"；《辞免翰林学士承旨第二状》中说"自去阙庭，日加衰白。故疾不愈，旧学已荒。更冒宠荣，必速颠踬。而况清要之地，众所奔趋；兄弟迭居，势难安处"；《辞免翰林学士承旨第三状》中说

"臣以衰病不才,难居禁近。兼以弟辙备位执政,理合回避",前后三状,说法虽然各不同,但理由大致相同。在荣华富贵面前,兄弟二人保持了清醒的头脑,没有贪得求位的想法。

他们遭受贬谪之后的泰然和超脱,也就不难理解了。我们看苏轼在《菜羹赋》中讲如何吃菜羹:

> 先生心平而气和,故虽老而体胖。计余食之几何,固无患于长贫。忘口腹之为累,以不杀而成仁。窃比予于谁欤?葛天氏之遗民。

再来读《禅戏颂》,那种乐观主义精神不可遏制地扑面而来:

> 已熟之肉,无复活理。投在东坡无碍羹釜中,有何不可。问天下禅和子,且道是肉是素,吃得是吃不得是?大奇大奇,一盏羹,堪破天下禅和子。

一天,苏轼收到堂侄苏千乘的信,信中告了他大舅蒲宗孟(姐姐嫁给了苏轼的堂兄苏不欺)的状。蒲宗孟因为依附王安石,仕途顺利,曾做到尚书左丞的高职。据说这个人的家里每天要杀十只羊、十头猪,晚上要点三百支蜡烛,浪费无计。他自己耽于享乐,每天小洗面、大洗面,小浴足、大浴足的。所以苏千乘说大舅"全不作活计,多买书画奇物,常典钱使",要苏轼出面劝阻蒲宗孟。于是苏轼就给蒲宗孟写信去,劝他节约钱物以作归老之计,现在就要开始准备了。退居之后吃鱼吃肉要花钱,贫穷的亲戚来求办事,不能不理睬。这些都要早做准备,不能以"我有好儿子,不消经营打理产业"来做托词。书画奇物,依我近年的判断,如同粪土一样不值钱。我所说的,即使你全不以为然,"且看公亡甥面,少留意也"。

与苏轼兄弟相比,蒲宗孟就是陷溺于物中不能自拔的人。虽是亲戚,苏轼还是不甚看得上这位亲戚的为人。有一次,蒲宗孟写信给苏轼说自己晚年学道有所得。苏轼回信说:

闻所得甚高,固以为慰。然复有二,尚欲奉劝:一曰俭,二曰慈。

李廌《师友谈记》

苏轼说:"一官为贪,更无可择。"在物我这个问题上,许多人过不了关,苏轼兄弟以道治身,其言其行,具有实实在在的参考价值和指导意义。

诗文呈现

六事廉为本赋(节选)

苏轼

事有六者,本归一焉。各以廉而为首,盖尚德以求全。官继条分,虽等差而立制;吏功旌别,皆清慎以居先。器尔众才,由吾先圣。人各有能,我官其任;人各有德,我目其行。是故分为六事,悉本廉而作程;用启庶官,俾厉节而为政。善者善立事,能者能制宜。或靖恭而不懈,或正直而不随。法则不失,辨别不疑。第其课分,事区别矣;举其要分,廉一贯之。……乃知功废于贪,行成于廉。

灵壁张氏园亭记（节选）

苏轼

古之君子，不必仕，不必不仕。必仕则忘其身，必不仕则忘其君。譬之饮食，适于饥饱而已。然士罕能蹈其义、赴其节。处者安于故而难出，出者狃于利而忘返。于是有违亲绝俗之讥，怀禄苟安之弊。今张氏之先君，所以为其子孙之计虑者远且周，是故筑室艺园于汴、泗之间，舟车冠盖之冲。凡朝夕之奉，燕游之乐，不求而足。使其子孙开门而出仕，则跬步市朝之上；闭门而归隐，则俯仰山林之下。于以养生治性，行义求志，无适而不可。故其子孙仕者皆有循吏良能之称，处者皆有节士廉退之行。盖其先君子之泽也。

苏轼：积极心理，活出自己

> 积极心理也是家风建设中必须重视的内容。苏轼有主动、坚持、热情、勇敢、勤奋、忠诚、宽容、孝顺、慈爱、旷达、乐观、幽默等特点，还有他热爱运动、拥有健康的身体、充满共情、对爱情保持信心、勇于面对挑战、对师长充满爱心和感恩、对自己的能力和成就有光荣感、热衷于创造力的各种尝试、有正义感并具有行动力、失败的时候看到光明的前途，等等，实在是一部"积极心理"的大书。

《活出最乐观的自己》一书说：

悲观的人的特征是，他相信坏事都是因为自己的错，这件事会毁掉他的一切，会持续很久。乐观的人在遇到同样的厄运时，会认为现在的失败是暂时性的，每个失败都有它的原因，不是自己的错，可能是环境、运气或其他人为的原因的结果。这种人不会被失败击倒。在面对恶劣环境时，他们会把它看成是一种挑战，更努力地去克服它。

该书的作者塞利格曼对积极心理有很深入的研究，形成了"积极心理学"的学科理论，对心理学领域贡献很大。我本人在20世纪80年代中期在一所师范大学教育系教育专业学习，当时没有研究苏轼。后来自觉向苏轼靠拢，向苏轼讨教一些人生成长中解决困难的办法，觉得他有主动、坚持、热情、勇敢、勤奋、忠诚、宽容、孝顺、慈爱、旷达、乐观、幽默等特点，还有他热爱运动、拥有健康的身体、充满共情、对爱情保持信心、勇于面对挑战、对师长充满爱心和感恩、对自己的能力和成就有光荣感、热衷于创造力的各种尝试、有正义感并不吝啬付诸行动、失败的时候看到光明的前途……实在是一部"积极心理"的大书。

对"积极心理学"理论，我按自己的理解谈几点：

一、婴儿呱呱坠地，是从无助开始的，无法做任何事情。人生就是一个不断克服无助感的过程，直到暮年时，重新遁入无助的状态。

二、婴儿逐渐成长，慢慢学会了改变命运的经验方法，脱离无助，这个叫"个人控制"。

三、习得性无助，是对世界无能为力所导致。悲观的人容易向无助感屈服，乐观者会抵抗无助感，并在面临无法解决的问题及无法逃避的灾难时也不会放弃。

四、悲观从本质上说是一种心理防御方式，这种方式会产生毁灭性后果，包括情绪的抑郁、退缩、较低的成就感甚至不健康的身体。

五、表现不好时，人们会在内部和外部进行归因，问自己三个问题：这是谁的错？要持续多久？我的生活中有多少方面会受到影响？这就是

"解释风格"。这个非常重要,第一个问题是埋怨自己还是埋怨世界,关涉自尊中的感受部分,后两个问题关涉事件的长久性和普遍性。

六、要获得掌控感,必须经历失败心、心情抑郁以及不断尝试,直到成功。

七、可以从一个人留下的文字材料中,找出他所有关于事件因果关系的句子,从而判断出他是悲观还是乐观,此即"心理历史学"。

积极心理学注意到,当不幸事件发生时,有的人会这样解释:"都是我不好,我注定一辈子倒霉,做什么都没有用。"有的人会做出另外的解释:"这只是环境使然,厄运很快就会过去,生命中还有许多东西比这件事重要。"这两种不同的解释,实际上是两种习惯性思维方式,从童年开始就养成了。

苏轼一生中在政治上遭遇过三次巨大打击,其中后两次还是连续加倍的打击。那么他在面对这样的打击时是如何应对的,就非常能够说明问题。

从"永久性"维度来看,他可以悲观地说:"生意尽矣!"(意思是"这日子没法活了")他也可以乐观地说:"若与时上下,随人俯仰,虽或适用于一时,何足谓之大臣为社稷之卫哉!"

从"普遍性"维度来看,他可以悲观地说:"道不容于群枉,身乃获于退安。"(意思是"所持的正道为小人所不容,只有退身于朝方可了结")他也可以乐观地说:"九死南荒吾不恨,兹游奇绝冠平生。"

从"人格化"维度来看,他可以悲观地说:"圣主如天万物春,小臣愚暗自亡身。"他可以乐观地说:"某生于远方,性有愚直,幼承父兄之余训,教以修己而治人。虽为朝廷之直臣,常欲挺身而许国。"

元丰三年(1080)二月,苏轼被贬谪到黄州,为黄州团练副使。这一天，他写诗《初到黄州》，夸赞黄州"长江绕郭知鱼美，好竹连山觉笋香"。其实，单纯在诗歌中呈现的乐观，未必是真的乐观，有时在现实的考验面前，一张灿烂的笑脸转眼就要泪雨倾盆。果然，他在上奏朝廷的谢表之中，那种惊魂未定、战战兢兢的后怕还有着影响，于是主动替神宗皇帝的惩罚辩解。皇帝陛下英明神武，施恩和惩处同时施用，允许我这个坏人与好人同在。目的在于让法律运行而让我知道恩典之重，所以施加小小的惩戒而警告我不要犯大罪。他在《定惠院寓居月夜偶出》中说："饮中真味老更浓，醉里狂言醒可怕。闭门谢客对妻子，倒冠落佩从嘲骂。"内心的不安和恐惧几乎在他这一时期的每一篇诗词和文章中体现出来。

苏轼在元丰三年（1080）二月二十六日所写的一首诗，便是一种"幽独"到偏抑郁的状态的写照。

> 卯酒困三杯，午食便一肉。雨声来不断，睡味清且熟。昏昏觉还卧，展转无由足。强起出门行，孤梦犹可续。泥深竹鸡语，村暗鸠妇哭。明朝看此诗，睡语应难读。
>
> 苏轼《二月二十六日雨中熟睡至晚强起出门还作此诗，意思殊昏昏也》

我把诗翻译成白话，供这方面的专家研判：清晨喝了三杯酒，午饭吃了一点肉。大雨持续下不停，不觉午觉睡过头。头脑昏昏还欲睡，辗转反侧无理由。挣扎穿衣出门去，残梦尚在脑中留。泥深村暗鸟儿哭，哭我新诗苦难读。明朝酒醒再回顾，应笑醉时太糊涂。

苏轼说自己"雨中熟睡，至晚强起出门，还作此诗，意思殊昏昏也"。但即便是在这样的情况下，他还是强迫自己走出作茧自缚的樊笼，这是常人难以做到的。

无罪而被判有罪，而且还必须承认有罪，否则就是死路一条。苏轼从一个振臂一呼就应者云集的文坛领袖一下子落到没有发言权、受到监管、官职被连降数级、薪俸连养家糊口都困难的境地，这些都需要他用极大的毅力去平衡内心世界。苏轼开始了这种平衡工作。首先，他的创作风格发生了重大变化，由以前的直面时弊，指点江山，激扬文字，变成了曲折隐讳，托物言志，借题发挥。《卜算子·黄州定惠院寓居作》一词写出了人与鸿的忧愁，写出了苏轼初到黄州后惊疑不定、孤独恐惧的心理。

缺月挂疏桐，漏断人初静。谁见幽人独往来，缥缈孤鸿影。惊起却回头，有恨无人省。拣尽寒枝不肯栖，寂寞沙洲冷。

前面说过，乐观者要获得掌控感，必须经历失败心、心情抑郁以及不断尝试，直到成功。苏轼此时所经历的，正是如此。我们看到他在给章惇的信中，提到所面临的各种困难之后，亮出了他本质上的积极心理，他的乐观救了自己。

穷达得丧，粗了其理，但禄廪相绝，恐年载间，遂有饥寒之忧，不能不少念。然俗所谓水到渠成，至时亦必自有处置，安能预为之愁煎乎？

苏轼《与章子厚参政书》

一个"水到渠成"，让我们能洞见苏轼的积极心理。

再看看他在前往儋州的路上给广州太守写的一封信。信中说：我苏某于垂老之年投身岭南荒野之地，已经不做生还的打算。昨天我与长子苏迈告别，把后事做了安排。现在去海南，首先是做棺材，其次便是修墓，已经留下手疏告诉几个儿子，死了就埋葬在海南……

苏轼说到这里，提到了"东坡之家风"。原话是"生不挈家，死不扶柩，此亦东坡之家风也"。什么意思呢？就是不为物役，活着的时候不把一大家子绑在一起，死了也不让后人扶着棺材奔波于道路受罪（眉山、乐山一带有"沟死沟埋，路死路埋"之说），这就是"东坡之家风"。苏轼说，有这个想法比没有这个想法好。明知无可挽回的事，一天到晚愁眉苦脸，忧心如焚，又有什么用呢？于是他整日"燕坐寂照"（静坐进行内心观照），做自己的心理疏解工作。

拥有积极心理的人，能够保持斗志，不向命运屈服，使自己度过劫难，还能帮助到周围的人。苏轼还在惠州贬所的时候，儿子请求朝廷将自己调整到南边以便照顾他，于是调任仁化县令一职。苏轼在政治上遭受打击，也会殃及整个家庭，苏迈不久也失去差事，住在惠州。苏东坡给他留下一段话：

> 古人有言："有若无，实若虚。"况汝实无而虚者耶！使人谓汝庸人，实无所能，闻于吾者，乃吾之望也。慎言语，节饮食，晏寝早起，务安其形骸为善也。
>
> 苏轼《付迈一首》

苏轼在自己或朋友、亲戚遇到重大不幸的时，总会说一些富有哲理的话，使得相关的人从中豁然开朗，从而与遭受的不幸切割。我们经常可以看到他在与人的书信中使用诸如"以道自遣""以理自遣"之类的话。这封信从道家的"有无""虚实"说起，开导儿子。有也要说没有，真实也要说空虚，这是古人教给我们的做人的方法，更何况你还是真正处于"无"而"空虚"的状态啊！这是一层意思。假使别人说你是才能平庸的人，实实在在没有一技之长，这才是我所希望听到的，这是第二层意思。不要乱说话，注意调节饮食，正常起居，保命最重要，这是苏轼谆谆告诫苏迈的第三层意思。其中，第三层意思的表述与当年在黄州写的"惟愿孩儿愚且鲁，无灾无难到公卿"一样，表面上看不可理喻，实际却是鞭辟入里、浅出而深入。

我们知道，苏轼兄弟从小跟着父亲探究天下治乱、兴亡，"穷万物之理"，付出了艰苦的努力之后，收获也特别大。我们知道他在众多的领域（林语堂先生说有二十多个）出类拔萃，这就是他"穷万物之理"的巨大成果。东坡先生非常坚持他那种"穷万物之理"的求知态度，他引用《礼记》中的话："自诚明谓之性，自明诚谓之教。诚则明矣，明则诚矣。"

对待事物的"诚"意味着什么？意味着你的内心是快乐的，你一旦快乐就会变得自信，自信就是"诚"。"明"指什么呢？是"知之"，即寻求获取对事物的了解的意思。一旦获得了对事物的了解而达到通透的境界，就是"明"。"乐"与"知"进入到一个人认识事物的领域，各有作用。所以孔子说得好："知之者不如好之者，好之者不如乐之者。"东坡先生认为"知之者"与"乐之者"，前者好比是贤人，后者好比是圣人。好之而乐之，终究会达到"自诚明"，便告别平庸，进入众神之巅"明道"的境界。

所以苏轼劝朋友腾达道的话"然平生学道，专以待外物之变，非意之来，正须理遣耳"，细细读来，就觉得好像有"八风吹不动"的旷达与超然。

你看苏轼观察人、了解人，方法上就非常清醒："古之观人也，必于小者观之，其大者容有伪焉。"他反对那些大而无当的口若悬河者，他认为那里藏着"伪"。

他在《泗州僧伽塔》中批评那些烧香拜佛的人："耕田欲雨刈欲晴，去得顺风来者怨。若是人人祷则遂，造物应须日千变。"对于批评，苏轼《思堂记》进行了一番心理归因：话发自内心然后脱口而出，说出来得罪人，不说出来则憋得自己不舒服。所以，我觉得宁可得罪人，所以最后还是说出来了。君子对于善，如好美色；对于不善，如讨厌恶臭。怎么可以遇到事情之后去盘算计较它是美还是恶，故意逃避呢？"临义而思利，则必不果；临战而思生，则战必不力"，该批评的时候，就要批评，批评也是一种积极心理。

"以道事君"是不违背初心的最好办法，苏轼在《续欧阳子朋党论》中说，君子以道事君，人主就会敬而远之，而小人则因为说话行事总是谄媚讨好人主，人主就会昵而近之。但是君子"不得志则奉身而退，乐道不仕"，小人"不得志则侥幸复用，唯怨之报"。苏轼认为在君子与小人的较量中，君子总是会被小人所打败。因为君子就像好的苗木，种植它们非常难，但把它们砍伐掉却非常容易。小人如恶草，它们会自己生长出来，除掉它们之后还会重新长出来。事情看得清楚，话说得明白，但君子事君，守道不回，坚守也是一种达观的态度。

于是"不以物喜，不以己悲"，"不怨天，不尤人"。苏轼"乌台诗案"中，朋友王定国被责罚最重，"贬海上三年，一子死贬所，一子死于家，定国亦病几死"，但是王定国回到江西，把他在岭外所作诗数百首寄给苏轼，苏轼一看，"清平丰融，蔼然有治世之音，其言与志得道行者无异"。

> 王定国歌儿曰柔奴,姓宇文氏。眉目娟丽,善应对,家世住京师。定国南迁归,余问柔广南风土,应是不好。柔对曰:此心安处,便是吾乡。
>
> 苏轼《定风波·南海归赠王定国侍人寓娘》

"心安",恐怕是运用了积极心理学的原理,安顿了个人命运与现实打击之间的巨大失衡,从而平静下来。这个非常难做到。

积极心理建构起来,便会"择善固执",苏轼与弟弟子由不约而同提到了"终始惟一,时乃日新"那句经典的老话,苏轼说:"天地惟能一,故万物资生焉。日月惟能一,故天下资明焉。天一于覆,地一于载,日月一于照,圣人一于仁,非有二事也"。苏轼说圣人"以一为内,以变为外",这是什么意思呢?新与一,二者看上去好像是相反,"物之无心者必一",水与镜子可以作为一个例子。水和镜子无心,所以能够顺应万物之变。另一方面,"物之有心者必二",目与手可以是一个例子。目和手有心,所以难以自我自信而依靠度量权衡。自己尚且不能做到自信,又怎么能应万物的多方面变化而"日新其德"呢?这里的无心与有心,我且理解为"专注"与"浮躁";而"日新其德",姑且理解为"每天进步一点点",可否?

写到文章结尾了,我想引用苏轼一段论孔子积极心理的材料:

> 及观史,见孔子厄于陈、蔡之间,而弦歌之声不绝,颜渊、仲由之徒相与问答。夫子曰:匪兕非虎,率彼旷野,吾道非邪,吾何为于此?颜渊曰:夫子之道至大,故天下莫能容。虽然,不容何病,不容然后见君子。夫子油然而笑曰:回,使尔多财,吾

为尔宰。夫天下虽不能容,而其徒自足以相乐如此。

苏轼《上梅直讲书》

孔子"厄于陈、蔡之间,而弦歌之声不绝",一番对话之后又"油然而笑",这种无可救药的乐观主义精神,到了苏轼这里,获得了黄钟大吕般的回声。

诗文呈现

石室先生画竹赞并叙

苏轼

与可,文翁之后也。蜀人犹以石室名其家,而与可自谓笑笑先生。盖可谓与道皆逝,不留于物者也。顾尝好画竹,客有赞之者曰:先生闲居,独笑不已。问安所笑,笑我非尔。物之相物,我尔一也。先生又笑,笑所笑者。笑笑之余,以竹发妙。竹亦得风,天然而笑。

六月二十日夜渡海

苏轼

参横斗转欲三更,苦雨终风也解晴。

云散月明谁点缀,天容海色本澄清。

空余鲁叟乘桴意,粗识轩辕奏乐声。

九死南荒吾不恨,兹游奇绝冠平生。

苏轼：从心所欲，创造创新

> "三苏"家风，创造力的培养是一大亮点。天地之间文化的精英，在苏轼时期聚在一起，碰撞出耀眼的火花。苏轼的创造力，是天授、环境造就和自身努力的综合结果。苏轼把创造力培养的好家风，推广到他生活的时代，使他身边的人都因此获益。对于一个家族来说，持续地拥有对整个世界的解决办法，即拥有创造力。创造力应该成为家风中最为重要的内容。

先介绍苏轼创造力产生的相关环境，有利于我们了解一位创新型、复合型、百科全书型的大师形成的原因。

首先是苏轼独特的人生际遇。生长在西蜀边陲地方的家庭，中间几经贬窜，流落于蛮荒之地，出入于凶悍的权相、狱吏、刀笔吏之手，几乎无法保全自己的命运。

其次是遭逢人才辈出的时代熏陶：

父亲苏洵是宿儒，弟弟苏辙亦一代大家；

先辈有韩琦、范仲淹、富弼、欧阳修、范镇诸公；

后辈有秦观、黄庭坚、张耒、晁补之四学士；

红颜知己则有朝云、琴操；

书画家有米芾、李公麟、文同；

收藏家则有赵德麟、王晋卿；

以参寥、辩才、了元为禅友，以葆光、骞道士为道友。

此外，更有因所操之术不同而长期斗争的对手，有倡导理学的程颐，倡导经术的王安石。天地之间文化的精英，在这个时期达到了极致。

这些极富个性的人物聚在一起，注定要碰撞出耀眼的火花。

苏轼"以奎璧之精临之"，以大智慧精灵的身份与上面提到的那些伟人切磋、交流、争论甚至相互攻击，那些伟人也竭尽所能来对待苏轼，苏轼亦不得不使出浑身解数，在八面受敌的交锋中找到创造力突然迸发的路径。苏轼的才能是那么超凡绝尘，历经"三鼓""百战"而更加强大。

下面这段话说苏轼的创造力，是天授、环境造就和自身努力的综合结果，原文如下：

> 苏长公起自西裔中，更摈窜流落于蜑坞獠洞之间，出入掉弄于悍相狱吏刀笔之手，几不能以身免。而其所遭人文之盛，实可与汉武比隆。长公以文安先生为之父，文定为之弟；先辈则韩、范、富、欧、蜀公；后辈则秦、黄、张、晁四学士；以朝云、琴操为达生友；以元章、伯时、与可为书画友；以赵德麟、王晋卿为赏鉴友；以参寥、辨才、了元为禅友；以葆光、骞道士为长生友。即有怼而与之角者，非理学之正叔，则经术之介甫，而天地之人文至此极矣。人文凑合，如五星相聚，而长公以奎璧之精

临之。诸君子而当长公，不得不五色相宣；长公而当诸君子，亦不得不八面受敌。三鼓而气不衰，百战而兵益劲，此天授，亦人力也。

陈继儒《东坡集选序》

苏轼似乎带着特殊的使命来到这个世界。

天圣六年（1028），苏洵和程夫人所生的长女夭折；可能就在这后面一两年，次女生，她活到庆历五年（1045）也夭折了；景祐元年（1034）左右，长子景先生；景祐二年（1035），幼女八娘生。到景祐四年（1037）苏轼来到这个世界的时候，苏洵的孩子们有长子景先，次女，幼女八娘，还有苏轼。景先死于宝元元年（1038），之后一年，苏辙生。

苏洵夫妇没有重男轻女的思想，而是一视同仁，家中的次女、幼女读书识字，知书达理。皇祐四年（1052），八娘据说是在嫁给表哥后受虐待而死，苏洵大怒，与程家断绝关系，不相往来数十年。

孩子们的生命挽歌一次一次唱起，苏洵夫妇常常为脆弱的小生命紧张不已，不知老天什么时候又会把他们的宝贝带到另外的世界中去。这种紧张会变成一种强烈的爱，投射到孩子们的心灵之中。这是一个很大的刺激，小小的苏轼从小就知道自己的责任重大了。

好在上天赋予他的智慧和各种好的品行很快被父母和其他人注意到。宝元二年（1039），来自山东安丘的董储时为眉州太守，一见到苏轼，便预测他必将大有作为于天下。所以后来苏轼密州知州任满前往京城时，专门绕道安丘去董储的坟前，"斗酒只鸡"向前任眉州太守表达自己由衷的敬意。又"眉山矮道士李伯祥好为诗，诗格不甚高，往往有奇语。如'夜过修竹寺，醉打老僧门'之句，皆可爱也。余幼时学于道士张易简观中，伯祥与易简往来，尝叹曰'此郎君贵人也'。不知其何以知之"。当地人也看出苏轼与众不同。

我们把重心放在苏轼的创造力上。

苏轼从接受爷爷、父母良好的早期教育开始，到写出《却鼠刀铭》展现创造力潜质，然后游学读尽周围所有藏书，再前往京城以一篇《刑赏忠厚之至论》创造性"杜撰"一典故折服主考而蟾宫折桂闻名天下，这是苏轼创造力的形成过程。

学习要得法，学习还要形成习惯、变成规律。一个人幼时爱读书，这算不得什么，如果他到死亡来敲门、眼睛合上的那一刻，仍然爱读书的话，那么这个读书的习惯就是正向的、没有副作用的习惯。苏轼就是这样，这也是苏洵、程夫人在教育苏轼兄弟上用了较多的心思的结果。比如小小的苏轼写下那一篇《却鼠刀铭》之后，苏洵惊喜之余，奖励的办法是让苏轼用好纸抄写，装裱，挂到家中的墙上。

和父亲、弟弟的沉默寡言相比，苏轼是一个灵魂中充满了无限激情的人，活泼开朗，心口并臻。积极心理学的创始人塞利格曼做过一个试验，那个试验是研究孩子的"解释风格"到底是遗传自父亲多一些还是母亲多一些，他得出的结论是后者。

关于"解释风格"，可以分三步来理解：一件事发生了；我会对它做出判断、应对和评价；这件事对我产生了影响。20世纪的心理学家可以通过"解释风格"的样本调查，得出一个人是悲观还是乐观的结论。苏轼被林语堂先生称为"无可救药的乐天派"，心理学家从他留下的材料，也给予了证明。

乐观是一种积极心理，创造力总是在积极心理中得以实现。

在文学上，苏轼的创造力成就巨大。他挑战韩愈，写出了《凤翔八观》；他挑战李白，写出了富含哲理的庐山诗；他挑战柳永，写出了最美的西湖诗；他挑战陶渊明，把陶诗和了一个遍。除此之外，他还因酒、因梦、因人、因事、因画、因花、因雨、因月、因早出、因夜游、因昼寝、因系狱、因出狱、因送客、因教子、因失侣、因出猎等等，把自己的创造力附着在这些物、事的身上，形成了让当朝和后世都目瞪口呆的无数天才巨制。

苏轼以满腔的热情投入到创造力的孵化中，影响、培养了一大批诗人、词人、书法家、画家。"顷年于稠人中，骤得张、黄、秦、晁及方叔、履常辈，意谓天不爱宝，其获益未艾也。比来经涉世故，间关四方，更欲求其似，邈不可得。以此知人决不徒出，不有益于今，必有觉于后，决不碌碌与草木同腐也。追、过皆不废学，可令参侍几砚。"（苏轼《答李方叔书》）

> 长公波涛万顷陂，少公峭拔千寻麓。
> 黄郎萧萧日下鹤，陈子峭峭霜中竹。
> 秦文俏丽舒桃李，晁论峥嵘走珠玉。
> 六公文字满人间，君欲高飞附鸿鹄。
>
> 张耒《赠李德载》

这是"苏门四学士"之一的张耒对其师苏轼、苏辙以及同门的评价，笔者理解为这是对他们创造力状态的一种生动描摹。长公——苏东坡——"万顷海"；少公——苏辙——"千寻麓"；黄郎——黄庭坚——"日下鹤"；陈子——陈师道——"霜中竹"；秦——秦观——"俏桃李"；晁——晁补之——"峥嵘玉"。

张耒注意到这个群体的创造力特征,便以取绰号的方式形容他们。

苏轼兄弟以及"苏门六君子"的创造力贡献有目共睹。

在诗歌创作方面,宋诗以"苏黄"称首。宋代诗歌最繁荣和成就最高的时期,即苏轼时期,"人传元祐之学,家有眉山之书",所谓的"元祐之学"即诗歌。后来蔡京专权时打击元祐学术,把诗歌作为禁止的内容,闹了不少笑话。

在词创作方面,苏轼的成就和影响,要超过诗、文、赋。"东坡先生非醉心于音律者,偶尔作歌,指出向上一路,新天下耳目,弄笔者始知自振"。苏轼不满柳词的柔弱和内容的狭窄,改变了传统的"诗庄词媚"的观念,改变了词只能有花前月下、儿女情长等主题的狭小局面,使词的风格和品位大大提高了。若没有苏轼对于词风的改革,宋词几乎不可能成为与唐诗并列的体裁。

苏轼在政治的顶层设计上,也有伟大的创造力贡献。他与弟弟苏辙一道,提出了"渐进式改革"的主张,他们不同意那种不考虑实际、疾风骤雨的改革,"法相因则事易成,事有渐则民不惊"。这一温和的改革主张,既不为新法派所容,也不为保守派所喜,最后,苏轼兄弟遭受的打击竟然是最重的,真是匪夷所思的事情。

苏轼在为政上也有创造力贡献。他一面根据为政的实际,脚踏实地,以民为本,殚精竭虑,提出了很多便民利民的想法,留下了千载传扬的建设成果,也改善了民生;一面张弛想象,把这些创造力成就记录下来。

苏轼的创造力,在当时就有人进行讨论。元丰六年(1083)的一天,神宗皇帝在一次与众朝臣的谈话中,他问起周围的大臣:

"苏轼可与哪位古人相比?"

"颇似李白。"有一近臣答。

"不然。李白有苏轼的才气，却没有苏轼那么深厚广博的知识。"另一大臣争辩道。

恰在此时，苏轼"去世"的消息传来，神宗顿时惊痛不已。查证之后发现不过是一个以讹传讹的谣言而已，神宗这才松了口气，放下心来。失而复得，一惊一喜，苏轼的问题一下子成为神宗心中迫切需要解决的问题。元丰七年（1084）正月的一天，与苏轼要好的大臣终于读到皇帝的手书："苏轼黜居思咎，阅月滋深；人才实难，不忍终弃。"

对于一个家族来说，拥有创造力，应该成为家风最为重要的内容。

苏轼教育思想的核心即创造力，这是他留给今天最宝贵的财富。

为此，他反对王安石的"沙文主义"的教学观，也反对"二程"为存天理而不近人情扼杀创造力的教学观。

他说"博观而约取，厚积而薄发"；

他说"八面受敌"；

他意到笔随，翻旧为新，化朽为奇，发尽"古人所不到处"；

他说"文如万斛泉源，不择地而出，在平地滔滔汩汩，虽一日千里无难，及其与山石曲折，随物赋形而不可知也"；

他说"当其下手风雨快，笔所未到气已吞"。

在批评吴道子的画时，苏轼不止一次说创造要"出新意于法度之中，寄妙理于豪放之外"，这实质上就是他本人的教学观的真实写照，用在他自己的身上，十分恰当。他强调：豪放要耐人寻味，并不是发酒疯似的乱喊乱叫，豪放也要出新意于法度之外，要"从心所欲，不逾矩"。文学创作要展开充分的自由活动，使创作像"行云流水"或"泉源涌地"那样地活泼，但必须遵循创作规律，"初无定质，但常行于所当行，常止于不可不止，文理自然，姿态横生"。

诗文呈现

百步洪（其一）

苏轼

长洪斗落生跳波，轻舟南下如投梭。水师绝叫凫雁起，乱石一线争磋磨。有如兔走鹰隼落，骏马下注千丈坡。断弦离柱箭脱手，飞电过隙珠翻荷。四山眩转风掠耳，但见流沫生千涡。崄中得乐虽一快，何异水伯夸秋河。我生乘化日夜逝，坐觉一念逾新罗。纷纷争夺醉梦里，岂信荆棘埋铜驼。觉来俯仰失千劫，回视此水殊委蛇。君看岩边苍石上，古来篙眼如蜂窠。但应此心无所住，造物虽驶如吾何。回船上马各归去，多言哓哓师所呵。

苏轼：爱而劳之，读不废田

"爱而知劳之""忠而知诲之"，这两条家庭教育经验，孔子首倡之，苏轼阐发之，朱熹辑录之。劳动创造人类，劳动创造世界。真正爱孩子的人，教会他劳动是最好的爱的方式。在劳动中，学会知识，掌握技能，养成劳动习惯，培养热爱劳动和热爱劳动人民的思想感情。同样，诚心对待孩子，并加以谆谆教导，让他们行走在正确的人生道路上，仍然是今天的家长们特别需要注意的。

耕读家风

苏氏一族，到苏轼的爷爷苏序那一代，更加注重耕读传家中"读"的一面，几个儿子都表现出了读书的天分，次子苏涣更是高中进士。苏洵读书之余，仍然表现出了对耕种的重视，他在写给傅谏议的诗中说："昔者倦奔走，闭门事田耕。蚕谷聊自给，如此已十年。"（《途次长安上都漕傅谏议》）他说的"十年"指的是庆历七年（1047）到嘉祐元年（1056）

这一段时间，但还是说明了苏洵跟耕种劳作之间的关系。苏辙回忆其父亲："先君平居不治生业，有田一廛，无衣食之忧；有书数千卷，手辑而校之，以遗子孙。"（《藏书室记》，《栾城集》卷十）

程夫人辛勤从事劳作，苏洵《祭妻文》中说她："昼夜孜孜，孰知子勤。"

苏家住在眉山纱縠行，这是一条进行丝绸交易的街道。苏轼与苏辙在诗中还记录过蚕市的情状，显然他们熟悉养蚕、制丝的各个环节。

苏轼从小爱劳动

苏轼放过牛。他说："我昔在田间，但知牛与羊。川平牛背稳，如驾百斛舟。舟行无人岸自移，我卧读书牛不知。前有白尾羊，听我鞭声如鼓鼙。我鞭不妄发，视其后者而鞭之。泽中草木长，草长病牛羊。寻山跨坑谷，腾趠筋骨强……"（《书晁说之〈考牧图〉后》）

和别的放牛郎不同，苏轼是个能读书的放牛郎。苏轼放牛，升华了放牛的境界，也升华了劳动的境界，那个画面很美。

除了读书之外，苏轼也在母亲的带动下，做一些力所能及的农活。当时的眉山，主要是种植水稻，一般是一年一季。苏轼后来写《眉山远景楼记》，叙述了家乡薅秧的情景。四月初，秧苗短浅而杂草繁多，数十人乃至上百人为一队薅秧。大家选择敬畏信服的两个人，一个击鼓，一个掌握沙漏，薅秧的前进或后退、劳作休息，都听从这两个人的指挥。苏轼描述当时的劳动场景，非常真切，仿佛亲身参与一般。

苏轼从小爱劳动，并从劳动中广泛地接触社会，了解到社会底层农民的生活。数十年后，苏轼被贬官黄州，征得当地人同意，于东坡之上，开荒地五十余亩，救了自己一命。

站在劳动者的立场

苏轼为官，常常站在一个劳动者的立场打量他所处的世界。到杭州的第二年，春天一过，水、旱、蝗灾三重打击，新法弊端逐渐显现，天灾加人祸，使得人间天堂的杭州田地荒芜，百姓流离失所，盗贼蜂起。苏轼作《吴中田妇叹》，仿佛自己就是那个"吴中田妇"一样：

今年粳稻熟苦迟，庶见霜风来几时。霜风来时雨如泻，杷头出菌镰生衣。眼枯泪尽雨不尽，忍见黄穗卧青泥。茅苫一月陇上宿，天晴获稻随车归。汗流肩赪载入市，价贱乞与如糠粞。卖牛纳税拆屋炊，虑浅不及明年饥。官今要钱不要米，西北万里招羌儿。龚黄满朝人更苦，不如却作河伯妇！

"吴中田妇"的叹息，一声又一声，一是稻子熟得晚，寒冷的秋风都来过好几次了还没有熟；冷风来时又把大雨带来了，持续时间很长，以致"杷头出菌镰生衣"，平田的杷（即"杷"）因为潮湿长出了蘑菇，镰刀因为潮湿已长满锈；成熟的稻穗倒卧在泥水之中，田妇的泪水一天天不曾停息；搭上草棚住在田头，勉强收割了稻谷用车载送回去；把稻谷拿到市场上售卖，价格低得就像糠和碎米；税钱还不上，就卖牛拆屋，把眼前的困难抵挡过去，明年的苦日子也来不及想它了；"新法"实行以后，国家赋税只收钱不收米，造成"钱荒米贱"的局面，农民把米换成钱再来交税，结果钱和米都没有了。

朝廷采用王韶的错误政策，用钱粮去招抚西北的少数民族，花费巨万却不见效；"龚黄满朝人更苦，不如却作河伯妇"。朝廷有很多像龚遂和黄霸这样的好官，然而农妇还是无路可走，这样活着有什么意思？不如投河自尽。借妇人之口，用反语悲愤地控诉，把农民的困境真实而生动地传递出来。没有劳动的经历，没有细致的观察，是断断写不出这首反映农民疾苦的作品来的。

蝗灾要治，旱灾涝灾要解，饥荒要调查，灾民要赈济……苏轼深感忧虑和悲哀，不禁拍案而起："蚕欲老，麦半黄，前山后山雨浪浪。农夫辍耒女废筐，白衣仙人在高堂。"（《雨中游天竺灵感观音院》）"白衣仙人"衣食无忧，对水灾，自然可以悠然处之；对蝗灾，有些官吏还会曲为遮掩，谎报太平，尤其可恨。他一边帮助农民处理蝗灾，一边代表农民批评新法："新法清平那有此？老身穷苦自招渠。"

苏轼在徐州带领军民抗洪，取得胜利之后，不敢懈怠，积极谋划兴建防洪工程，也是一副身先士卒的劳动者模样："明年劳苦应更甚，我当畚锸先黥髡。付君万指伐顽石，千锤雷动苍山根。"（《答吕梁仲屯田》）灾后重建，会给人民带来安宁幸福，苏轼为此充满信心。站在人民的立场，行走在人民的前面，带领人民寻找美好生活的路径，这是苏轼勤政爱民的突出品质。

黄州东坡

苏轼贬谪到黄州，生活贫困，何以谋生？

友人马正卿出面向官府申请五十亩土地，帮助苏轼。所划拨的土地在黄州城东，曾经是军队的营地，杂草丛生，荆棘遍地。当地的朋友们都来帮忙，苏轼用一把剑换回一头耕牛，一下子增加了生力军，开荒工作逐步开展起来。

到了元丰四年（1081），苏轼在黄州的土地上劳动着，给自己取名

"东坡"的时候,"东坡"才名实相符了。

劳动持续到元丰四年(1081)九月,十亩田地上,种上了水稻,栽上了桑、枣、栗树等,还养了鱼。收成怎样呢?东坡说,今年东坡收大麦二十余石,想卖掉它,嫌价格太低廉,加上粳米刚好吃完,就让奴婢舂大麦为饭,咀嚼它的时候啧啧地发出声音。家里小孩子相互打趣,说是在嚼虱子。白天肚子饥饿,用酸浆煮大麦面,有甜味、酸味。

不能每天都嚼虱子啊,于是东坡让厨人将小豆掺入大麦面食中,特别有味道。妻子王闰之大笑,说:"这是新版二红饭呢。"

劳动改变了家庭的困境,带来了新的希望,第二年便种了十亩麦。

种庄稼,水是一个大问题。前一年在开垦的时候,家中的仆人焚烧枯草,烧过之后,发现了一口井。

元丰五年(1082)的春天来了,首先要做的工作就是淘井。

埋没于荒草中的井,久不见用,真是有些可怜。用绳子吊瓶缶下去汲水,井壁上有物惊飞,井底有蛙乱跳。汲上来的水,带着泥浆渣滓,有水从瓶缶中滴落,发出幽冥般的空响。

所以要淘井啊。

井口蓬长的草要除去,井底的石头要清理一遍。青蛙要请出去,不让它们坐井观天。泥浆要淘洗一空,保证水质干净。

淘井的工人们辛苦,身上衣服不免就被水打湿了。三月时节仍然很冷,苏轼过意不去,于是吃饭的时候特意安排了酒御寒("沾濡愧僮仆,杯酒暖寒栗")。

源头活水来,不枯不竭,一口井就变成了好井。

苏轼的"和陶",也是从这里开始的。首先就是和陶渊明的千古名赋《归去来兮辞》,苏轼是按照音乐的要求来和的。

这是一首劳动者之歌，苏轼让身边的人都唱会了，其中有耕夫扣牛角而歌咏，那就更应景了，这是陶渊明所不到处。

元丰五年（1082）六月，苏轼所种植的桑树（三百尺，百余本）正在旺盛生长，长期干旱的天终于下了一场持续很久的大雨。劳作结束的苏轼每天可以美美地睡觉，睡觉的时候能够听到墙东行人脚上的木屐之声。种的虽然是五谷杂粮，但是自食其力不受别人的施舍。

苏轼看到雨水到来，却很快流走了，又计划在西北处筑一水塘，让山泉水流到水塘中来。水有了保障，饥饱就在掌控之中了。

苏轼从具体的劳作中展开了想象——在田间地头饮酒。但谁能跟我一同饮酒呢？苏轼不免有所期待，他说，美酒一喝，醉倒也不要紧，找一匹砖来支头，倒头便睡（"谁能伴我田间饮，醉倒惟有支头砖"），倒像一个真正的农人了。

苏轼在劳动过程中讲了一些笑话，下面是其中的一个。有两个乞丐谈志向，一个说："我平生不足惟饭与睡耳！他日得志，当吃饱了便睡，睡足了又吃。"另一个说："我则不这样，当吃了又吃，何暇复睡耶？"大家听了哈哈大笑。

"东坡"二字把苏轼与土地紧密联系在一起；"居士"为他静观默思开辟了另外的一个空间。

"爱而知劳之"——苏轼的家风教育

在家风教育的问题上，孔子在《论语·宪问》中说过这样的话："爱之，能勿劳乎？忠焉，能勿诲乎？"意思是："爱孩子，能不让他劳苦吗？诚心地待孩子，能不教诲他吗？"这是家风教育的至理名言。

笔者读朱熹《论语集注》，竟然看到朱熹专门引用了苏轼为此所做的阐释。苏轼说："爱而勿劳，禽犊之爱也。忠而勿诲，妇寺之忠也。爱而劳之，以就其才，则其为爱也深矣。忠而诲之，以规其过，则其为忠也大矣。"爱孩子而不让他劳动，是禽兽之爱。对孩子忠心而不教诲，就是妇人、太监之爱（寺人又称"太监"，宦官对皇上的忠诚是皇上说什么就是什么，且绝不劝导的愚忠）。反之，爱孩子，又能让他劳动，才是深爱。诚心对待孩子，又能教诲他，才是大忠。

朱熹是二程的弟子，持论与苏轼不相能处甚多，却在《论语集注》中大段引用苏轼的原话，可见他也是赞同苏轼的教育观的。

"爱而知劳之""忠而知诲之"，这两条家庭教育经验，孔子首倡之，苏轼阐发之，朱熹辑录之。劳动创造人类，劳动创造世界。真正爱孩子的人，教会他劳动是最好的爱的方式。在劳动中，学会知识，掌握技能，养成劳动习惯，培养热爱劳动和热爱劳动人民的思想感情。同样，诚心对待孩子，并加以谆谆教导，让他们行走在正确的人生道路上，仍然是今天的家长们特别需要注意的。

苏轼的"家教"，有许多值得今人借鉴的地方。

苏辙：另一个劳动者

贬谪到筠州做酒官的苏辙，很快就撸起袖子干起来——"即于酒务庭中种竹四丛、杉二本"。竹与杉，寄寓高洁、正直等种种品质，既给自己打气，也传达给了远在黄州的兄长。

苏辙在筠州因出题与新法不合，被人举报，苏轼有些担忧，写诗给弟弟打气："鸡肋一样的官位，也没什么。到了说'归去来'的时候，就来东坡，兄弟二人手执农具一起劳动吧。"

种下的竹、杉后来怎样了呢？苏辙三年后说"及今三年二物皆茂"：

> 种竹成丛杉出檐，三年慰我病厌厌。
> 翦除乱叶风初好，封植孤根笋自添。
> 高节不知尘土辱，坚姿试待雪霜霑。
> 属君留取障斜日，仍记当年此滞淹。
>
> 苏辙《予初到筠即于酒务庭中种竹四丛杉二本
及今三年二物皆茂秋八月洗竹培杉偶赋短篇呈同官》

这是一种生命力的宣示，对于处在困难之中的人来说，再没有什么比从内而生发出来的坚强不屈的精神更能鼓舞自己和家人了。

苏辙是非常懂农事、知稼穑的。他的《春日耕者》说："阳气先从土脉知，老农夜起饲牛饥。雨深一尺春耕利，日出三竿晓饷迟。"（《栾城集》卷九）他在贬谪岭南时，给自留在家中的子女写诗，肯定了他们的辛勤，同时因为自己把劳动的家风传给了子女们感到很宽慰："三子留二子，嵩少道路长。累以二孀女，辛勤具糇粮。"

他在《龙川略志》的"引"中特别提到自己遭遇一生中最大的困难：从筠州贬谪到雷州，又从雷州再贬循州，两年之间，水陆几万里，老老少少百多口，衣物、食物只能自己获取。平生家中没有特别珍贵的东西，只有书数百卷，不得不给了别人。等到了龙川，即使是寺庙、道观，都有专门的法令禁止我入住。怎么办？于是只好拿出囊中剩余的五万钱买得一所民居，大大小小有十间，然后修补之后，勉强可以躲避风雨，解决了住的问题。居所的北墙处有空地可以种植蔬菜，有井水可以灌溉，于是与儿子苏远"荷锄其间"。几个月之后，韭菜、葱、葵菜、芥菜，得到雨水的滋润之后蓬勃生长，蔬菜可选择其中部分用来腌制，也可随时采摘食用，一下子把吃的大问题解决了，于是"萧然无所复事矣"。是劳动摆脱了迫害，摆脱生存的威胁。

作为一个诗人，苏辙每到一处，种植竹、杉，还种芭蕉、月季，实现"诗意地栖居"。他还时时刻刻把自己的乐观情绪传递给自己的亲人。比如，他夸奖苏轼的儿子们从事耕种、孝敬老人："大男留处事田亩，幼子随行躬釜瓮。低眉语笑接邻父，弹指吁嗟到蛮洞。茅茨一日敢忘葺？桑柘十年须勉种。"（《同子瞻次过远重字韵》）

全家在七年的贬谪中，团结在一起，相互鼓励，克服巨大的困难，迎来了北归的初步胜利。这种好家风，引来了亲戚程德孺的好奇，他跟苏辙的小儿子苏远说："闻君家兄弟善治田，盖取其不尽利尔。"听说你们六兄弟很会种田，那可是取之不尽用之不竭的利啊！所以，苏辙非常自豪，他在作《示诸子》中说：

老去惟堪一味闲，坐令诸子了生缘。
般柴运水皆行道，挟策读书那废田？
兄弟躬耕真尽力，乡邻不惯枉称贤。
裕人约己吾家世，到此相承累百年。

诗文呈现

眉山远景楼记（节选）

苏轼

岁二月，农事始作，四月初吉，谷稚而草壮，耕者毕出。

数十百人为曹，立表下漏，鸣鼓以致众。择其徒为众所畏信者二人，二人掌鼓，一人掌漏，进退作止，惟二人之听。鼓之而不至，至而不力，皆有罚。量田计功，终事而会之。田多而丁少，则出钱以偿众。七月既望，谷艾而草衰，则仆鼓决漏，取罚金与偿众之钱，买羊豕酒醴，以祀田祖，作乐饮食，醉饱而去，岁以为常。其风俗盖如此。

次韵子瞻感旧见寄

苏辙

少年耽世味，徘徊不能去。老来悟前非，尚愧昔游处。君才最高岵，鹤行鸡群中。我虽非君对，顾以兄弟同。结发皆读书，明月入我牖。纵横万余卷，临纸但挥手。学成竟无用，掩卷空自疑。却寻故山友，重赴幽居期。秋风送余热，冉冉如人老。衣裘当及时，田庐亦须早。种竹竹生笋，种稻稻亦成。浩歌归来曲，曲终有遗声。

苏轼：百读不厌，万卷通神

> 读书是三苏家风。"故书不厌百回读，熟读深思子自知"，这是苏轼说读书的深度；在广度上，苏轼还说过一句"读书万卷始通神"。围绕如何读书，苏轼提出了"八面受敌""博观约取，厚积薄发""抄书法"等对后世有着深远影响的方法。

苏轼读书的成功，跟各种因素有关。

伯父苏涣：读书、作文，有明确的任务和完成量，不完成任务不罢休，这种持之以恒的努力，确实是成功的不二法门。

父亲苏洵：有田一百亩，足以养活父母，无衣食之忧就足够了。只要有几千卷好书可读，并亲手辑而校之，把它作为遗产传之子孙，这是最大的满足。

母亲程夫人：生而志节不群，好读书，通古今，知其治乱得失之故。

读书读什么？读经典。苏轼说过一句话："君子之所贵，必其可传、可继者也。是以谓之经。经者，常也。君子苟常之为贵……"经典就是要变成生活中经常的指导原则。大家可以注意到，今天日常爱说一个词"经常"，可以从苏轼那里找到线索。

程夫人辅导苏轼读《汉书》范滂的故事，是一个读书教子的经典，读后的思考、对话非常有价值。

注重历史对人生观、价值观和世界观的养成，这是苏门家风。历史确立了各种门类知识的坐标，有识之士逐一梳理，查漏补缺，便有可能成为百科全书似的人物。苏轼兄弟受此熏陶，"独好观前世盛衰之迹与其一时之变"。苏辙也说，他少时以父兄为师，"父兄之学，皆以古今成败得失为议论之要"。

穷尽经典，更要心系天下。庆历中，范仲淹等人推行"庆历新政"，呼吁革除陈弊，挽救国家；而欧阳修、范仲淹、韩琦等辈则大声疾呼，倡导文学革新。专权者将改革派斥为"朋党"而加以残酷打击。于是忠义耿介之士不避刀斧，拍案而起，其中国子监教授石介写了一本《庆历圣德诗》，称颂范仲淹等人，产生了广泛的影响。

苏轼在大人们的谈论中知道了那本书。他想要读到那本书，认识那些人，但是大人觉得苏轼年纪太小，不该过早知道。

苏轼说："如果这些人都是天上的人，那我自然不敢知道他们；但如果他们也和我一样是地上的人，为什么我就不能知道他们呢？现在你不愿意告诉我，等我长大后也会知道呢！"

大人语塞，便说："你现在可以知道他们了。"

从这个故事，我们就知道苏轼对于读书是多么迫切了。

读书穷万物之理，使人变成智慧的人；读书能够观照现实，也就有了种种解决的办法；并且对书的依赖也就从中产生，觉得持之以恒不再是困难而是乐趣了。苏轼曾回忆说，从前读书作文，连走到园子中看葵花追逐太阳的时间都忘了。

你看他骑在牛背上读书:"川平牛背稳,如驾百斛舟。舟行无人岸自移,我卧读书牛不知。"苏轼放牛,又有书读,牛吃草忘了背上有人在读书,读书的人忘了座下还有牛在吃草。

苏轼读书,渐渐"奋厉有当世志"。后来,他在诗中常常动情地回忆那一段经历:"早岁便怀齐物志";"少年有奇志,欲和南风琴";"少年带刀剑,但识从军乐";"少年好远游,荡志隘八荒;九夷为藩篱,四海环我堂"。

苏轼的老师张方平是一个博闻强记的人,书读一遍之后,便不再读第二遍了。有一天,苏洵拜访张方平,张方平问苏洵:"你家公子最近在读什么书?"苏洵回答说,苏轼正在重读《前汉》。张方平曰:"文字尚看两遍乎?"苏洵回家,跟苏轼说:"这个老先生,还不知世上还有读书读过三遍的人。"张方平借读《十七史》,一个月即还,说:"已读完了。"其天资强记是很少有人能及的。其实,张方平的好记性只是个特例,对普通读书人并不具有指导的意义,苏轼后来就在《送安惇秀才失解西归》中说,书不是像张方平那样只读一遍,像自己那样读两遍,像自己的父亲那样读三遍,读一百遍也是可以的——"旧书不厌百回读,熟读深思子自知"嘛!当然,这是说读书的深度,在广度上,他还说过一句"读书万卷始通神"。

张方平是一代名臣,但他在《谢苏子瞻寄乐全集序》中说:"幼知为学而不能勤……仆年少好奇论,与诸酒徒游,故不得笃志于学也。读书,每抽三两束换易读之,未尝依卷帙彻一部,故涉猎荒疏,艺文谬悠。"与苏轼一比,张方平就发现了由于自己读书不系统,产生了巨大差距。

围绕如何读书,苏轼提出了"八面受敌""抄书法""博观约取,厚积薄发"等对后世有着深远影响的方法。

1."八面受敌"

苏轼晚年，曾以自己研读《汉书》为例，总结了一种叫"八面受敌"的读书法。

他说："卑意欲少年为学者，每一书皆作数过尽之。书富如入海，百货皆有之。人之精力，不能兼收尽取，但得其所欲求者耳。故愿学者每次作一意求之。如欲求古人兴亡治乱圣贤作用，但作此意求之，勿生余念。又别作一次求事迹故实典章文物之类，亦如之。他皆仿此。此虽迂钝，而他日学成，八面受敌，与涉猎者不可同日而语也。甚非速化之术，可笑，可笑！"

苏轼介绍完"八面受敌"读书法之后，连说两个"可笑"，是因为青年学子王庠来信请教参加科举考试时作文的速成"捷径"。苏轼明确告诉他"实无捷径必得之术"，而且给他讲了一些专心读书、渐进积累的方法。其中心意思是说掌握的东西多了，不论应付什么样的文章题目都能得之心而应之手，面面都可以"受敌"。苏轼在这里重点是讲读书方法，而用意却是总结和介绍写作经验，这是他在创作上取得辉煌成就的诀窍之一。

"每一书皆作数过尽之"——一本书要读多遍；

"每次作一意求之"——集中理解和消化一个问题；

再在这一基础之上统领全篇，进行综合，做到融会贯通、"事事精核"；

这样，既专且博，就能"八面受敌"（经得住各方面的挑战和考验），应对自如了。

"八面受敌"法受到黄庭坚的推崇，他认为作家在创作上要想纵横驰骋，就要尽可能地增加自己的阅读量。黄庭坚将此法阐释为"长袖善舞、多钱善贾"。

2.抄书法

《汉书》曾经是哺育苏轼的精神食粮，也是苏轼上皇帝书时引经据典的源头活水。有一个叫朱载上的人前去拜访苏轼，就目睹了一回苏轼的抄书法。

朱：先生刚才说正在完成一些日课，敢请教都是些什么内容呢？

苏轼：抄《汉书》。

朱不解，问：以先生高才，何用抄呢？

苏轼：不然，本人读《汉书》，已经抄了三次了。初则一段事，抄三字为题；次则两字；今则一字。

朱再三请教，苏轼便取《汉书》一卷交到朱手中，说："公但说一字。"

朱如其言，一字甫出，苏轼便仿佛江河万里，应声而出。

朱再三相验，竟无一字错讹，惊得目瞪口呆。苏子瞻天赋异禀，然"厚积薄发"不离口舌，时人狐疑，今观其每日课《汉书》不辍，信哉！中人之资者岂不愧杀乎？

读《汉书》是否必须如此精熟？苏轼有一句话说得明白："旧书不厌百回读，熟读深思子自知。"

3.博观约取，厚积薄发

抄书法、背书法、"八面受敌"法，这些方法都是苏轼"博观约取，厚积薄发"的手段。

苏轼在凤翔府时，法曹参军张琥向他请教读书的方法。苏轼是个真诚的人，他说："博观而约取，厚积而薄发，吾告子止于此矣。"张琥回京师，苏轼委托他把这一观点带给京师的苏辙。

这段话蕴含着一个非常深刻的道理：那些古代的伟人们，并不比我们聪明，只是态度端正，勤奋努力，日积月累，积少成多，最终取得了大的成就。我们就要学习他们的这种态度——博观约取，厚积薄发。

这八个字的核心是什么？勤奋。没有勤奋，就没有博观约取，也就没有厚积薄发。

苏轼认为必须要有知识的积累，积累到一定程度，则"信于久屈之中，而用于至足之后，流于既溢之余，而发于持满之末"。这是对"博观而约取，厚积而薄发"的准确注解。

"积"之厚，要达到"久屈（难伸）""至足""既溢"和"持满"的程度，是一个漫长而艰苦的过程。苏轼认为古人高过今人之处，就在于注重长期积累，不轻用其能，必待培养成就之而后用。

苏轼不过是借古人说事而已。学问、才识蓄养充分之后，"发"才有力，"发"才充沛（如至足之量、既溢之水）。创造力也是如此，倘若没有长期深厚的积累，则创作的东西，一无力度，二无深度，难以成为传世之作。

与"厚积"相对应的是"薄发"，一"厚"一"薄"。苏轼特别强调学习积累与创作产出的关系：学习积累不厌其厚，创作产出不嫌其薄。告诫人们不要在创作上追求数量而不重质量，因为数量过多，就可能会以牺牲质量为代价；只有在不得不发的情况下写出的东西，感情才充沛真挚，内容才具体实在，才能成为好作品。仓促成章，游戏文字，或者为写作而写作，只能留下遗憾。

在惠州，苏轼再次提到"博观约取，厚积薄发"。《答张嘉父》云："凡人为文，至老多有所悔。仆尝悔其少矣。然著成一家之言，则不容有所悔。当且博观而约取，如富人之筑大第，储其材用，既足而后成之，然后为得也。"

苏轼就是一个"厚积"的榜样。《行营杂录》记宋神宗有一次与臣僚论人才，认为苏轼在学习上的勤奋在历代文人中是很突出的。他一生不管做什么官，处于什么样的人生境地，每天晚上必读书，且必到三更方止，始终坚持不懈。这是只有超常毅力的人才能做到的。

"博观约取，厚积薄发"八个字，可以作为读书法，亦可作为创作法，还可作为思考法，更可作为创新法。这是一个完整过程的两个阶段：广泛的准备，集中的爆发。

苏轼作为善于读书的人，总是会与一些读书的画面美好相遇。

他路过陈州，看到州学教授的弟弟读书：像山一样高的弟弟必须站在像小船一样狭窄的屋子里，不得不低着头读书，一不留神，头就撞上屋梁了，"宛丘先生长如丘，宛丘学舍小如舟。常时低头诵经史，忽然欠伸屋打头"。

条件艰苦，能奈真正的读书人何？苏轼眼中还看到了沉静、达观、快乐的弟弟。

他贬谪黄州时，遇见故人陈季常。在苏轼眼中，陈季常是一个神奇的人物，先做游侠，骑马射箭，英武非常；后"折节读书"，不知疲倦；再后来抛却浮华，与世隔绝，妻子奴婢自得从容。苏轼谪黄州，三次前往陈季常处做客，足见苏轼对陈季常的看重。陈季常则七次去黄州苏轼处做客，"至黄，季常数从之（苏轼）游"。他在学问上是苏轼的学生，但他在精神上给苏轼的支持是无人可代的。

苏轼在黄州，还向陈季常借过《易》书，用于《东坡易传》的撰写。

苏轼在黄州，爱去老乡王齐愈兄弟家。他们家的一万册藏书更是解决了苏轼的读书问题。

苏轼曾经在送侄子千乘、千能还乡时写过这样一首诗，谈人生与求富贵的关系，他以喝酒作比，可谓越是真理性的东西越深入浅出。这首诗对今人急功近利的心态依然有说服力。

> 治生不求富，读书不求官。譬如饮不醉，陶然有余欢。
>
> 苏轼《送千乘千能两侄还乡》

绍圣四年（1097）夏，苏轼于贬琼途中在雷州与苏辙相见。当时他为痔疾所苦，仍一再询问侄子有无作诗，技巧如何。

到海南后，更是经常督促幼子苏过读书作文。当他看见"孺子卷书坐，诵诗如鼓琴"时，十分高兴。

苏轼对身处内地的侄孙的学习也关怀备至。他在儋州写过一封家书，篇幅不长，但足见其在家庭教育上的苦心。

> 侄孙近来为学何如？恐不免趋时。然亦须多读史，务令文字华实相副，期于适用乃佳。勿令得一第后，所学便为弃物也。海外亦粗有书籍，六郎亦不废学，虽不解对义，然作文极峻壮，有家法。二郎、五郎见说亦长进，曾见他文字否？侄孙宜熟看前后汉史及韩、柳文。有便寄近文一两首来，慰海外老人意也。
>
> 苏轼《与侄孙元老四首》之二

从这封家书中可以看出，苏轼的家教有两点：一是"严"。这种"严"，不是摆起长辈架势，板起脸孔训斥，而是表现出强烈的责任感，即不管自己处境如何,仍不忘关心和督促侄孙向学。二是"细",即善于引导。读什么书,怎样读,如何读用结合,讲求实效,都提出具体建议,并注意检查。"务令文字华实相副,期于适用乃佳",这是苏洵"不为空言而期于有用"的治学精神的体现,说明苏轼继承了前辈的家教思想,具有积极的意义。

诗文呈现

送安惇秀才失解西归

苏轼

旧书不厌百回读,熟读深思子自知。他年名宦恐不免,今日栖迟那可追。我昔家居断还往,著书不暇窥园葵。朅来东游慕人爵,弃去旧学从儿嬉。狂谋谬算百不遂,惟有霜鬓来如期。故山松柏皆手种,行且拱矣归何时。万事早知皆有命,十年浪走宁非痴。与君未可较得失,临别惟有长嗟咨。

书晁说之《考牧图》后

苏轼

我昔在田间,但知羊与牛。川平牛背稳,如驾百斛舟。舟行无人岸自移,我卧读书牛不知。前有百尾羊,听我鞭声如鼓鼙。我鞭不妄发,视其后者而鞭之。泽中草木长,草长病牛羊。寻山跨坑谷,腾趠筋骨强。烟蓑雨笠长林下,老去而今空见画。世间马耳射东风,悔不长作多牛翁。

苏轼：手足之爱，平生一人

> 苏辙说自己小的时候，父亲是老师，哥哥子瞻既是老师，也是同门学友："予少而力学。先君，予师也。亡兄子瞻，予师友也。"大家在一起，探究"古今成败得失"。苏辙又说自己从小跟随哥哥读书，没有一天分开过。苏辙少而多病，苏轼就经常待在弟弟身边，尽一个哥哥的责任。这种照顾是长期的，直到弟弟长大成人。
>
> 苏轼去世之后，苏辙对兄弟情谊做了总括性评价："手足之爱，平生一人。"

苏轼去世之后，苏辙先后写过《祭亡兄端明文》《再祭亡兄端明文》。悼亡要在有限的字数里把一个人的功过（主要是功）叙述清楚，我在这两篇文章里，读到了苏辙对兄弟情谊的总括性评价：

"手足之爱，平生一人。"

叙述哥哥的一生。大概有十五个方面：一、受业先君；二、兄敏我愚；一、游戏图书；四、寒暑相从；五、出仕于时；六、乡举制策；七、文章第一；八、忠言嘉谟；九、名冠多士；十、义动蛮貊；十一、流窜之久；十二、四海所传；十三、时不知贤；十四、卜葬嵩阳；十五、三子孝敬。

苏辙还有一篇《东坡先生墓志铭》，可以说是这两篇祭文事例加长版，且有独到之处。

本文挂一漏万，就选择自己理解的部分阐述之。

苏辙两篇祭文都提到，小的时候，兄弟二人跟随父亲苏洵读书，如"幼学无师，受业先君"，"幼学无师，先君是从"，"予少而力学。先君，予师也"。但在《墓志铭》中则加入了在苏轼十岁时父亲游学在外，母亲教读《汉书》的内容。

苏洵写给张方平的书信中提到自己教育两个儿子读书成才的事：我有两个儿子苏轼、苏辙，还在换牙齿的时候我就叫他们读经。他俩非常专注，不知道学习其他东西。他们在待人接物的礼节上没有受过文明的教化，但对于文字的读、学方面倒有些优长可取。开始学音韵平仄，学成之后，认为自己不值得在那方面花费力气。读了孟子、韩愈的文章之后，觉得可以写一写类似的文章。拿笔在纸上写文章，每天能够写数千字。那些文字奔涌而出，就好像经过很多岁月的历练的样子。年纪虽小却狂妄勇锐，不知道改变，"以为天子之爵禄可以攫取"。

子瞻少年时风采照人，就像刚长出来的树叶一样，带着露水的光芒。坚贞的姿态与松柏相应，正直的节操压过了榛荆（"忆公年少时，濯濯吐新萌。坚姿映松柏，直节凌榛荆"）。

苏辙《历代论一并引》说自己小的时候，父亲是老师，哥哥子瞻既是老师，也是同门学友："予少而力学。先君，予师也。亡兄子瞻，予师友也。"大家在一起，探究"古今成败得失"。后来苏轼因"乌台诗案"被打入大牢，苏辙上书皇帝说："臣早失怙恃，惟兄轼一人相须为命。"从另一个方面表明兄弟之间的感情很深。

苏辙又说自己从小跟随哥哥读书，没有一天分开过（"辙幼从子瞻读书，未尝一日相舍"），这是他在为学上对哥哥的自觉靠拢和跟随。苏辙贬谪岭南，还提到小时候自己以哥哥为师也有父亲的安排："辙少而无师，子瞻既冠而学成，先君命辙师焉。"

他们是怎样学习的？苏辙在《初发彭城有感寄子瞻》中做了回答：

念昔各年少，松筠闷南轩。闭门书史丛，开口治乱根。文章风云起，胸胆渤澥宽。不知身安危，俯仰道所存。

兄弟少年时，青松翠竹遮蔽了读书的南轩，闭门对着书史的丛林，一张口就是天下之乱的根由。文章像风云一般席卷而至，胸怀和胆识像渤海一样宽广。身体的安危算不得什么，人生的道路上要守道不回。豪气干云，致君尧舜，报国的理想高远而纯粹。而他们从读书中找到了无限乐趣，"游戏图书"，这给了今天的读书人很大的启发，要保持对书本的兴趣，就要做中学、玩中学，"知之者不如好之者，好之者不如乐之者"嘛。

一对天才，免不了会被人拿来进行比较。苏辙在《题东坡遗墨卷后》中说："少年喜为文，兄弟俱有名。"谦虚的苏辙同时承认说："世人不妄言，知我不如兄。"

如果苏辙没有与哥哥相抗衡的天赋，没有良好的方法，没有哥哥的很好的引导，没有始终如一的坚持，是很容易被淹没在哥哥的天才的旋涡之中。

兄弟二人之间，也会时不时进行比较。苏辙说："辙少好为诗，与家兄子瞻所为，多少略相若也。"说自己长期跟着哥哥学，诗的风格就多少有些相似。不过苏轼常常称赞苏辙的诗有古人之风，自以为不如弟弟。但是弟弟发现，自从哥哥贬谪黄州，在东坡种地之后，学问日益进步，呈现出很宏阔的面貌，如"川之方增"，一下子出现在人们的面前。

需要说明一点，因为苏辙"少而多病，夏则脾不胜食，秋则肺不胜寒。治肺则病脾，治脾则病肺。平居服药，殆不复能愈"，处于一种经常生病而不能很快痊愈的情形之中，苏轼就经常待在弟弟身边，尽一个哥哥的责任。

这种照顾是长期的，直到弟弟长大成人。弟弟通过养气和锻炼，逐渐治好了自己的肺病。后来贬谪筠州时复发过一次，那次肺病是元丰三年（1080）十月复发的。

酒官苏辙日日与酒打交道，风里来雨里去，往各种酒坊、盐坊、酒肆、盐肆跑，还要执行修改各种酒、盐的扑买（即政府酒场、酒肆如何实现高回报的私人寻租），在保证原来的税负额度基础上，实现更多的增量。工作琐碎、辛苦，还要面对各种欺诈，与原来的州学教授、掌书记等工作完全不一样。

被贬谪的官员，通常要面对势利官员的再一次欺凌，给不顺心的工作增加更多的难度。

这一次，因为各种困难、因为劳累、因为醉酒而复发了。

苏轼知道弟弟是一个很能节制自己的人，说他平生饮酒不多，适可而止，这一次痛饮是出于无奈（"平生不尽器，痛饮知无奈"）。

苏轼的焦虑是，自己只有一个弟弟，以前年龄相若的人很多已经不在了，作为老来相互聊天的伴儿没有几个了。

所以苏轼说了重话，批评子由：你怎么可以不好好珍惜自己的身体，醉酒让肺病复发使身体遭受更大打击呢（"云何不自珍，醉病又一挫"）？

苏轼知道自己对子由的责问未必有多大的力量，转而向子由推荐一种练气之法，说练方田之气可以养生，开始就像雪花一样一片一片累积起来，慢慢地就会积少成多。等到后来隔着墙头听他吐纳，就会如同磨槽转动一样了。

苏轼的话，子由是听进去了。从此练习不辍，直到生命定格在七十四岁为止。

苏轼首次为官在陕西凤翔，为签署凤翔府判官。有一件事，对兄弟二人和中国文学界产生了重大的影响，这件事就是苏轼提出来的在兄弟间定期通信。

刚到凤翔，苏轼想到弟弟曾经给自己寄来《怀渑池寄子瞻兄》，便和诗一首，寄给了苏辙：

> 人生到处知何似？应似飞鸿踏雪泥。
> 泥上偶然留指爪，鸿飞那复计东西。
> 老僧已死成新塔，坏壁无由见旧题。
> 往日崎岖还记否，路长人困蹇驴嘶。
>
> 苏轼《和子由渑池怀旧》

这首诗先议论，后叙事，是一首哲理诗。诗中的幻灭意象产生于一个踌躇满志的年轻人的头脑之中，这有些不寻常。诗中的意象非常独特。前两联怅然一问：人生像什么？答案非常奇怪：飞鸿踏雪泥。

雪泥上的爪印，能够保存多久呢？

苏轼要求苏辙保持通信，一封寄出去，十天就到了，亲人之间化不开的相思便有了解决办法。定时通信是一个特别的文学现象，几乎贯穿于兄弟二人的一生。苏轼许多伟大的创造力成果都在其中呈现出来。二人都把对方当作文学创作、美学、情感的倾诉对象。据笔者不完全统计，单单苏轼写给苏辙的诗就在一百三十首以上。

有一次较大的文学论战就是在苏轼于凤翔府任职时发生的。苏轼《王维吴道子画》中对王维的画表示"敛衽无间言"，而对吴道子则批评说是"犹似画工论"，是贬低的态度。但是王维画的是雪地上的两丛竹，吴道子画的是诸僧听法，二者能比较么？能分得出高下么？苏辙就不同意哥哥的观点，写诗直接抬杠："谁言王摩诘，乃过吴道子？"这一论战，让我们看到了兄弟二人尊重独立见解、和而不同的学者风范。

在其他学术领域，苏轼兄弟也有不同意见。

苏辙说自己年轻的时候，就写过《论语略解》。子瞻贬谪黄州，写《论语说》就把我写的书拿过去用了，现在他书中有十分之二三是我撰写的内容。大观年间丁亥月，我闲居颍川，为三个孙子苏籀、苏简、苏筠讲《论语》，发现子瞻对于《论语》的阐释，其意有的不够妥帖，我当时就跟苏籀提出来，改正了其中二十七章的内容，称为《论语拾遗》。对于那些不同之处，我真恨不得跟子瞻辩论一番。

失去了切磋的对手，年老的苏辙的心中是多么悲伤啊！

熙宁十年（1077）七月，黄河在澶渊决口，洪水四处涌流，淹没了许多地方。洪水涌向徐州。守土有责，徐州是苏轼尽职的所在，他组织兵民抗洪。"吾在是，水绝不能败城！"哥哥铿锵有力的声音在洪水肆虐的徐州城上空回荡。苏辙写诗记录了这一惊心动魄的历史事件。

> 我昔去彭城，明日河流至。不见五斗泥，但见三竿水。惊风郁飙怒，跳沫高睥睨。潋滟三月余，浮沉一朝事。分将食鱼鳖，何暇顾邻里？悲伤念遗黎，指顾出完垒。缭堞对连山，黄楼丽清泗。功成始逾岁，脱去如一屣。空使西楚氓，欲语先垂涕。
>
> 苏辙《和子瞻自徐移湖将过宋都途中见寄五首》之二

> 千金筑黄楼，落成费百金。谁言史君佟，聊慰楚人心。高秋吐明月，白璧悬青岑。晃荡河汉高，恍恨窗户深。邀我三日饮，不去如笼禽。史君今吴越，虽往将谁寻？
>
> 苏辙《和子瞻自徐移湖将过宋都途中见寄五首》之三

苏轼的干练，为抗击洪水书写了浓墨重彩的一笔，也为弟弟立了一个标杆。当然弟弟后来的吏能也是不落哥哥之后的。

苏辙离开王安石变法阵营之后，向上的发展就变得艰难了，加上日渐增多的子女，日子就举步维艰了。苏轼也离开朝廷，到地方工作，慢慢从副职变成了主官，精神上的苦闷虽然不亚于苏辙，但物质上要稍微好过一些。但兄弟二人是极廉洁的官员，所以日子仍过得非常艰难。

我们看到苏轼出面，向驸马都尉王晋卿前后两次借钱三百贯，用于苏辙嫁女，我跟周围的人讲"乌台诗案"审案过程中审出的这个细节的时候，很多热爱苏轼兄弟的人都流下了眼泪。

"乌台诗案"中审判苏轼，从元丰二年（1079）的九月十三日到九月二十七日，共有七次之多。审判不是一个文明的审判，"狱吏稍见侵"，苏轼在诗中替狱吏们开脱，但是后面一句"自度不能堪"则揭露了"侵"

的残暴。"不能堪"的程度,哪里是"稍见侵"的程度呢?他开始做赴死的准备了,提笔写下了两首绝命诗。

第一首诗是写什么呢?给湖州的百姓?大儿子苏迈?家中担惊受怕的妻子?……心酸涌上心头,手里的笔仿佛有千钧之重:

柏台霜气夜凄凄,风动琅珰月向低。
梦绕云山心似鹿,魂飞汤火命如鸡。
眼中犀角真吾子,身后牛衣愧老妻。
百岁神游定何处,桐乡知葬浙江西。

苏轼《狱中寄子由二首》其二

诗后有一句小注:"狱中闻湖杭民为余作解厄斋经月,所以有此句也。"第二首专门写给苏辙。

圣上如天万物春,小臣愚暗自忘身。
百年未满先偿债,十口无归更累人。
是处青山可埋骨,他年夜雨独伤神。
与君今世为兄弟,更结来生未了因。

苏轼《狱中寄子由二首》其一

最后一联,道尽了却不断的兄弟真情。这辈子不能了,下辈子续上!

苏轼不知道,弟弟这时已经向皇帝呈上了一篇肝肠寸断、惊天地泣鬼神的《为兄轼下狱上书》。哥哥的诗,弟弟当时不敢看;弟弟的上书,哥哥当时读不到。但这两诗一文,是天底下第一催泪文字,任他铁石心肠,也要怦然大恸。在这里，完整呈现苏辙此上书的文字：

> 臣闻困急而呼天，疾痛而呼父母者，人之至情也。臣虽草芥之微，而有危迫之恳，惟天地父母哀而怜之。
>
> 臣早失怙恃，惟兄轼一人相须为命。今者窃闻其得罪，逮捕赴狱，举家惊号，忧在不测。臣窃思念，轼居家在官，无大过恶。惟是赋性愚直，好谈古今得失。前后上章论事，其言不一。陛下圣德广大，不加谴责。轼狂狷寡虑，窃恃天地包含之恩，不自抑畏。顷年通判杭州及知密州日，每遇物托兴，作为歌诗，语或轻发。向者曾经臣寮缴进，陛下置而不问。轼感荷恩贷，自此深自悔咎，不敢复有所为，但其旧诗已自传播。
>
> 臣诚哀轼愚于自信，不知文字轻易，迹涉不逊。虽改过自新，而已陷于刑辟，不可救止。轼之将就逮也，使谓臣曰："轼早衰多病，必死于牢狱，死固分也。然所恨者，少抱有为之志，而遇不世出之主，虽龃龉于当年，终欲效尺寸于晚节。今遇此祸，虽欲改过自新，洗心以事明主，其道无由。况立朝最孤，左右亲近，必无为言者。惟兄弟之亲，试求哀于陛下而已。"臣窃哀其志，不胜手足之情，故为冒死一言。
>
> 昔汉淳于公得罪，其女子缇萦请没为官婢，以赎其父，汉文因之，遂罢肉刑。今臣蝼蚁之诚，虽万万不及缇萦，而陛下聪明仁圣，过于汉文远甚。臣欲乞纳在身官以赎兄轼，非敢望末减其罪，但得免下狱死为幸。兄轼所犯，若显有文字，必不敢拒抗不承，以重得罪。若蒙陛下哀怜，赦其万死，使得出于牢狱，则死而复生，宜何以报？臣愿与兄轼洗心改过，粉骨报效，惟陛下所

使，死而后已。臣不胜孤危迫切，无所告诉，归诚陛下。惟宽其狂妄，特许所乞。臣无任祈天请命，激切陨越之至。

我在《与苏东坡分享创造力》一书中曾说过：将来如果有人想拍一部歌颂兄弟真情的电视连续剧，我建议以苏轼兄弟为题材。

苏轼兄弟在刚刚踏入仕途的时候，就做了约定：早日抽身，闲居林下。在夜幕下，各自躺在一张床上闲聊，听夜雨。苏轼去凤翔府为签判，苏辙就留诗给哥哥，与哥哥相别："夜雨何时听萧瑟。"而苏轼也叮嘱弟弟："君知此意不可忘，慎勿苦爱高官职。"这都是受了韦应物的"安知风雨夜，复此对床眠"的启发。苏轼在密州筑台，向弟弟征求名字，苏辙从老子那里搬来了一个"超然"，于是那台就取名为"超然台"。熙宁十年（1077）二月，苏辙去徐州与哥哥见面，在徐州待了三个多月。当他住在"逍遥台"与哥哥对床闲聊时，不由得又想到了"夜雨对床"的约定。后来，兄弟二人经历了"乌台诗案"，然后又受到朝廷的重用，但"夜雨对床"之约始终在心不曾忘记。

苏轼兄弟都曾先后被朝廷委派出使契丹，苏轼没有成行。苏辙那一次去契丹，看到了哥哥诗文在契丹的流行，从另一个角度看到了哥哥广大而绵远的文化影响力。

> 谁将家集过幽都，逢见胡人问大苏。
> 莫把文章动蛮貊，恐妨谈笑卧江湖。
>
> 苏辙《神水馆寄子瞻兄四绝》之一

可惜，新的打击来了，且这新的打击是连环打击：苏辙贬谪海康，而苏轼则被贬到海岛上去了。他们利用熟悉的书信工具，硬是找到了一次机会，做生离死别。

这是苏轼年轻时所做的决定："古之君子不必仕，不必不仕。必仕则忘其身，必不仕则忘其君。"现在做官忘身，正其宜也。

七年的谪居生活，苏轼完成了对陶渊明的致敬，把全部陶诗和了一遍。苏辙非常佩服哥哥此举，他说："渊明不肯为五斗米一束带见乡里小人，而子瞻出仕三十余年，为狱吏所折困，终不能俊，以陷于大难，乃欲以桑榆之末景，自托于渊明，其谁肯信之？"于是，苏辙说自己也跟随哥哥，也和了一部分陶诗了。

夜雨对床的理想其实还是实现了一部分的。苏轼"舟行至毗陵，复以疾不起"。苏辙哭奠之后，发讣告给眉山族人："已矣，手足尽矣，何以立于世！"最后，苏轼葬嵩山"小峨眉山"。苏辙把哥哥埋在自己看得见的地方，他本人走过一座座山冈时，向前面一望，哥哥的坟墓就出现在眼前，顿时泪雨淋漓，模糊了一双老眼（"陟冈望之，涕泗雨零"）。

又十一年，苏辙亦葬于此。在另外一个世界，任何苦难都不会把他们分开了。

诗文呈现

次韵子瞻发洪泽遇大风却还宿

苏辙

昨夜宿洪泽，再来遂如归。却行虽云拙，乘险谅亦非。谁言淮阴近，阻此骇浪飞。长风径千里，蛟蜃相因依。眇然恃一叶，此势安可违。冒涉彼何人，勇决生虑微。欲速有不达，鱼腹岂足肥。风帆尚可转,野庙谁能祈。但当拥衾睡,慎闭窗与扉。夜闻声尚恶,起视聊披衣。

苏辙：今世兄弟，更结来生

> 苏辙沉静持重，少言寡语，追求尽善尽美而又不显山露水。兄弟二人外出，哥哥一定在前面探险，这就跟车前面的横木"轼"一样；弟弟则在后面安静地跟随，这又跟车后面的痕迹"辙"一样。
>
> 苏辙在兄长陷入"乌台诗案"时，是整个家族的中流砥柱。他临危不乱，通过各种努力，使得哥哥保其首领，又护送哥哥家眷前往黄州得以团聚，化解了一场大灾难。

林语堂在《苏东坡传》中写道：

在这位大嫂（指苏轼妻子王弗）的眼里，三个男人之中，她丈夫显然是易于激动、不轻易向别人低头，而说话说得滔滔不绝。子由身材高而消瘦，不像哥哥那么魁伟，东坡生而颅骨高，下巴颏儿和脸大小极为相配，不但英俊挺拔，而且结实健壮。

兄弟二人，气质不同，形貌各异。子由高大，丰满的圆脸，两颊附近的松肉很多，而东坡则健壮结实，骨肉匀称。由他的画像，我们不难判断，他是五尺七八寸身高，脸大，颧骨高，前额高大，眼睛很长而闪闪发光，下巴端正，胡须长而末端尖细。最能透露他特性的，就是他那敏感活动、强而有力的嘴唇。他的脸色红润，热情洋溢，会由欢天喜地的表情一变而成抑郁沉思的幻想状。

年幼的苏轼机敏活泼，热情好胜，他相信人，说实话，做事干脆而直道而行；苏辙沉静持重，少言寡语，追求尽善尽美而又不显山露水。兄弟二人外出，哥哥一定在前面探险，这就跟车前面的横木"轼"一样；弟弟则在后面安静地跟随，这又跟车后面的痕迹"辙"一样。他们的名字就能形象地体现出各自不同的性格特点。

苏辙的学习完全不费劲，哥哥苏轼是他的半个老师、一个同伴、一个追赶目标。

在私塾学习期间，兄弟二人诗文方面进步非常快。但是兄弟俩诗风判然有别。苏轼诗中仿佛有一种激情附丽在灵魂之上，超旷率真、积极向上，让人心情为之一振；弟弟的诗意象温婉，结构严谨，功力深厚。

嘉祐元年（1056），苏洵带着苏轼兄弟去成都拜访知州张方平。这是苏洵父子人生中的一个大贵人。张方平一见，便以国士待之。张方平出六番题试兄弟二人，对苏洵说："哎呀呀，两个都是天才呀！老大聪明敏捷，尤其可爱；但是从文章来看，老二谨慎持重，某些方面成就或许会超过哥哥。"在夸奖两兄弟的话语中，又对子由赞誉有加。事实证明了他的赞誉是恰当的。

就在这一年八月，苏氏兄弟参加了开封府的"秋试"。在考试方面，子由一点都不逊于哥哥。八月中旬放榜，兄弟二人顺利得中举人。轻松过了"秋试"这一关之后，他们并没有表现得特别兴奋，反倒是沉下心来，积极准备来年的礼部进士考试。嘉祐二年（1057）春，尚书省礼部主持的省试中，兄弟双双金榜题名。

后来，苏轼前往凤翔为官，苏辙就在家中侍奉父亲。父子都是沉默寡言的人，但苏辙生活有规律，小时候的肺病慢慢养好，不来找他的麻烦了。他照顾父亲也有规律。父亲编《太常因革礼》倾尽了心力，苏辙心疼父亲，但也没有太多的办法。

一天，父亲借得一把雷琴回家，就着琴将自己昔日所学的琴曲一一检索。苏辙在旁边记谱，竟然记得十分之三四。看着父亲欢喜的样子，苏辙也非常高兴，这是子由孝顺父亲的一个生活片段。

父亲去世后，兄弟二人的人生中经历了王安石变法的大事。苏辙初为制置三司条例司的一名官员，是王安石变法班子的成员。作为一名主张温和改革的人，苏辙的主张与王安石不合，他便毫不犹豫地退出了新法阵营——苏辙是最早离开新法集团的人。这种坚持原则、执意不回的勇决性格，就连苏轼都觉得非常了不起。

之后苏辙就在地方担任幕职，三个儿子、七个女儿依次诞生，生活过得非常艰难。苏轼《戏子由》非常形象地刻画了弟弟像颜回那样虽然艰难但不改其乐的生活："常时低头诵经史，忽然欠伸屋打头。"

苏轼在"乌台诗案"中交代与王晋卿的交往包括：王多次送酒食茶果，送弓一张、箭十一支；苏轼委托王裱画三十六幅；苏轼赴任杭州，王送茶、药、文房四宝等等。其中说到"借钱嫁甥女"的事，就是说的苏辙贫穷，嫁女儿没有钱，苏轼就去向王晋卿借钱。借过两次，总额是三百贯。

苏辙是哥哥思念诗中的主角。《水调歌头》中"但愿人长久,千里共婵娟"的对象,就是苏辙。

"乌台诗案"不仅改变了苏轼,更是改变了苏辙。

驸马都尉王晋卿娶的是神宗皇帝的妹妹蜀国大长公主。就是这一位王晋卿,得知朝廷要捉拿苏轼,便冒着极大的风险派人前往南都,把消息告诉了苏辙。苏辙迅速派人到湖州通知哥哥。

为什么要触犯王朝的法令呢?他们心中,可能知道最应该受到审判的是哪一方,最应该受到审判的是哪些人。

苏辙只有一个兄长,顾不得了,豁出去了。

为搭救苏轼,苏辙上书皇帝说愿意以所在之官,赎兄长之罪。这篇《为兄轼下狱上书》写于苏轼性命旦夕不保之时。苏辙先承认苏轼有错,既而分析这些错主要是由于苏轼的性格造成的。苏轼秉性愚直,所以在向皇帝上书时狂妄直率而欠考虑,不顾后果,口无遮拦,以致犯了大错;但他的初衷是报效朝廷,报效英明之主。他在写诗的时候也是这样,等到别人提醒他如此这般不妥时,他自己简直后悔得不得了。苏辙说自己愿意"乞纳在身官",希望皇帝能赦免其罪。兄弟二人将洗心革面,改过自新,粉身碎骨,报效朝廷。

无论苏辙怎样谨慎自重,也难以脱身事外。苏辙从未因为自己的政治命运受到哥哥的牵连而有任何埋怨,在苏轼最困苦的时候总能看到他挺身而出。苏辙送上奏章后,紧接着便向朝廷元老重臣求援,请求他们出来为哥哥说话。他第一个找到的便是最初把他们兄弟二人引荐进京并帮助他们踏上仕途的张方平。

张方平嘉祐四年(1059)从成都知州任还朝,如今已边缘化多年了。

这位极喜奖掖后进的明达之士，得知苏轼被拘押御史台问罪，既惊且愤，当即以前任重臣的身份书写奏章，历数苏轼人品学问、道德文章、勤民政绩，请圣上以国家为念，息雷霆之怒，辨真伪之情，遂天下之愿。张方平的上书是这样写的：苏轼遭遇明主，"亦慨然有报上之心"，只因"出位多言"，说错了一些话，"但以文辞为罪，非大过恶"，陛下应该本着"言之者无罪，闻之者足戒"的态度，"免其禁系"。

张方平写好奏章，先是通过南京（商丘）的驿站送到京城，府官不敢接受，他就叫儿子张恕投送到登闻鼓院。张恕性格懦弱，迟疑着不敢投。后来苏轼出狱，见到这封书的副本，"吐舌色动久之"。人问其故，苏轼不答。苏辙也见到了，就说道："宜吾兄之吐舌也，此时正得张恕力。"苏辙的意思是：正是张恕性格原因才没有火上浇油，使哥哥避免再受灾厄，使张方平避免受到无端牵连。有人问这是什么缘故，苏辙说："子瞻何罪，独以名太高与朝廷争胜耳；今安道之疏乃云'其实天下之奇才也'，独不激人主之怒乎！"

苏轼反对王安石，这是朝野共知的事。苏辙却请求王安石出面替兄长说情。苏辙是这样想的：吾兄得咎，实际都是由于对新法的不同政见引起的。实行新法的领袖王安石虽然罢相退隐，但他对神宗皇帝的影响仍是独一无二的。况且，从私人感情来说，王安石大兄长苏轼十多岁，二人同出于恩师欧阳修门下，平时交谊深厚。安石君子也，非落井下石之人。今兄长罹难，如果他能开口说句公道话，其他推波助澜的人就无由施其伎俩了。

王安石慨然应允。

从元丰二年（1079）的九月十三日到九月二十七日，苏轼被日夜提审达七次之多。在御史台监狱中，狱吏折辱，"稍见侵"，东坡"自度不能堪"，便写了两首绝命诗跟弟弟告别。

谨慎的苏辙没有接受哥哥的书信，书信到了神宗皇帝那里。神宗皇帝读到了苏轼传达的信息，内心受到怎样的震撼，今天的读者是无法知晓了，但我们读那两首绝命诗，很难不被深深感动。诗的最后一句"与君今世为兄弟，更结来生未了因"，讲到血浓于水的手足情，直可惊天地、泣鬼神了。世间事也真奇怪，苏轼因诗获罪，最后还得诗来解救。"解铃还须系铃人"，可谓至言矣！

苏辙在"乌台诗案"中，是整个家族的中流砥柱。他临危不乱，通过各种努力，使得哥哥保其首领，又护送哥哥家眷前往黄州得以团聚，化解了一场大灾难。

"乌台诗案"后苏轼贬谪黄州为团练副使，而苏辙则被贬"监筠州盐税务"，成了一个酒官。

苏辙一到筠州，即做好了打持久战的准备。

他辟厅事堂之东为轩，种杉二本，竹百个，作为宴请亲朋同僚和休息的所在。三年过去，杉和竹遂人愿望，长势繁茂。

苏辙爱杉树，他说："惟杉能遂其性，不扶而直，其生能傲冷雪，而死能利栋宇者，与竹柏同，而以直过之。"杉树的"直"，在所有的树木之中是一独特的品格，是苏辙非常珍视的。他自己就是一株杉树。

苏辙在筠州的本职工作是酒官，暂时代为州学教授，在州学策题时被同僚举报了。国子监司业朱服说他为州学策题三道，违背经书旨意，于是礼部建议"乞令本路别差官兼管勾。从之"。

苏辙所制策题与王安石新经不合，被举报了。

苏辙是一株杉树，他的"直"，自然不会谄媚阿附。苏辙说过一句很有名的话:"无事则深忧,有事则不惧。"

苏辙在筠州做酒税,一干就是五年。酒税一职,苏轼有很高的认识,说,盐酒税务监官虽然地位卑贱,但是缙绅士人公卿胄子,未尝不是从这个职务晋升上去的。如果这些人丧失礼义廉耻,对百姓进行苛酷的搜刮,则天下风俗、朝廷纲纪就会被他们败坏。苏辙在做酒税时的种种艰辛不言而喻,他的肺病因此复发了。

元祐之后,苏辙到京城任职,仕途顺遂。为中书舍人,然后为御史中丞,然后为翰林学士,为户部侍郎,然后为尚书右丞、门下侍郎,做到执政一级,一个恂恂儒者变成了一个实干经邦的能臣。有专家甚至认为,苏辙的成就因为苏轼的盛名被大大忽略了。

苏轼是预言家,他知道苏辙有着无限的发展潜力。在此举一例。

神宗登基,主管部门想创收,就建议不仅仅卖曲,还要把酒的买卖收归国有,实行官榷。转运司正在为财力不足发愁,转运判官章楶听到这个建议,大喜,就亲自到南都召集官员们讨论南都酒实行官榷的事。

苏辙经过调查了解后,提出了几点相反的意见:南都卖酒曲,历史跟南都的设立一样悠久。现在南都还在,卖酒曲的事情却没有了,是第一个不便。以前南都、西都卖酒曲,现在西都已改为政府官榷酒务,这是转运司引以为据的原因。但是西都酒务实行官榷之后,商户却总是赔钱,向政府递交了各种材料,要求罢去官榷之政,政府不得不听从。现在南都买曲制酒的商户没有经营不下去,没有拖欠政府一文钱,无故罢去官家卖曲而实行官榷酒务,是第二个不便。如果改为官榷酒务,政府能得到更多的利益还好,现在南都造酒酒户八家,每家父子兄弟参与造酒事务的人不少于三人,那么就要有二十四人才能把南都的酒业生产承担下来,并且还有钱挣，现在要收归官榷，计划把酒务分为城内与河上两个部门，每个部门设立主管官员二人，衙内办公人员四人，这就是十二人了，比酒户的人数少了一半。如果考虑到人的责任心，公家做事远远不及私人做事的效率，政府投入的本钱也是一个大数目，恐怕官榷还比不过卖曲给私人制酒，是第三个不便。

官榷的事，苏辙算过细账。国家不能像个市场上的小贩，争个鸡毛蒜皮的小账，反而把长治久安的大局给破坏掉了。苏辙分析之后，问章棨："今不顾三害而决为之，奈何？"

章棨听了，说不出反驳的理由，只是强调一点，转运司缺钱花，万一改革能够增加收益呢？

当地士人愁眉苦脸地说，官榷酒务的事争论了很久，僵持不下，但是苏辙因哥哥"乌台诗案"而贬官筠州、离开南都之后，章棨就把官榷搞起来了。

这事是苏辙自己记录的，文章名《议卖官曲与榷酒事》。

还有后话，苏轼来南都时，章棨的酒务官榷已经被证明失败了。又过了七年，苏辙位置权柄，一天讨论郊赦的问题，顺便就罢去南都酒榷而恢复卖曲。于是"南都人大喜"。

元祐时期，苏辙的家，成了兄弟两家人的中心。

苏轼散朝回家要经过弟弟的家门，他往往要停下来，到弟弟家里逗留一下，跟侄儿、侄女们玩一会儿才回家。有时候，兄弟俩同时散朝，两顶官轿，两个翰林，是京城中令人羡慕的一景。

苏辙小时候身体不如苏轼，因为肺疾，常常咳嗽。进入仕途之后，开始也不如苏轼顺利，加上生了众多儿女，生活清苦。可是苏轼每次见到苏辙，发现他总是精神饱满、容光焕发；而且随着年龄的增长，苏辙的身体反而愈发健康了。

苏辙《首夏官舍即事》第二联说："无心与物真皆可，有酒逢人劝莫违。"这便是苏辙的人生观了，不寓于物，一切物都作平等观，无可无不可，念的就是一个"随"字真经了。至于那一句"有酒逢人劝莫违"，却可做名言，一个有酒德、有酒量的人，大概可以这么做。苏辙的平和，就像一股精神原力，输送到哥哥那里，很大程度上帮到了哥哥。

我们再从苏辙的《超然台赋》找一点证据。苏辙说："天下之士，奔走于是非之场……尽情地轻狂浮躁而忘记了回头，自己身在其中还不知。一些超脱旷达的人不免哀怜起这种风气来，真是需要超然的态度、不受物的左右才可以啊。正如老子所云：'虽有荣观，燕处超然。'"

这就是"超然台"得名的由来。

孔子的进取遇到麻烦，解决不了，怎么办？我们看看老子那里有没有办法，找一找，好了，就是它，"超然"。

我们可以发现，兄弟俩遇到人生的大麻烦的时候，总是积极寻找脱困的办法，似乎是弟弟先找到的老子，值得研究。

从元祐九年（1094）四月开始，"元祐"年号退出历史舞台。"绍圣"是新年号。它的政治信息是明确的，就是要继承神宗皇帝的"熙宁变法"，如此，就必然要搬掉"元祐更化"这块大石头了。

秘密求见哲宗的杨畏向皇帝拟出一个熙丰旧臣的名单，上面列有章惇、安焘、吕惠卿、邓润甫、王安中、李清臣等人的名字，急于改弦更辙的皇帝全盘采纳了"绍述"的建议。

元祐九年一月，范纯仁请求辞去宰相职务，皇帝便以李清臣为中书侍郎，以兵部尚书邓润甫为尚书右丞。

三月，李清臣制策题策试进士，全面否定元祐国策。他说：恢复词赋之选的结果造成了"士不知劝"；罢去了"常平之官"但是"农不加富"，否定元祐灵活使用差役、免役，称"役法病"；黄河治理上或东或北争执不休，河患更严重；让利于民，却还是"商贾不通"。

这样，元祐一朝的德政便被否定得一干二净。

李清臣知道要从中书侍郎上位宰相，必须越过时任门下侍郎的苏辙，于是他说："苏辙兄弟改变先帝法度。"苏辙反戈一击："召集我兄弟二人还朝时，你李清臣时为尚书左丞，这么撇清自己，太欺心了。"

针对李清臣所论，苏辙劝说哲宗，恢复熙丰旧法是"小人之爱君，取快于一时，非忠臣之爱君，以安社稷为悦者也"。苏辙在奏章中举了一个例，汉武帝讨伐匈奴，造成国库空虚，老百姓难以承受，后来汉昭帝重用老臣霍光等改弦更张，才使得王朝安定下来，这就是所谓的"父作之于前，子救之于后，前后相济，此则圣人之孝也"。

苏辙此言，正好击中了哲宗的心病。哲宗认为苏辙以札子论机事，应该不让人知，现在却在大庭广众之下陈说，更不该引汉武帝比神宗。哲宗疾言厉色，朝中震恐，不敢说话。

古人常把秦皇、汉武连缀而说，哲宗的历史知识怕也是如此，大概也仅仅认为汉武与秦皇一般，是个黩武之暴君。所以，此时的苏辙不得不担任起历史老师的角色，解释"汉武帝，明主也"。

一边天威震怒众不敢救，一边慢条斯理直节不屈，奈何？

宰相范纯仁上前进言，还是在向哲宗普及历史知识和待人的礼节："武帝的雄才大略是历代史家公认的，苏辙以汉武比先帝，不是诽谤。陛下刚刚亲政，要以礼节进退大臣，不要像呵斥奴仆一样。"

哲宗还在说："人谓秦皇汉武。"

耐心的范纯仁换了一个角度，说："苏辙所说的重点是事和时，而不是人。"

范纯仁执政与苏辙常有矛盾，此次出于公心，援手相助苏辙。范、苏二公忠肝义胆，是北宋王朝最后的、壮观的元气呈现，从此之后，北宋的政治，便急速堕落直至灭亡。

苏辙当年贬筠州酒税权州学教授，"为同僚所挤"，差一点去官，原因是策题；这一次，还是策题。

因为耿耿精忠，苏辙在同一问题上跌倒了两次。

苏辙去世，侄苏过为祭文，其中说："呜呼！维我王父皇考以及叔父，天祚有宋，笃生良臣。"但是"夫既畀之而又夺之，理何疑于大钧？"

诗文呈现

颍州初别子由二首

苏轼

征帆挂西风，别泪滴清颍。留连知无益，惜此须臾景。我生三度别，此别尤酸冷。念子似先君，木讷刚且静。寡辞真吉人，介石乃机警。至今天下士，去莫如子猛。嗟我久病狂，意行无坎井。有如醉且坠，幸未伤辄醒。从今得闲暇，默坐消日永。作诗解子忧，持用日三省。

近别不改容，远别涕沾胸。咫尺不相见，实与千里同。人生无离别,谁知恩爱重。始我来宛丘,牵衣舞儿童。便知有此恨,留我过秋风。秋风亦已过,别恨终无穷。问我何年归,我言岁在东。离合既循环,忧喜迭相攻。悟此长太息,我生如飞蓬。多忧发早白,不见六一翁。

篇四 第四代

苏迨、苏过

唐陳沆詩聯

孤峰尚藉文章力

百謫難遷水月心

癸卯之春 唐齋沈九耿書

苏迈：相从艰难，淡泊守志

> 苏家众多子孙中，苏迈并非显赫出众者，但他的本分、隐忍、坚持，让一个家族在一次次大难临头的时候没有溃散，还保持了一个诗礼之家的斯文不致委为尘泥。

苏迈是苏轼和王弗的孩子，名迈，字伯达，嘉祐四年（1059）生于眉山。他是苏轼数子中唯一出生在眉州的人。还在襁褓中的苏迈便同爷爷苏洵、父亲苏轼、母亲王弗、叔父苏辙一起，坐船从眉州出发，经嘉州——戎州——泸州——江州——涪州——江陵，然后上岸北去京城汴京。经历了涛波之险的苏迈，就和他的名字一样，刚一出生就开始行走（"迈"），奔向目标（"达"）。

嘉祐六年（1061），他跟随父母，一同前往陕西凤翔，父亲被任命为签书凤翔府判官。

在那里，童年的苏迈可能注意到母亲王弗坐在帘后，专注地倾听前来与父亲交谈的各色人等的声音，然后给父亲提供相处交往的参考建议。

比如，一个人在交流中首鼠两端，母亲对父亲说，他就是想来窥探你的意见，这样的人不值得交。又如，某人突然跑来向父亲表示亲近，母亲会说，好得快，翻脸不认人的速度也快，结果证明了她的判断正确。母亲的紧张会不会影响到小小的苏迈呢？这是值得心理学家探究的一个问题。

回到京城两年之后，母亲病逝了，她死于治平二年（1065）五月丁亥。这对于七岁的苏迈，实在是一次沉重的打击。一个月后，母亲的灵柩停到京城西边的一座寺庙里，苏迈可能会有一万个问号，去探究母亲突然从身边消失的种种缘由。

母亲的好品行毋庸置疑，苏迈可能听到过爷爷跟父亲说话：你妻子跟随你于艰难之际，不要忘了她。

父亲有时会跟他回忆母亲不为人知的一面，比如她是青神人，外公名字叫王方。母亲十六岁与我结的婚，然后生的你。你母亲嫁到苏家后服侍爷爷奶奶谨慎恭肃，在家族中受到称赞。特别是有一件事，就是你母亲嫁来时我都不知道她读过书，她也不说。看到我读书时，她就在我的身边，一整天都不离开，我也不知道她已经完全记下来了。后来，我记不起来的地方，她倒能记得。我就问她还读过什么书，一问，所有的书都知道其大略，于是我就知道你母亲聪敏过人又不事张扬了。

母亲死后次年，爷爷苏洵编完了一部大书之后就去世了——编辑图书耗尽了他的元气。

于是，苏迈披麻戴孝，跟随父亲、叔父，从淮河到运河，溯长江而上，护送爷爷和母亲的灵柩回到眉山，安葬于眉山东北彭山县安镇乡可龙里。母亲的坟墓位于爷爷奶奶坟墓的西北八步远的地方。

母亲，是无法替代的，即使有一个深爱自己的父亲也没有办法，即使父亲新娶的夫人是母亲的堂妹也没有办法，苏迈就在失去母亲的缺陷里成长着。

因为反对王安石变法，叔父先离开了京城，然后是父亲，一家人跟着他去到杭州。在杭州的几年，苏迈添了两个弟弟，一个是苏迨，一个是苏过。弟弟苏迨生下来，长着一个长脑袋，直到四岁都还不能走路，这让全家人都陷入焦虑不安之中。

读书，作诗，为文，都是跟着父亲，但父亲似乎并不看重当下的科举了。新法推行后，科举去除诗赋，增加了王安石主持编写的《三经新义》和法律方面的内容，这是父亲拒绝接受的。父亲公务多，又常常有外出的差遣，因此针对苏迈的教育可能会有一些松。好处是，这种自然主义的教育不会伤害孩子的进取心。苏迈写诗，时有佳句出现，作为父亲的苏轼敏感地注意到了，记在心里。他回忆说："儿子迈，幼时尝作《林檎》诗云：'熟颗无风时自脱，半腮迎日斗先红。'于等辈中，亦号有思致者。今已老，无他技，但亦时出新句也。尝作酸枣尉，有诗云：'叶随流水归何处，牛载寒鸦过别村。'亦可喜也。"

父亲在密州知州任结束时，苏迈十九岁，即将迎娶曾任知制诰的老乡石昌言的孙女为妻（存疑，有材料说是先娶另一蜀人吕陶之女）。一家人前往京城，租了另一前辈老乡范镇在城东的宅子做婚礼的场所。

元丰元年（1078）八月十二日，苏迈升格做了父亲。苏轼对于孙辈如何取名，跟弟弟苏辙商量过，最后决定以竹为名——他们对于竹的品质有深刻的理解，"宁可食无肉，不可居无竹。无肉使人瘦，无竹使人俗"嘛。所以苏迈的长子就取名为苏箪，字楚老。

孙子降生，初当爷爷的苏轼是非常开心的。他写信跟朋友说："某辄有一孙，体甚硕重，决可以扶犁荷锄。想公亦为我喜也。"那年中秋夜，苏轼在外面赏月饮酒回家，跟夫人又摆上酒对酌赏月，"卷帘推户寂无人，窗下咿呀惟楚老"，赏月有声，却是童稚的牙牙学语，这是非常美的一幅中秋图。

但是，孩子长着长着就出现了问题，苏轼曾写信跟钱济明要一剂治疗癫痫的方子，就是为了治这个长孙的病："近得单季隐书云：公有一癫药方，极神奇。某长孙有此疾，多年不痊，可见传否？如许，望递中示及。"人生一世，不如意事常八九，楚老的病，身为人父的苏迈恐怕私下流了不少泪吧。

"乌台诗案"发，是在元丰二年（1079），御史台的差官到达湖州苏轼住所是在该年的七月二十八日。这一年苏迈二十一岁。

一家人惶急哭泣，差官押着苏轼，往京城赶。苏迈紧随其后，亦步亦趋，不知心理阴影有多大。苏轼门人王适、王遹兄弟送至湖州城郊，劝慰苏轼："死生祸福，这是上天的安排，你能拿天有什么办法呢？"一句话点醒了苏轼，也增添了苏迈的勇气。王适兄弟送走苏轼父子，又返身回去照顾、安顿苏轼的家人。患难见真情，王适后来成了苏辙女婿，翁婿感情极其深厚，在此打住不表。

苏迈到得京城，日日往狱中给苏轼送饭送衣。二人约定：一旦有不测之祸将至，就送鱼。一日，苏迈外出筹粮，托他人送食，因不明就里，恰好就送了鱼。

苏轼一见鱼，知命将不保，于是题绝命二诗，安排后事。（前面已经述及，此处省）

诗中说到湖州百姓、老妻等，"眼中犀角真吾子"却提到苏迈。苏轼一家长相上有个共同点，就是额上寿骨突出，连到耳朵那里。简言之就是额骨突出，使得下面两侧的颧骨隐而不显。苏轼说"眼前跟随我受难的长着犀角的真正无所畏惧者，是我的儿子"。一场中国文化史上的大案，苏迈作为置身其中的人，被记载下来。

苏轼前往贬所经过淮河时，写《过淮》一诗，这是专门表扬儿子苏迈的。

> 吾生如寄耳，初不择所适。但有鱼与稻，生理已自毕。独喜小儿子，少小事安佚。相从艰难中，肝肺如铁石。便应与晤语，何止寄衰疾。

苏轼专门注解道："时家在子由处，独与儿子迈南来。"时间是元丰三年（1080）正月。

接下来就是黄州的贬谪时光了。苏迈与父亲一道，很快就到了贬所黄州。度过了一段暗淡的时光之后，我们就看到令人眼睛一亮、心情一爽的情景：一个晚上，父子二人开始联句了。

> 清风来无边，明月翳复吐。（轼）
> 松声满虚空，竹影侵半户。（迈）
> 暗枝有惊鹊，坏壁鸣饥鼠。（轼）
> 露叶耿高梧，风萤落空庑。（迈）
> 微凉感团扇，古意歌白纻。（轼）
> 乐哉今夕游，获此陪杖屦。（迈）
> 传家诗律细，已自过宗武。（轼）
> 短诗膝上成，聊以慰怀祖。（轼）

一首诗的创作、完成过程，完整地呈现出来。双方的智力投入、碰撞、消长，都可从中看出端倪。苏轼父子对于诗歌禀赋的传承也有了确证。苏轼对于教育方法的恰当运用、教育成效的取得也是颇为满意。

他拿自己教育儿子跟陶渊明、杜甫比，觉得自己要成功得多——一个成功的诗人的最好证明，就是把自己的儿子们也培养成诗人，陶也好，杜也好，他们在这方面失败了。呵呵！

黄州五年漫长岁月不提也罢，单说否极泰来，苏轼有量移汝州、起复委用之命，苏迈也要去德兴做县尉了。苏轼专门为儿子做了一砚，并铭其上，名《迈砚铭》。铭中云："以此进道常若渴，以此求进常若惊，以此治财常思予，以此书狱常思生。"此铭告诫苏迈要做一个好官，包括四个方面的要求，即：追求大道时充满无限的渴望，向上发展时要时刻戒惧，谋求财富时要常常想到我是如何做的，审判案件时要常常给人活路。

苏轼亲自送苏迈到湖口，留下了父子夜访石钟山的千古佳话。

> 因笑谓迈曰："汝识之乎？……士大夫终不肯以小舟夜泊绝壁之下，故莫能知。而渔工水师，虽知而不能言。此世所以不传也。而陋者乃以斧斤考击而求之，自以为得其实。余是以记之，盖叹郦元之简，而笑李渤之陋也。"
>
> 苏轼《石钟山记》

这一学行之课，不仅教育了苏迈，还教育了后世无数人。

元祐元年（1086），苏迈次子苏符诞生。这是苏迈种种苦难的一个福报。苏符后来光大门楣，出使金国，带回了战乱中流失金国的两个侄子（苏过之孙），并急流勇退，带领全家回到故乡蜀地，自己也终老于乡。

苏轼在绍圣年间再遭迫害时，苏迈的表现仍有可圈可点处。

他听从父亲的安排，把整个家族的人（除了弟弟苏过陪同父亲）带到宜兴安顿下来。然后自己申请前往南方为官，以便照顾父亲，并且不远万里，把一大家人带到惠州，与父亲团聚。在那个时代，要完成这些事非常难。

苏迈为官，苏轼常常以大道晓谕之，比如有一段名言，就是写给苏迈的："古人有言，有若无，实若虚。况汝实无而虚者耶？使人谓汝庸人，实无所能，闻于吾者，乃吾之望也。慎言语，节饮食，晏寝早起，务安其形骸为善也。临书以是告汝。付迈。四月十五日。"中国哲学上的"有""无"，在魏晋时代谈论者众，代表人物王弼"贵无"和裴頠"崇有"。"有"指物质存在，"无"指抽象的绝对。苏轼跟儿子说，有也要作无来打量，况且你本来就"无"嘛。如果从别人那里传来的消息是"苏迈这个人很平庸"，我是会很高兴的。这也是苏轼"惟愿孩儿愚且鲁"观点的一个延展。然后就是一系列生活规律的建议，这都是在非常艰难的情形下，苏轼对儿子的告诫。

苏轼遭受更为沉重的打击，是在苏迈率领家人前来惠州团聚之后，再贬琼州别驾，昌化军安置。那是个什么都没有的地方，尤其是作为一个文坛领袖，没有书，足可致其死。但是有一天"过于海舶得迈寄书、酒。作诗，远和之，皆粲然可观，子由有书相庆也。因用其韵赋一篇，并寄诸子侄"，捋一捋其中的人物，苏轼、苏辙、苏迈、苏过、苏远都参加了，苏轼还说要"寄诸子侄"，苏迈寄书海外，真是值得大赞特赞啊。

在苏家众多子孙中，苏迈并非显赫出众者，但他的本分、隐忍、坚持，让一个家族在一次次大难临头的时候没有溃散，还保持了一个诗礼之家的斯文不致委为尘泥。

诗文呈现

过于海舶得迈寄书、酒。作诗，远和之，皆粲然可观，子由有书相庆也，因用其韵赋一篇，并寄诸子侄

苏轼

我似老牛鞭不动，雨滑泥深四蹄重。汝如黄犊走却来，海阔山高百程送。庶几门户有八慈，不恨居邻无二仲。他年汝曹笏满床，中夜起舞踏破瓮。会当洗眼看腾跃，莫指痴腹笑空洞。誉儿虽是两翁癖，积德已自三世种。岂惟万一许生还，尚恐九十烦珍从。六子晨耕筿瓢出，众妇夜绩灯火共。春秋古史乃家法，诗笔离骚亦时用。但令文字还照世，粪土腐余何足梦。

苏过：与石传神，孝感古今

> 苏过在书法和绘画上继承了苏轼的风格，人称"小坡"，苏轼夸奖道："老可能为竹写真，小坡今与竹传神。"

苏轼一共有四个孩子，长子苏迈是苏轼和原配王弗所生，生于嘉祐四年（1059）。第二个孩子叫苏迨，生于熙宁四年（1071）。第三个儿子叫苏过，生于熙宁五年（1072）。苏迨和苏过都是苏轼为杭州通判之时与王闰之所生。第四子叫苏遁，是苏轼贬谪黄州时与侍妾王朝云所生，不到一岁就夭折了。

我们打量一下天才的孩子们的人生，就知道他们的幸运和不幸运了。

苏过呱呱坠地之后，苏轼非常开心，给他取名过，字叔党，小名叫"似叔"，苏轼希望这个孩子能够像他的叔父一样安静而有个性。孩子身体好，很好养。

苏过小时候对父亲很依赖。父亲在密州既要抗旱又要抗蝗虫，还要解决灾民的问题，作为新任知州的他工作非常繁忙。但是苏过希望父亲待在家里面跟自己玩，就牵着父亲的衣服，不让他离开家去衙署。苏轼无奈中想发火，却挨了夫人一顿批评。苏轼在《小儿》一诗中完整地记录下了这一场家庭"风波"。

> 小儿不识愁，起坐牵我衣。我欲嗔小儿，老妻劝儿痴。儿痴君更甚，不乐愁何为？还坐愧此言，洗盏当我前。大胜刘伶妇，区区为酒钱。

诗中牵衣儿子的痴和妻子的训导，改变了苏轼的认识，这一幅具有冲突意味的家庭生活图景，揭示出苏轼对夫人的尊重、对孩子们的爱，家人在他心中占了很重要的位置。

元丰二年（1079）七月，苏过经历了"乌台诗案"。御史台的官差来到湖州，抓走了他的父亲，这给少年苏过带来了巨大的影响。他的兄长苏迈时年二十一岁左右，跟在父亲后面，一直到了京城。

然后就在懵懂之中，被叔父用船接了送到黄州，被降职的父亲在那里迎接他们。

父亲的同乡，一个名叫巢谷的退役老兵来到黄州。这是一条好汉，又懂文墨，父亲就让他教授苏过兄弟。巢谷教育两兄弟非常严格。

元丰六年（1083）九月，十一岁的苏过添了一个弟弟苏遁。

黄州代表了苏过的童年，等到元丰七年（1084）离开黄州的时候，苏过两兄弟就完全变成楚地的口音了。

船行到当涂，父亲从书箱中找到一方砚台，大喜过望之中，他跟兄弟二人说，这方砚台可不一般！当年在眉山，我和你叔父跟随你爷爷读书。一天，我在地下挖到一块石头，你爷爷说，这是一方天然的砚台，于是把石头凿成了砚台，它成为我们书案上的宝贝。"乌台诗案"发，我被抓进了御史台监狱，一家人流落不相聚，书籍散落。第二年到黄州的时候，那方砚台就不见了，我以为丢失了。没想到它在这里，真是让人开心啊，这个天石砚就交给你们哥俩了。一个砚台，是一家生生不息的文风传续的见证，是脉络，兄弟二人郑重地接过了砚台。

元祐五年（1090）十月，苏过和哥哥去京城参加了礼部进士考试，兄弟二人均落第了。那时他们的父亲和叔父都做了朝廷的高官，二人的落第只能说明当时考试没有水分。不过两年后，因为父亲恩荫的缘故，苏过授官，为右承务郎。

元祐六年（1091）苏过娶妻，这一年他十九岁。妻子是华阳人范蜀公范镇的孙女、范百嘉的女儿。范镇非常欣赏苏轼，当年向朝廷举荐苏轼而不被采纳，范镇就辞职了。两家世交，双方结亲，都非常开心。

苏过长期跟随父亲外出做官，其文学的才能慢慢显现出来。苏轼诗记元祐七年（1092）三月三日赴扬州游涂山、荆山时，就夸奖两个儿子继承了苏门的诗学家风：

小儿强好古，侍史笑流汗。

苏轼对孩子的教育，看来是一种自由主义的方式，孩子是否参加科举考试，他似乎也没有特别的要求，所以孩子可以任情适意发展自己的学问。这是非常难得的态度。

如果没有那一场绍圣时期针对元祐党人的残酷打击和迫害，苏过的人生可能会过得平淡无奇，消失在无惊无险的历史烟云之中。但是政治形势在高太后去世之后，急转直下。变法派和皇帝联手，开展了一场持久、波及面极大的打击保守派的运动。苏轼兄弟首当其冲。

给苏轼的罪名是在掌制命行文时，有讥讪神宗皇帝的嫌疑，于是贬官知英州。

一家几十口人跟着苏轼往南走，风雨未定，前途不可知。这是非常危险并且非常不经济的。

四月中旬，到了河南滑县这个地方，苏轼决定让苏迈前往就近的地方谋生。过汝州与苏辙见面，苏辙分俸禄七千给苏轼。有了这一笔救命钱，苏轼就让苏迈一家赶赴宜兴。

六月二十五日到当涂，新的谪令又传来，诏令苏轼惠州安置。苏轼又调整计划，让次子苏迨一家连同苏过的家小一并前往宜兴。前往贬谪之所的人由五人组成：苏轼、儿子苏过、侍妾王朝云、老婢二人。

一家人哭天喊地，请求跟随苏轼南行，那是一次悲惨的告别。

苏过从此担负了使命。

郁孤台、碧落洞、滴水岩、罗浮山……儿子苏过并未退后，"惟是叔党，于先生饮食服用，凡生理昼夜寒暑之所须者，一生百为，而不知其难"，而诗人苏过走上前台。苏过是父亲诗情诗才的耳濡目染者、耳提面命者，但又是其回应者、唱酬者、记录整理者。他的同题诗，经历了将近一千年，在其父亲的辉煌声名之下仍然保存下来，他的作品因其独特的风格而为研究者所欣赏。

苏过是一个画家。在惠州，他为了让父亲不致感患风寒，专门画了一幅偃卧的寒松图，用作父亲保护脑袋的屏风，叫"护首小屏"，这一细节让父亲感到温馨备至，而那寒松之劲节高风正是父亲所坚守的。

苏轼本人也情不自禁地夸奖儿子的诗：

> 小儿少年有奇志，中宵起坐存黄庭。近者戏作凌云赋，笔势仿佛离骚经。
>
> 苏轼《游罗浮山一首示儿子过》

"有其父必有其子"，对于父亲遭受的打击和迫害乃至贬谪万里于烟瘴之地，与父亲共同经历过黄州贬谪的苏过，是有心理准备的。他在《大人生日》中说，"不待丹砂赐难老，自凭阴德享年长"。意思是父亲光风霁月，单凭自己终身行善所积攒的"阴德"就可以长寿。第二年父亲生日，他又说父亲"直言便触天子嗔，万里远谪海南滨"。直接把加害父亲的账算到天子的头上，这是清醒而勇敢的表达。

苏过照顾父亲的饮食起居细致周到。苏轼说自己"百不知管"，又说儿子照顾自己之余，致力于学问，并有很大的进步。

自身修养上，苏过"亦超然物外"。苏轼大为感叹，说："非此父不生此子也。"

绍圣四年（1097）二月，元祐党人再次遭受打击，苏轼贬琼州别驾，移昌化军安置。苏过陪着父亲前往新的贬所，这一年他二十五岁。年轻的苏过注意到父亲瘦了，他鼓励父亲振作起来，"勿惊髀减带围宽，寿骨巉然正隐颧"，不要担心腰围小了，束带宽了，额前突起的寿骨正好掩藏了颧骨。

他又说，众口一词的诋毁，它是不可能泯灭斯文的。

苏过在海南，旺盛的求知欲驱使他四处借书读。更者，"钞得《唐书》一部，又借得《前汉》欲钞"，苏轼评价非常高："若了此二书，便是穷儿暴富也。"

苏轼在惠州、儋州，花了很大的力气要和遍陶渊明的诗。这也深深地影响到了苏过，苏过也爱上了陶渊明，后来苏过自号"斜川居士"。

《曲洧旧闻》记有苏轼曾写有一段文字论秦少游与张文潜，写完后郑重其事地交给苏过，他说："秦少游、张文潜才识学问，为当世第一，无能优劣二人者。少游下笔精悍，心所默识而口不能传者，能以笔传之。然而气韵雄拔，疏通秀朗，当推文潜。二人皆辱与余游，同升而并黜。有自雷州来者，递至少游所惠书诗累幅，近居蛮夷得此，如在齐闻韶也。"苏轼恳切地对苏过说："汝可记之，勿忘吾言。"

苏过的文，因为亲炙于父亲，又有匠心独运处，所以苏轼在给朋友刘沔的信中说："然幼子过文亦奇，在海外孤寂无聊，过时出一篇见娱，则为数日喜，寝室有味。以此之文章如金玉珠贝，未易鄙弃也。"他在《书过送昙秀诗后》更是表达了对儿子"咄咄逼老人"的惊喜之情："儿子过粗能搜句，时有可观，此篇殆咄咄逼老人矣。特为录之，以满行囊。丁丑正月二十一日。"

好文章可养生，能救命，还可以当钱花。

黄庭坚曾在一封写给苏辙的信中谈到苏轼及其三子，专门提到苏过的文学："而季子文学，几于斯人之不亡也。"认为苏过是其父文学的继承者，评价非常高。

接下来是北归，北归是上一个苦难的终结，也是新的苦难的开始。那一年太热了，坐在船上，苏轼热不可耐，吃凉的食物坏了肚子，一同北上的三兄弟也有些大意了，苏轼病逝。

我们从苏轼写给米芾的书信便可知道一些实际的情形：

> 两日来，疾有增无减。虽还闸外，风气稍清，但虚乏不能食，口殆不能言也。

《与米元章二十八首》之二十一

某昨日归卧，遂夜。海外久无此热，殆不堪怀。

《与米元章二十八首》之二十二

某两日病不能动，口亦不欲言，但困卧尔。……河水污浊不流，熏蒸成病……

《与米元章二十八首》之二十三

某食则胀，不食则羸甚，昨夜通旦不交睫，端坐饲蚊子尔。

《与米元章二十八首》之二十四

这些都是极其危险的信号，但是全家人竟然没有想到停下来，待熬过暑热和污流再赶路。

苏轼少年时写《黠鼠赋》，说"人能碎千金之璧而不能无失声于破釜，能搏猛虎不能无变色于蜂虿，此不一之患也"，他自己此时的经历，应验了这句话——历经大劫而不死，却死在北归的最后一程上。

面对死亡，很多人都准备不足。

兄弟们将父亲骸骨护送至许州，葬于小峨眉山下。苏过则依靠叔父过了十年农家生活。之后外出为小官，后死于道路，死时年仅五十二岁。

苏过在书法和绘画上继承了苏轼的风格，人称"小坡"。苏轼也承认这一点。他在《观过所作木石竹三绝》中夸奖道："老可能为竹写真，小坡今与竹传神。"足见苏轼对苏过的认可。金之元好问《遗山集·跋苏氏父子墨帖》说到苏过的书法和绘画："小坡笔意稍纵放，然终不能改家法。"元好问又在《题苏氏宝章诗注》中比较了苏轼的三个儿子，特别夸奖苏过："苏氏三虎，叔党最怒。"

晁以道在苏过《墓志铭》中说："书画之胜，亦克肖似其先人。"这是继承家中书画传统；"又时出新意，作山水，远水多纹，依岩多屋木，皆人迹绝处。并以焦墨为之，此出奇也。"这是发挥个性后的创新。特别指出一点，苏过在绘画上走出了一条新路，这是后来的评论家们一致认同的。苏过在书法理论上的贡献，突出体现在一篇评价父亲苏轼的书法的文章《书先公字后》上。

诗文呈现

书先公字后（节选）

苏过

吾先君子，岂以书自名哉！特以其至大至刚之气，发于胸中而应之于手，故不见其有刻画妩媚之工，而端章甫，若有不可犯之色。知此然后可以知其书。然其少年喜二王书，晚乃喜颜平原，故时有二家风气。俗子初不知，妄谓学徐浩，陋矣！

篇五 第五代

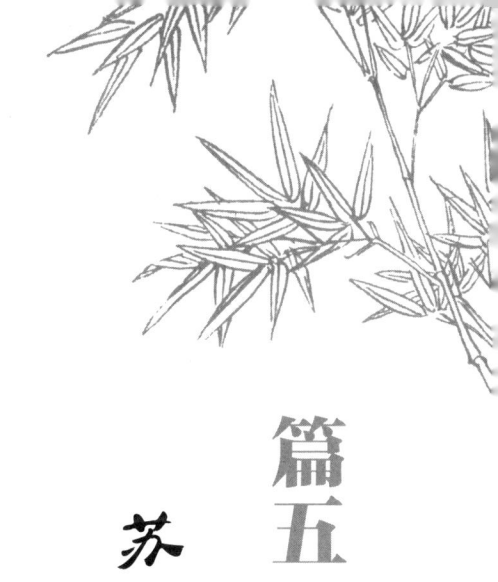

苏符、苏籀

宋文天祥诗联

今古兴亡真过影
乾坤俯仰一虚舟

癸卯暮春肅何凡联书

苏符：学有家法，行如古人

> 苏符，是苏轼长子苏迈的第二个儿子。他"名臣之后，词学甚优"，又"砥名砺节，见于身修；种学绩文，自其家法"，修身学文，得自家法。他与秦桧展开了坚决的斗争，并因而罢官。苏符的事迹，是苏氏忠烈家风的又一次辉煌的书写。人们称赞"公其元孙，家学在兹"。

建中靖国元年（1101）七月二十八日，苏轼病逝于常州。

第二年是崇宁元年（1102），苏轼的儿子们护送苏轼灵柩至郏城，葬于嵩山之南。

苏辙卖了一处产业，让侄子们在颍昌自己的身边安顿下来。

崇宁二年（1103）的十一月，苏辙撰《六孙名字说》。文章说，当年子瞻给自己孙辈取名，选择以"竹"为名字。苏辙也跟随兄长，给自己的六个孙子的名中都冠以竹字头。竹在眉山一带是家居的雅物。苏轼曾经称"宁可食无肉，不可居无竹。无肉使人瘦，无竹使人俗"。苏辙对竹"虚心""有节"的种种品质甚为称许。贬谪筠州时，首先就在自己住宅旁边种竹。他们的表哥文同是当时画竹的高手，苏轼专门向表兄学习画竹。所以，给自己的孙辈以竹取名，可能主要原因就在这里。

苏轼、苏辙兄弟的孙子至少有十五个，还有不少孙女。

当时政治形势非常险恶。需要把宋徽宗上台直到北宋灭亡这段时间里对以司马光、苏轼、苏辙为代表的"元祐党人"的政策做一番梳理。

崇宁三年（1104）六月，皇帝下诏："重定元祐、元符党人及上书邪等者，合为一籍，通三百九人，刻石朝堂。"这就是"元祐党人碑"，书碑的人即大奸臣蔡京。

崇宁五年（1106）正月毁"元祐党人碑"。宋徽宗的政策换了一种说法："应元祐、元符系籍人等，迁责累年，已定惩戒，可复仕籍，许其自新。"紧接着，又"大赦天下，除党人一切之禁"，二省同奉旨叙复元祐党籍曾任宰臣、执政官刘挚等十一人，待制以上官苏轼等十九人。到了该年七月又下诏说，曾经是元祐党籍者的子弟，可以到京城为官了。

也就是在这之后，苏轼之孙苏符、苏辙之孙苏籀等，才稍微获得做官或升迁的机会。

但是，宋徽宗的反复无常没有完。宣和六年（1124）冬十月，又有诏令传下来，凡是收藏有苏轼、黄庭坚之文的，命令予以焚毁，如果违背此令，"以大不恭论"。这是离金兵南下灭亡北宋，掳掠宋徽宗、宋钦宗二帝北去之前两年的事。非常奇怪的是，自称是东坡之子的宦官梁师成，可能就在这时站出来，质问宋徽宗："先臣何罪？"历史书写到这里，只好苦笑一声。

遭逢了国难，大概继任的皇帝觉得迫害"元祐党人"背离了天理，于是终于在靖康元年（1126）二月"除元祐学术党籍之禁"。

直到建炎四年（1130）七月，元祐党人的冤案才得以彻底平反，高宗的诏令说："申命元祐党人子孙经所在自陈，尽还应得恩数。"这时，苏辙已经去世十八年，而苏轼则去世二十九年了。

险恶的政治初期，苏辙曾住到汝州一避风头。崇宁三年（1104）他才回到颖昌，从此一直居住在这里。孙辈苏符、苏籀、苏筠等，得以围绕膝下，跟随学习。

这里提到的苏符，字仲虎，是苏轼的长子苏迈的第二个儿子，生于元祐元年（1086）。这个时期应该是苏轼兄弟为官相对顺遂的时期，苏符接受了良好的教育（苏迈长子苏箪患有癫痫）。苏符的成长经历在此略过，我们来看看南宋高宗时期苏符的仕宦经过。

宋高宗建炎二年（1128），高宗开始了针对"元祐党人"的平反工作，苏符作为苏轼之孙，以宣教郎担任国子监丞的官职。朝廷的制文代表皇帝表达了对苏轼的敬仰，说他是千载伟人，在仁宗、英宗、神宗、哲宗、徽宗五朝享有崇高的威望。可惜这样的伟人朕见不到了，但是他有一个才华出众的孙子，朕应该升任他到合适的位置，向天下表示喜好贤能的意思。苏符的才能，被皇帝所发现，苏符逐渐受到重用。

我们阅读有关苏符的任用文件，总能看到祖父苏轼的影子。比如，绍兴元年（1131）八月，苏符担任知蜀州、夔州路提点刑狱，制文说他"尔名臣之后，词学甚优"。苏氏自苏序而下，至于五代，家风不衰如此。

苏符绍兴五年（1135）十月赐同进士出身，授尚书司封员外郎；六年（1136）十二月兼资善堂赞读，赴行在；七年（1137）四月试秘书少监，仍兼资善堂赞读。到了绍兴八年（1138）这一年，苏符连升三级：二月试太常少卿，仍兼资善堂赞读；九月自太常少卿授起居郎，仍兼资善堂赞读；十一月，为中书舍人，免召试，升翊善。制文中说他"砥名砺节，见于身修；种学绩文，自其家法"。修身学文，是得自家风的传承。

中书舍人这个职务，苏轼也曾经担任过。苏符没有经过进士考试而担任中书舍人，在整个宋朝的历史上是不多见的，这是苏轼一门的荣耀。

绍兴八年（1138）十一月朝廷命苏符为"国信计议副使"，准备派他出使金国，苏符以生病为由辞掉了。在奏章中，苏符坚持国有国格，不要丧失原则委屈自己去侍奉别人，不然士大夫不答应，民众不答应，军队不答应。高宗读到苏符的奏章之后"愀然变色"。

绍兴九年（1139）九月，苏符担任尚书礼部侍郎，仍兼资善翊善，制文说苏符"学有家法，行如古人"。苏符上书，谦称自己不知礼。朝廷反问道："卿不知礼，当谁知之？"这是非常高的称许了。

与此同时，宋高宗赐"旌贤广惠"之名，旌表在郏县的苏轼坟墓。

绍兴九年（1139），升任给事中的苏符担任"贺金人正旦使"。该年十二月，金兀术留苏符于东京，酝酿着再次攻打黄河以南之地。苏符知道金人背叛盟约，便于绍兴十年（1140）三月从东京策马逃回，告知朝廷，加强战备。

苏符这次回来，还把沦落在金国的两个侄儿苏岘、苏峤（苏过的孙子）带了回来。

果然，其后金兀术兵分四路，大举入侵。

绍兴十年（1040）十二月，苏符又从礼部侍郎升职礼部尚书仍兼资善堂翊善。苏符在谢表中说，朝廷为了褒扬我的祖先，施恩于无用之人，我本来不该被提拔，却被提拔了。

之后的绍兴十一年（1141）正月，苏符上朝面见高宗，讲述《易》中的"同声相应，同气相求，水流湿，火就燥"之理，这是苏家的家学，讲解之后，得到了高宗的赞扬。

绍兴十二年（1142）二月，苏符被罢去礼部尚书一职，以右朝散郎提举江州太平宫。这中间发生了什么事情呢？原来是以赵鼎、苏符一派，就高宗立皇子的事情与秦桧展开了斗争，苏符以"怀奸附赵鼎罢"。同罢者有吴表臣、陈桷、方云翼、丁仲京、王普、苏籀。苏符、苏籀兄弟与秦桧道路不同而被罢官，这是苏氏忠烈家风的又一次辉煌的书写。

得罪大奸臣秦桧，苏符吃了很多苦头。直到绍兴十六年（1046）二月，朝廷恢复苏符敷文阁待制的职务之后，苏符才带着家人回到蜀地，任遂宁府知州。

中间各种艰难不计。绍兴二十六年（1156）五月辛丑，苏符知邛州。这一年七月，苏符死于蜀中，享年七十。

于是朝廷将苏符的官职在原来的基础上增加了四等，最后"特左中奉大夫，累封眉山开国伯，食邑七百户"。朝廷在赠官的制文中夸奖苏符"能写雕龙之文，胸有凌云之气"。特别重要的一句是夸奖苏符的家风：善继厥祖，不陨其声。

这就跟苏辙的孙子苏籀纪念苏符时所说的内容达成了统一。苏籀说：

伟欤东坡，百代之师。公其元孙，家学在兹。

诗文呈现

苏符行状

苏山

先君（苏符）问学，深于六经，盖其说独得于传注之先。

奏事殿中，非经不言，上深知之。故自郎官七迁至常伯，皆兼赞读、翊善之职。经幄论议，倾听称善，进用皆出上意。及去国，上意盖未衰。时宰恭骖，其迹半天下，与郡与职相属也。先公益恬退，及上慨然思先公之言，卒用其所议礼，而先公顾已下世，天下悲之。平居以经学自娱，为门人子弟日讲说，衎衎无倦。经指教者，皆为名士。好施与，不治生产，族葬婚，必待以具资，甚者待以承。奏补必先宗族。凡五遇郊恩，然后乞官山。间从方士得养生之秘，自守武陵，有所遇，即导引不食谷，且得浮丘故址，因自号白鹤翁。晚归蜀，父老皆欢呼前道，依西山松楸以居，幅巾杖履，日与田父野僧游。

苏籀：记录家风，栩栩如生

> 苏辙之孙苏籀，十四岁就在颍昌跟随苏辙读书为学，前后九年的时间。苏辙总是提醒他："你听了我说过的话，应当记下来，不要忘记了，我死了之后，再也没有人跟你说这些了！"（闻吾语当记之勿忘，吾死无人为汝言此矣！）既对苏籀寄予厚望，又对其不以为然表示担心，才说了这样恳切有分量的话。简直是把一门家风传承，要托付给苏籀。苏籀记录苏辙言行，写成《栾城遗言》，留下了苏氏一门的众多家风故事。

整理文字的使命传承

有热爱苏轼兄弟的人问我："他们兄弟二人北归的时候，为什么不一起行走呢？"

这个问题让我陷入了沉思。我拿出苏辙的《栾城集》读，思考其中的原因。

之前的一年，陪同苏辙奔波贬谪之地的小儿子苏远的妻子黄氏（黄寔是章惇外甥，是苏轼兄弟的好友，两个女儿嫁给了苏辙两个儿子）去世，灵柩放了快一年了，这在南方是非常要命的一件事。我猜想，苏辙父子等不及苏轼从海南北归，过海相聚，最重要的原因就是要让儿媳入土为安。

苏辙在贬谪之地非常有规律地劳动、生活。他从筠州贬谪雷州，又从雷州再贬谪到循州之后，章惇的迫害无所不至，他不能住在僧舍道室中。在循州，他自己掏钱买得民居一处，将屋顶上的漏洞补上，解决了住的问题。又在北边找到一块空地，还有一口井，于是就跟小儿子苏远拿着锄头在里面忙碌。几个月之后，栽种的葱、韭菜、葵菜、芥菜就长得很好。吃住问题解决之后，精神的需求如何满足呢？他发现当地没有可以与他进行交流对话的人。有一个黄姓人家，是读过书的官宦，但是他本人已经不能读书了，于是苏辙就时常借他家的书来读。苏辙说，年纪大了，读书也读得脑袋昏涨，于是就关上房门，闭上眼睛，思考平生，那往事就像梦一样浮现在眼前，苏辙开始了他的口述史，小儿子苏远在一旁记录，这就是《龙川略志》。之后，他又写成《龙川别志》。在该书前的小序中，苏辙回忆道，任中书舍人时与刘贡父值守。刘贡父说："我们二人一死，以前说过的话、做过的事都湮灭了，世人不知道了。你如果能够记录下来，还可以留下一部传记啊。"刘贡父说这些话的时候，苏辙忙得没有闲暇的时间，现在谪居在远方，想到昔日老友的嘱托，心中无限悲伤，就觉得担负了重大的使命。

苏轼北归，还没有安定下来就病逝了，这对苏辙打击非常大。他把陪同苏轼贬谪的侄子苏过安排在身边，记录所经历的一切，整理、存放所有的文字。

我们今天能够读到三苏的众多文字，跟苏辙的整理有非常大的关系。

北归之后，苏辙的儿子们宦游四方，整理文字的任务又落在孙辈身上。孙辈中有一个叫苏籀，生于元祐末年。十四岁就在颍昌跟随苏辙读书为学，前后九年的时间。祖父苏辙总是提醒他："你听了我说过的话，应当记下来，不要忘记了，我死了之后，再也没有人跟你说这些了！"（闻吾语当记之勿忘，吾死无人为汝言此矣！）既对苏籀寄予厚望，又对其可能不以为然表示担心，才说了这样恳切而有分量的话。

简直是要把一门家风传承托付给苏籀。苏籀直到年老才领悟到，写成《栾城遗言》一书，"以传子孙"。书虽只有一卷，但是因为该书是苏籀亲自从祖父苏辙那里听来的，并且叙述的内容尊重原意，"未敢增损一语"，今天的人能够读到苏辙行文的旨趣，谈论事务的风格，因此这本书受到后人的重视。

比如今天有人怀疑苏辙不是程夫人所生，《栾城遗言》就有一段话戳破其谬见："曾祖母蜀国太夫人，梦蛟龙伸臂而生公。"意思是："我的曾祖母蜀国太夫人（即程夫人），梦见蛟龙伸展臂膀而生公（苏辙）。"

关于"平生事业"的《春秋集传》

苏辙说，自己一生最为得意的一部书是《春秋集传》，他是把该书的写作当作一生的事业来进行的。

> 公曰：吾为《春秋集传》，乃平生事业。
>
> 苏籀《栾城遗言》

苏籀的书中记录说，有一天他偶然在颍昌祖父的书阁的三个书橱中看到放着《春秋》，还有用于解读、注释的《公羊传》《穀梁传》《左传》（即"春秋二传"）。这部书的卷末有题字，"内申嘉祐元年冬，寓居兴国浴室东壁第二位,读《三传》"。嘉祐元年即1056年。该年苏洵带着苏轼、苏辙兄弟二人前往京城,住在兴国浴室院(相当于蜀地的驻京办事处),准备来年的进士考试。苏辙题写的文字说明了他读"春秋三传"的时间、地点。

苏籀说,该书的书名还是第二年(即嘉祐二年,是年兄弟二人中进士)东坡公题写的,并且把自己的名字附在上面。这部书以前因为压在蚕茧的下面,从来没有打开过。小小年纪的苏籀偶然打开该书,拿祖父现在所撰写的《春秋集传》一一比对,发现祖父年轻时读书,已经有成熟、稳定的思考了。苏籀想象当时祖父两兄弟一同问学,集中精力考据典籍,年老而成就大作,这些书都保存下来了,祖父的《春秋集传》就是一个典型的证据。所以东坡公晚年说《春秋集传》一书,阐发古代先贤笔有未到的思想。

苏辙自从元丰三年(1080)因为"乌台诗案"论救其兄苏轼而贬谪筠州,苏籀记录说,这一期间,苏辙纵览诸家之说,写成《春秋集传》十二卷。绍圣初年又在宰执的位置上再谪南方,到元符年间三换贬谪之地,最后卜居龙川白云桥,《春秋集传》才最后写完。他抚摸着这部书,叹息一声说:"此千载绝学也。"

这部书之所以重要,是因为变法派废《春秋》(苏轼、苏辙当年进士考试时,便有"春秋对义"的内容要求)而重《周礼》,王安石还将自己对《周礼》等的解读编就《三经新义》,作为官方考试的标准。对于苏轼、苏辙兄弟而言,《三经新义》在学术上有漏洞,是站不住脚的。

《栾城遗言》中的苏轼、苏辙的比较

苏籀是苏辙的孙子,在自己写的《栾城遗言》一书中,免不了会提及祖父兄弟之间的比较。这个话题非常"引人入胜"。

书中有一句，刘贡父举苏辙所作的训词，说："君所作强于令兄。"意思是，你在这方面比你哥哥要强。限定了范围，话说得体，滴水不漏。

在人制、法制问题上，苏轼持"人、法兼用"之说，苏辙认为法制重要，因为"以法救人，而无求于人"，中间便不会滋生各种腐败。二人的观点不同。

苏轼所撰《富公碑》，把富弼比作寇准，苏辙也不很赞同。

还有，书中专门提到，苏轼写信请苏辙撰写《龙井辩才师塔碑》，信中说："兄自觉谈佛不及弟。"

在说到苏轼律诗时，苏辙评价其兄长"最忌属对偏枯，不容一句不善者"，在颔联、颈联中，强调膏润、厚重，拒绝平庸的联语。

又："子瞻之文奇，予文但稳耳。"和哥哥的奇文相比，自己的文章工稳。

再次夸奖哥哥的文有奇气："子瞻诗文皆有奇气，至《赤壁赋》，仿佛屈原、宋玉之作，汉唐诸公皆莫及也。"

总体来看，苏籀记录的苏轼、苏辙的对比，是公允的。

读书与作文

关于读书、作文，苏籀《栾城遗言》记录道：

公曰："读书须学为文，余事作诗人耳。"

公曰："读书百遍，经义自见。"

公曰："余少年苦不达为文之节度，读《上林赋》，如观君子佩玉冠冕，还折揖让，音吐皆中规矩，终日威仪，无不可观。"

公曰："予少作文，要使心如旋床，大事大圆转，小事小圆转，每句如珠圆。"

族兄在廷问公学文如何，曰："前辈但看多做多而已。"

公言："班固诸叙，可以为作文法式。"

公曰："申包胥哭秦庭一章，子瞻诵之，得为文之法。"

公曰："余《黄楼赋》，学《两都》也，晚年来不作此工夫之文。"

公曰："庄周《养生》一篇，诵之如龙行空，爪趾麟翼所及，皆自合规矩，可谓奇文。"

贾谊、宋玉赋，皆天成自然；张华《鹪鹩赋》亦佳妙。

讲　学

苏辙在颍昌，终日燕坐之余，便是看书，世俗的所谓玩乐之好，则漠然忘怀。

族中子弟有长进者，苏辙总是褒扬勉励。侄孙元老（苏在廷）中进士来许州，将自己所写的文章呈给苏辙。苏辙读毕，夸奖他的文风像曾巩年轻时。并说写文章没有特别的捷径，就是看得多一些、写得多一些，就会有区别。

苏籀的《栾城遗言》写道，大观元年（1107），跟随祖父学《论语》。祖父讲解该书的过程中，因比对苏轼《论语解》一书，观点有不同处，苏辙叹一口气说恨不得质之子瞻，兄弟二人平时讨论学术之平等风气宛然可见。但是，人天相隔，又怎么做得到呢？

在讲述老子、孟子、庄子的时候，苏辙时发妙语。

公为籀讲《老子》数篇，曰："高于孟子二三等矣。"

公解《孟子》二十余章，读至"浩然之气"一段，顾谓籀曰："五百年无此作矣。"

世俗药饵玩好，公漠然忘怀。一日，因为籀讲《庄子》二三段，讫，公曰："颜子箪瓢陋巷，我是谓矣。"

苏籀《栾城遗言》

品评诗文

诗人评价诗人，给人一种独特、尖锐的视角，给人以启发。

苏辙夸奖唐储光羲诗"高处似陶渊明，平处似王摩诘"。

又说李太白诗"过人，其平生所擅，如浮花浪蕊"，正如其诗云："罗帷卷舒，似有人开；明月直入，无心可猜。"李白的诗，后人"不可及"。

说张耒《病后诗》，颇得陶元量体。但是苏辙说古人创作诗文，是要尽量发挥自己独特的才能。如果用尽心力专门去效仿某一个人，放弃了自己而去跟随了别人，"未必贵也"。成为自己才是值得大力提倡的。

张耒最初是跟随苏辙学习的门人，后来又跟随苏轼，成为"苏门四学士"之一。苏辙对张耒是很重视的。他拿张耒和秦观的文章进行对比："张十二之文波澜有余，而出入整理骨骼不足，秦七波澜不及张，而出入劲健简捷过之。要知二人，后来文士之冠冕也。"

苏籀跟随苏辙问学九年，收获巨大。大概学到大观二年（1108）的一天，苏辙忽然对苏籀说："你学来学去，已经学明白、透彻了！"（"汝学来学去，透漏矣。"）他跟自己的长女（嫁给文同之子文务光）说到苏籀的学习进步大，也是这个观点。

苏辙希望孙辈读书努力，他曾经写诗说："叹向诸孙说，疏庸非汝师。"告诫他们：疏懒和平庸不应该成为你们的老师。

苏籀向苏辙问学，他说，自己当时因为年纪小，头脑不聪明，胆子也小，"惮公严峻，不敢发问"，心中有疑问，但是不敢提问，所以留下了无数遗憾，到现在真是悔之不及了。

> 籀辈弱龄鸷怯，惮公严峻，不敢发问，今悔之无及。
>
> 苏籀《栾城遗言》

苏籀仕宦为人，比不上苏符，但他的文章，受到当时的肯定。著名文学家晁说之过陕州，有《过陕州赠苏仪掾仲滋》："信知文采生丹穴，不许文章属外人。"夸奖他的文章得自家传，比别人写得好。尤其是他记录苏辙言行，写成《栾城遗言》，留下了苏氏一门的众多家风故事，这是必须肯定的。

诗文呈现

东坡三绝句（其一）

苏籀

门庭桃柳人人护，焚屋新遭盗跖余。

邻社萧条近尤剧，孙孙子子宝公书。

篇六 苏门

明羅洪先詩聯

浮生若夢誰非寄

到處能安即是家

癸卯熙春寓予齋沿民耿書

苏门：诗文家声，雄视百代

> 诗文传家是三苏家风中的重要方面。这有环境、历史的原因，也是自身热爱的结果。诗文创作离不开想象力、创造力，诗文传家，就不知不觉把想象力、创造力的培养移植到家风建设中去了。这跟专注于经书的死记硬背、灭杀想象力和创造力相比，就显出其先进性。

环　境

诗文，是苏家的家风。

苏轼生活的自然环境里，有一条岷江。岷江是长江最长的支流，被人列为世界上"人杰地灵的三十六个地方"之一，把它与诞生恺撒的罗马、诞生文艺复兴巨匠达·芬奇的佛罗伦萨、诞生莎士比亚的斯特拉福相提并论。岷江哺育了富饶的成都平原，经眉山往南，从乐山回头一转，直奔宜宾而入长江，滚滚东去。岷江的灵光养育了辞赋大家司马相如，养育了李白、杜甫这样彪炳千秋的文坛巨匠。苏轼《送张嘉州》直接援引李白原句以表达对家乡风物的礼敬：

少年不愿万户侯，亦不愿识韩荆州。颇愿身为汉嘉守，载酒时作凌云游。……峨眉山月半轮秋，影入平羌江水流。谪仙此语谁解道，请君见月时登楼。……

眉山西南，有一座秀绝天下的峨眉山，还有一座世界上最高的大佛——嘉州凌云大佛（即乐山大佛）。峨眉山和嘉州大佛对当地士人精神影响甚为巨大，苏轼后来在词的领域开辟出豪放一派，与家乡风物的化育是分不开的。

蜀人"好音乐、少愁苦、尚奢靡、性轻扬、喜虚称"，其中的文化士人"安于山林，唯穷经是务，皓首不辍。故其著述往往深得经意，然不轻于自炫，而人莫知"（《宋史·地理志》）。文化士人大量沉淀在民间、沉淀在土地，塑造了当地的文化生态。

《花间词》对以苏轼为代表的北宋文人诗、词之风产生了巨大的影响。温庭筠、韦庄、和凝等三人词作甫倡，几个巴掌在空中孤零零地回响，真正把巴掌拍得穿云遏石，让词以一种大踏步矩阵迈入宋代的还要加上十五个蜀人，他们让词终于成为词、成为宋代的文化标识。

花间词派对苏轼而言，那是直接的创作营养。苏轼七岁时听的故事，他记得很真切。蜀中多奇女子，花蕊夫人就是其中之一。苏轼对花蕊夫人的美丽、勇敢和不幸有了深刻的记忆，这在他后来所写的一首词中有明确的记载。

冰肌玉骨，自清凉无汗。水殿风来暗香满。绣帘开，一点明月窥人。人未寝，欹枕钗横鬓乱。　起来携素手，庭户无声，时见疏星渡河汉。试问夜如何？夜已三更，金波淡，玉绳低转。但屈指西风几时来？又不道流年，暗中偷换。

苏轼《洞仙歌·冰肌玉骨》

此词苏轼大概作于谪居黄州之时。韶华易逝、光阴不待，而前面的序却把花间词的重要人物花蕊夫人对自己创作《洞仙歌》的影响交代得非常清楚："仆七岁时，见眉州老尼，姓朱，忘其名，年九十岁。自言尝随其师入蜀主孟昶宫中，一日大热，蜀主与花蕊夫人夜纳凉摩诃池上，作一词，朱具能记之。"

人 文

据说苏轼爷爷苏序作诗数千首，苏轼伯父苏涣有诗集。苏轼父亲苏洵有一个作诗的教训，他回忆石昌言时说："吾后渐长，亦稍知读书，学句读、属对、声律，未成而废。昌言闻吾废学，虽不言，察其意，甚恨。"就是说自己学跟诗歌有关的课程时失败，便放弃了学习，石昌言听了，虽然没有说话，但是看他的意思，是很遗憾的。

眉山的人文也会对苏轼有影响，苏轼在《题李伯祥诗》中写道："眉山矮道士李伯祥好为诗，诗格亦不甚高，往往有奇语。如'夜过修竹寺，醉打老僧门'之句，皆可爱也。"苏轼说他小的时候跟随道士张易简学习，李伯祥与张易简往来，曾经指着苏轼对张易简感叹说："这位小郎君是个贵人。"

苏轼小时候的诗歌故事，典型的是他与老师刘巨的诗歌探讨，最后改掉老师的诗，改得老师服气。

刘巨是眉山知名学者，他在城西寿昌院办学，跟从他学习的人达到了一百人。这是一所应范仲淹"庆历新政"的政令而兴办的学校。"新政"因范仲淹的离开而失败,但里面有一项各州、县须办官学的制度却保留了下来。苏轼兄弟得以从刘夫子学习,这是享受了范仲淹"庆历新政"的改革成果。因刘夫子的教诲而中进士者很多。当时刘夫子写了一首诗《鹭鸶》。诗最后说:"渔人忽惊起,雪片逐风斜。"少年苏轼读到,跟老师讨论:"先生诗佳矣,窃疑断章无归宿,曷若'雪片落蒹葭'乎?"刘夫子的诗描述鹭鸶为渔人所惊扰,忽然飞起,又遇到大风,于是像雪片一样白的鹭鸶就在风中歪歪扭扭地飞着。小小年纪的苏轼觉得那一种歪歪扭扭的飞给人以居无定所的不踏实感,于是改为"雪片落蒹葭"。在风中飞还是飞落到蒹葭之中,没有标准答案,这种讨论,实际上已经上升到了意象的美学层面了,这是天才的早期灵光初现。他的老师以一句反向赞美接受了苏轼的意见:"吾非若师也。"意思是在作诗方面,你是我的老师了。

苏轼兄弟作诗为文的情形,从苏洵写给张方平的书信中可见一斑,苏洵说:"我有两个儿子苏轼、苏辙……对于文字的读、学方面倒有些优长可取之处。开始学音韵平仄,学成之后,认为自己不值得在那方面花费力气。"苏洵看到两个儿子跨过格律关之后,并没有把格律当成好大一回事,不由得感叹自己学格律"未成而废"的经历——自己走的弯路,不让儿子们重复,苏洵在教育上非常清醒。

写作习惯

李商隐为李贺作《小传》中说:"恒从小奚奴,骑距驴,背一古破锦囊,遇有所得,即书投囊中。及暮归,太夫人使婢受囊出之,所见书多,辄曰:'是儿要当呕出心乃已耳!'"

苏轼去高安见弟弟子由。子由次韵之诗句云:"老兄骑骡日百里,据鞍作诗若翻水。"

骑驴骑骡远行，摇晃不定，诗兴来了，诗人如何解决"据鞍作诗"的问题呢？笔者一直没有弄懂。

后来去一收藏家那里拜访，这个问题才有了答案。藏家拿出一块木制的砚台，砚台上聚有残墨。他放一点水在台中，用笔一调，便能写字。

没有水怎么办？

"古人常常用口水解决问题。"收藏家笑着说，拿出一幅墨色很淡的藏品，说，"你看，这就有可能是木砚台上写的。"

在创作灵感上，苏轼说过许多非常经典的话，说它来得快，去得也快。"兔起鹘落，稍纵则逝"，"作诗火急追亡逋，清景一失遽难摹"。后面的一句解释一下，灵感说来就来，说走就走，电光石火之间，灵感就像逃犯一样消失在汪洋大海般的人群之中了，那清新的景象迅即消去，就再难描摹了。

这就需要那种应急的木制砚台了。

上面的故事，可见苏轼创作习惯之一斑。

遇到即兴的事件，则缘事而作。"东坡居士在丰城，有老人生子"，为此专门去请苏轼赴宴，并且求苏轼作诗记其事。苏轼问："老先生多大岁数了？"回答："七十。""老先生的夫人多少岁了？"回答："三十。"于是苏轼据此作诗，好玩的一联是："圣善方当而立岁，乃翁已及古稀年。"（《续墨客挥犀》卷六）

苏符讲过一个细节，有一个人拿着上等的澄心纸来求苏轼墨宝。苏轼叫苏符取京师印本《东坡集》诵读其中的一首诗，将要书写的时候，苏符读"边城岁暮多风雪，强压香醪与君别"，苏轼不高兴了，把笔放下来，注视苏符，说："你就只晓得香醪。"（"汝便道香醪。"）苏符又吃惊，又害怕。过了很久，才明白那个印本印错了，把"春醪"印成"香醪"了（《邵氏闻见后录》卷十九）。苏轼这么生气，为什么？大概有以下几个原因：一是"春醪"是春天的酒，能够表现出诗的时令，"香醪"则不行；二是京师本《东坡集》出现的错讹让人着实生气；三是苏符既是诗学苏家的传人，不仅记不住他爷爷的诗，照本宣科，人家错了也跟着错而不觉。从这个事例，可见苏轼炼字的态度。

元祐九年（1094）正月，苏轼与李端叔及诸同僚饮酒，席间有歌姬唱《戚氏》。座中有人说，曲调甚美但是文辞欠雅，就向苏轼索新词。苏轼当时正读《山海经》，便以叙述该书中周穆王见西王母于瑶池事为题，请歌姬唱其调。歌姬唱一句苏轼即填词一句。待歌姬唱罢，词即填成。

这让李端叔非常惊讶，说，座中人作不合常情的仓促之请，一定会检验出天下仰慕的大文豪的一些窘迫相来的。但是苏轼并无推却，因其原谱，即席赋咏。然后稍稍改动五六字，再让歌姬唱来，竟是浑然天成、不容改易了。此般才华，前面的固无可比，后来的未必接续得上。

苏轼还有一个特别的创作习惯，酒后创作。如望湖楼诗，直接以饮酒时间、状态入题，名《六月二十七日望湖楼醉书五绝》。

细究五绝第二首"水枕能令山俯仰，风船解与月徘徊"句，可知苏轼是躺在西湖水波之上的。显然酒后不能支，醉了。躺在一同摇荡的水波之上，苏轼所见，山形晃动，风行如船，月亮也在徘徊。尼采说得好："在所有创造性的人那里，直觉恰恰是一种创造的和肯定的力量。"

除标题有"醉书"字样，他处均无饮酒痕迹，酒似乎专门给苏轼的诗歌灵感打开了一扇门——这扇门平时是不开的，一端起酒盏，就听得"吱——"的一声，门开了。

又，作于熙宁六年（1073）一月的《饮湖上初晴后雨》：

> 水光潋滟晴方好，山色空蒙雨亦奇。
> 欲把西湖比西子，淡妆浓抹总相宜。

没有"饮湖上"三字，人们不会知道它是一首酒后之作。

诗　案

假使苏轼一出生便能写诗，这个时间是景祐四年（1037），直到朝廷派人前往湖州将时任知州的苏轼捉拿归案，这个时间是元丰二年（1079），两者一减，四十二年。把苏轼这四十二年所有的作品收集起来，归类，整理，甄别，审核，可以说是较为完整地保存了苏轼阶段性的创作成果，这是那一个诗案唯一正面的遗产了。

苏轼回忆说：

> 仆顷以诗得罪，有司移杭，取境内所留诗，杭州供数百首，谓之"诗帐"。
>
> 苏轼《杭州故人信至齐安》

由皇帝批准、御史台主抓的这么大的案件，起因是这么两句：

> （皇帝陛下）用人不求其备，嘉善而矜不能。知其愚不适时，难以追陪新进；察其老不生事，或能牧养小民。
>
> 苏轼《湖州谢上表》

这是苏轼到任湖州后写的谢表中的两句。意思是说：皇帝在使用人的时候并不求全责备，肯定我的优点而回避我的不足。知道我愚蠢跟不上形势，难以与新进一起共事；体察我年纪老迈而不会添乱，或许能够管理老百姓。

这里面对"新进"有强烈的不耻为伍的愤怒的声音，必然引发"新进"围攻。他们如何围攻呢？最重要的一点就是把皇帝和"新进"绑定在一起——你苏轼反对"新进"，就是反对皇帝。舒亶就是一个急先锋。他说：苏轼包藏祸心，怨恨皇上，讪谤谩骂，无人臣之节。苏轼的文章中，很有一些讥讽时政的言论。陛下救济失业的穷人的时候，他就说："赢得儿童语音好，一年强半在城中。"陛下弘扬法度并以此考核官吏，他就讥讽道："读书万卷不读律，致君尧舜终无术。"陛下兴修水利，他讥讽道："东海若知明主意，应教斥卤变桑田。"陛下禁止贩卖私盐，他又讥讽道："岂是闻韶解忘味，尔来三月食无盐。"其他接触的事物和涉及的事情，随意问答的话，几乎没有一句不含有诽谤之语，小的诗文就通过雕版印刷出来，大的文章就刻在石头上，传播到国内外，自认为了不起。于是，"流俗翕然，争相传诵，忠义之士，无不愤惋"。

"愤"是愤苏轼，"惋"是惋皇上。有多少忠义之士在"愤惋"呢？他说是"无不"，即没有例外。

为了"绑架"皇上，他们还在"龙"身上大做文章。

　　高田生黄埃，下田生苍耳。苍耳亦已无，更问麦有几？蛟龙睡足亦解惭，二麦枯时雨如洗。不知雨从何处来，但闻吕梁百步声如雷。试上城南望城北，际天菽粟青成堆。饥火烧肠作牛吼，

> 不知待得秋成否？半年不雨坐龙慵，共怨天公不怨龙。今朝一雨聊自赎，龙神社鬼各言功。无功日盗太仓谷，嗟我与龙同此责。劝农使者不汝容，因君作诗先自勉。
>
> 苏轼《和李邦直沂山祈雨有应》

这是提点京东路刑狱李清臣于熙宁十年（1077）在山东求雨成功以后写诗给苏轼，苏轼作的和诗。

审判苏轼的李定等人诬陷苏轼的诗中指责龙神偷懒不下雨，致使老百姓转而埋怨上天，而上天就是天子；诗中把龙神比作执政大臣，指责这些龙神懒政不下雨。李定等人又找出另一首《塔前古桧》中"根到九泉无曲处，世间惟有蛰龙知"句，指斥苏轼背负浩荡皇恩，不求天上龙，反求地下龙。

几位审讯苏轼的大臣加上舒亶、吕惠卿、王珪等态度一致：苏轼"言伪而辩"，"行伪而坚"。这是引用了孔子的话，用以打击苏轼。御史台已查获苏轼赠予司马光、王诜、沈括、张安道、范镇诸人的诗文二十余篇，均涉谤讪圣上，扰乱朝政，罪不容赦。

王珪则拾取别人的唾沫，强调苏轼之毒，毒在《双桧》诗："凛然相对敢相欺，直干凌空未要奇。根到九泉无曲处，世间惟有蛰龙知。"苏轼把自己比作大树，可是"飞龙"在天上却对他视而不见，于是他要到地下求蛰龙知遇。不臣之心，岂不是溢于言表？

李定顺势得出结论："祖宗庆历以来，所行新政，均遭阻挠，致履行艰难；圣上熙宁变法至今，恩泽大卜，竟有心怀叵测之辈，蜚语流言，扰乱朝政，其中尤以苏轼为甚，望陛下圣断。"

审判中，李定等人数次抓住苏轼关于龙的诗不放，其险恶目的就是制造苏轼反皇帝的口实——在他们的字典里，龙即皇帝，任何以龙为题所作诗词歌赋，都有可能欺君。

皮球踢到皇帝那里，就看皇帝的格局大小了。神宗说："诗人之词，安可如此论？彼自咏桧，何预朕事？"王珪就语塞了。

天纵英才的神宗，没有掉进王珪等人的圈套中。

设若苏轼这些材料落到后面任何一个皇帝的手里，断然不会"贬谪黄州团练副使"这么轻松过关的。

当然，苏轼在狱中所写的绝命诗，苏辙在外面展开的高效的救援行动，可能产生了效果，最后，神宗"见而怜之，遂得出狱，谪授黄州团练副使"。

苏轼到了黄州，又成了神宗皇帝的一块心病。

怕他病，怕他死。

苏轼元丰四年（1081）在东坡种地，也是皇帝不愿看到的。一个不世出的天才，却得不到重用，只好把自己取一个庄稼汉的名字叫"东坡"，在那里种地！斯文在兹，斯文在兹何为？斯文扫地呢！

苏轼的朋友们看到苏轼因诗而得大名，因诗而锒铛入狱，真是心情复杂，行为上撕裂起来：一方面劝苏轼不要再写了，一方面又索要近作。苏轼回复曹子方的信就呈现了这种撕裂：

> 公劝仆不作诗，又却索近作。闲中习气不除，时有一二，然未尝传出也。今录三首奉呈，览毕便毁之，切祝！切祝！
>
> 苏轼《与曹子方五首》其三

苏轼在黄州时，京城忽然到处传说苏轼病死了。神宗就向蒲宗孟核实。蒲宗孟虽是苏轼的亲戚，也不清楚真实情况，奏道："这些天外面似乎有这个传说，但还没有确切的消息。"神宗正要进食，叹息再三，说："才难。"说完，饭也吃不下去了，情绪非常不快乐。（《春渚纪闻》卷六）这个故事得到苏轼的确认。

元丰三年（1080）至七年（1084），苏轼在贬谪地黄州过着艰难的生活，他在熙宁九年（1076）所作的《水调歌头·明月几时有》却在京城里到处传唱，神宗读到"又恐琼楼玉宇，高处不胜寒"之句时，说："苏轼终是爱君。"下定决心要重用苏轼。苏轼经历多年磨难，终于度过了人生中的一个大劫。

文艺家的雅集

苏轼在元祐回朝那段时期，大谈写文章的乐趣："某平生无快意事，惟作文章。意之所到，则笔力曲折，无不尽意，自谓世间乐事无逾此也。"他的文章诗词，他的风趣机智，他的精神世界，都那么强烈地吸引着大家。人人争读东坡词，个个爱戴"子瞻帽"，就是在辽国、西夏、高丽等地，"三苏"的文章诗词也流传甚广，连外国使节也以能随口吟咏苏轼的诗词而为荣。

他成了北宋文坛的领袖人物。

秦观在一首著名的《望海潮》中写道："西园夜饮鸣笳，有华灯碍月，飞盖妨花。"冠盖云集，如此盛大的宴饮，究竟是什么人在活动呢？究竟是在什么地方举办的呢？这些人有着怎样的影响呢？参加这次聚会的米芾写了一篇《西园雅集图记》，揭晓了内幕：

> 李伯时效唐小李将军，为著色泉石云物，草木花竹，皆绝妙动人，而人物秀发，各肖其形，自有林下风味，无一点尘埃气，

不为凡笔也。其乌帽黄道服，捉笔而书者，为东坡先生；仙桃巾紫裘而坐观者，为王晋卿；幅巾青衣，据方机而凝伫者，为丹阳蔡天启；捉椅而视者，为李端叔；后有女奴，云鬟翠饰，侍立自然，富贵风韵，乃晋卿之家姬也。孤松盘郁，上有凌霄缠络，红绿相间；下有大石案，陈设古器、瑶琴，芭蕉围绕。坐于石盘旁，道帽紫衣，右手倚石，左手执卷而观书者，为苏子由；团巾茧衣，手秉蕉箑而熟视者，为黄鲁直；幅巾野褐，据横卷画渊明《归去来》者，为李伯时；披巾青服，抚肩而立者，为晁无咎。跪而捉石观画者，为张文潜；道巾素服，按膝而俯视者，为郑靖老。后有童子执灵寿杖而立，二人坐于盘根古桧下。幅巾青衣，袖手侧听者，为秦少游；琴尾冠，紫道服摘阮者，为陈碧虚；唐巾深衣，昂首而题石者，为米元章；幅巾袖手而仰观者，为王仲至。前有鬅头顽童捧古砚而立，后有锦石桥竹径缭绕于清溪深处。翠阴茂密，中有袈裟坐蒲团而说无生论者，为圆通大师；傍有幅巾褐衣而谛听者，为刘巨济。二人并坐于怪石之上，下有激湍淙流于大溪之中，水石潺湲，风竹相吞，炉烟方袅，草木自馨，人间清旷之乐，不过于此。

嗟乎！汹涌于名利之域而不知退者，岂易得此耶！自东坡而下，凡十有六人，以文章议论，博学辩识，英辞妙墨，好古多闻，雄豪绝俗之资，高僧羽流之杰，卓然高致，名动四夷，后之揽者，不独图画之可观，亦足仿佛其人耳！芾。

从《西园雅集图记》的介绍来看，参加这次"西园雅集"的一共有十六人。念到他们的名字，你定会大吃一惊：这些都是文学史、艺术史上著名的人物啊！

苏轼、苏辙是"唐宋古文八大家"中的两家；

苏轼、黄庭坚是与唐诗分庭抗礼的宋诗的代表人物，文学史上并称"苏黄"；

苏轼、秦观是词坛巨匠，并称"苏秦"；

黄庭坚、秦观、晁补之、张耒为"苏门四学士"；

苏轼、黄庭坚、米芾是书法史上"宋四家"中的三家；

苏轼、李公麟、王诜、米芾是宋代著名的文人画家；

李之仪也是宋代著名文人。

参加"西园雅集"的，还有佛道中人、美姬童子。雅集的地点西园是驸马都尉王诜（晋卿）的私家花园。《西园雅集图》为李公麟所作，画面所绘为雅集实况的艺术加工。人物栩栩如生，姿态各异，或作书，或作画，或欣赏，或凝伫，各肖其形，潇洒脱俗。

北宋一代风流人物，许多在此。文章结尾"自东坡而下，凡十有六人"以下的一段评语，准确地道出了每个人的历史文化价值，特别是苏轼在其中崇高的领袖地位。

影　响

《宋人轶事汇编》一书，主要记录宋人逸事，未必件件是真。笔者统计，苏轼材料为最多，共三百七十八条。其余，如王安石二百三十九条，欧阳修一百八十二条，韩琦一百五十条，范仲淹一百零七条。上海古籍出版社新编《宋人轶事汇编》编者（主编为周勋初）说："苏轼逸事的内容五花八门，数量庞大，在宋代人物中占很大比重，这里可以将搜集苏轼逸事的著作进行一些比较。丁传靖《宋人轶事汇编》中，二苏的逸事共二百五十三则，居全书人物之首。颜中其所编的《苏东坡轶事汇编》，则共收一千零七十五则。虽然各家采录时标准不一，上述统计数字难称确切，然仍可见苏氏逸闻之丰富。吾等今日重辑苏轼逸事，比之丁氏，容量要大得多；比之颜氏，则尽可能遴选其中可信而价值高者，容量介于二者之间。"很多人因为这其中的材料偏八卦，便在有关史料不足的情况下趁虚而入，为后人所广泛引用。

下面这一段，据说是苏轼为杭州通判时发生的事："东坡倅钱塘日……至湖心，有小舟翩然至前，一妇人甚佳，见东坡，自叙：'少年景慕高名，以在室无由得见，今已嫁为民妻，闻公游湖，不避罪而来。善弹筝，愿献一曲，辄求一小词，以为终身之荣，可乎？'东坡不能却，援笔而成，与之。"词作如下："凤凰山下雨初晴。水风清，晚霞明。一朵芙蕖、开过尚盈盈。何处飞来双白鹭，如有意，慕娉婷。　　忽闻江上弄哀筝。苦含情，遣谁听。烟敛云收，依约是湘灵。拟待曲终寻问取，人不见，数峰青。"（《瓮牖闲评》卷五）苏轼熙宁四年（1071）至七年（1074）为杭州通判，此时他的年纪在三十五岁左右，此时那个美女说自己少年时期就仰慕苏轼的高名，可能要再减去五年到十年，由此可知，苏轼名满天下，可能就在二十五岁到三十五岁之间了。苏轼成了这个弹筝女子的青春偶像，伴随她从少女迈向妇人的人生过程。

苏轼离开杭州，过润州甘露寺多景楼，与好友孙巨源、王正仲相会，时在甲寅（1074）深冬季节。景色美，席间有众多女子等着苏轼填词，其中有一位演奏胡琴的女子姿色尤好。酒喝到一定程度，孙巨源指着西天的暮景对苏轼说："残霞晚照，非奇才不尽。"于是苏轼作《采桑子》，有"多情多感仍多病，多景楼中"之叹。

女子是传播宋词的主力，像苏轼、秦观、柳永这些词坛巨匠，与歌女之间是共生共荣的关系。苏轼在黄州时，每次宴饮，总是醉中题墨送人，毫不吝啬，"至于营妓供侍，扇书带画，亦时有之"。有叫李琪的女子，小慧而颇知书札，苏轼每次见到都非常喜欢，但李琪一直没有得到苏轼的题赠。苏轼即将离开，李琪以"领巾"求书。苏轼取笔，大书："东坡七岁黄州住，何事无言及李琪。"之后扔掉毛笔，与旁人谈笑。有人提醒他还没有写完呢，等到文房四宝要撤下去了，李琪又来相求。苏轼大笑，说："差点忘了。"随即写道："恰似西川杜工部，海棠虽好不留诗。"（《春渚纪闻》卷六）

名医庞安常给人治病，不爱钱财，有人送他好书古画，他就十分欢喜。九江胡道士学得了庞医生的技术，给苏轼用药，苏轼没有钱付给他，就写了几幅作品给他，并且对他说："这是庞医生的传统，不能丢掉。"佛门朋友参寥生病，想去求胡道士治病，自己没有钱，又不会书法绘画，就很急切地去求苏轼。苏轼跟他开玩笑："你是粲、可、皎、彻的徒弟，为什么不用佛门的转语来作两首诗给他呢？"靠山吃山，靠佛门吃佛门，苏轼自叙的这个故事，把儒、释、道放在一起讲了，还幽默地说两位医生有医德，在苏轼无钱的时候没有赶尽杀绝，"索我于枯鱼之肆"。（《东坡志林》卷三）

苏轼与佛门人士论诗，经典的有可遵的故事，还有佛印的故事。佛印的故事很多，其中关于僧、鸟的故事最富有生趣，佛门传出来的故事，结局大都是佛门的机锋占了上风，不过也不见东坡出来表示委屈。林语堂先生讲得很生动，在此略过。

郭祥正是当时的知名诗人。一日诵诗，他后问苏轼："这诗能得多少分？"苏轼说："十分。"郭祥正开心得不得了。未料苏轼慢慢补充了一句："三分是诗，七分是读。"（《齐东野语》）

张怀民与其弟张昌言下围棋,赌注是苏轼的一幅字,胜者得字,败者还要出整整五百钱,设饭局招待苏轼。(《东坡志林》卷九)

元祐四年(1086)八月,苏辙为贺辽生辰国信使。到辽国之后,辽人常常向苏辙打听苏轼的健康情况。苏辙写诗给苏轼:"谁将家集到家都,识底人人问大苏。"后面两句却是一个劝告,还是不要让诗名惊动了远方的国度吧,搞不好有朝一日又贬谪到江湖上去了。不只是苏辙,张芸叟奉使辽国,住在幽州馆中的时候,还看到子瞻《老人行》诗被题写在墙壁上。他还听说范阳书肆也刻了子瞻诗数十首,称为《大苏小集》。这也证明苏轼声名不止于北宋,还扩展到其他地区。(《渑水燕谈录》卷七)

以上材料,挂一漏万,说明苏轼诗文影响之广大、深远。

结 局

下面这段话,我们可以看到宋人把"元祐学术"放在诗赋这个体裁上,宋徽宗政和时期为了与"元祐学术"切割,竟然用"杖一百"的方式来惩罚传习诗赋的士子,但是又怎么禁止得了呢?把诗赋判为"元祐学术",这个学术的领袖除了苏轼,不可能是别人。后来打击元祐党人时,苏轼遭受的迫害最多,原因就在这里。

> 政和间,大臣有不能为诗者,因建言诗为元祐学术,不可行。……何丞相伯通适领修敕令,因为科云:"诸士庶传习诗赋者,杖一百。"是岁冬,初雪,太上皇意喜,吴门下居厚首作诗三篇以献,谓之"口号"。上和赐之。自是圣作时出,讫不能禁,诗遂盛行于宣和之末。
>
> 叶梦得《石林避暑录话》卷三

但是，下面的两段，则是另外一种情形了。

乾道末，苏文忠特赠太师，世或不知其所以。……因即曰："如轼名德昭著，亦当赠太师。"于是降旨施行。然上实雅敬文忠，居常但称子瞻，或称东坡。舍人草制有曰："人传元祐之学，家有眉山之书。"

李心传《建炎以来朝野杂记》甲集卷八

建炎以来，尚苏氏文章，学者翕然从之，而蜀士尤盛。亦有语曰："苏文熟，吃羊肉。苏文生，吃菜羹。"

陆游《老学庵笔记》卷八

诗文呈现

别子由三首兼别迟

苏轼

知君念我欲别难，我今此别非他日。风里杨花虽未定，雨中荷叶终不湿。三年磨我费百书，一见何止得双璧。愿君亦莫叹留滞，六十小劫风雨疾。

先君昔爱洛阳居，我今亦过嵩山麓。水南卜宅吾岂敢，试向伊川买修竹。又闻缑氏好泉眼，傍市穿井泻冰玉。遥想茅轩照水开，两翁相对清如鹄。

两翁归隐非难事，惟要传家好儿子。忆昔汝翁如汝长，笔头一落三千字。世人闻此皆大笑，慎勿生儿两翁似。不知樗栎荐明堂，何似盐车压千里。

上枢密韩太尉书（节选）

苏辙

辙生好为文，思之至深，以为文者，气之所形，然文不可以学而能，气可以养而致。孟子曰："我善养吾浩然之气。"今观其文章，宽厚宏博，充乎天地之间，称其气之小大。太史公行天下，周览四海名山大川，与燕、赵间豪俊交游，故其文疏荡，颇有奇气。此二子者，岂尝执笔学为如此之文哉？其气充乎其中而溢乎其貌，动乎其言而见乎其文，而不自知也。

辙生十有九年矣。其居家所与游者，不过其邻里乡党之人；所见不过数百里之间，无高山大野可登览以自广；百氏之书，虽无所不读，然皆古人之陈迹，不足以激发其志气。恐遂汩没，故决然舍去，求天下奇闻壮观，以知天地之广大。过秦、汉之故都，恣观终南、嵩、华之高，北顾黄河之奔流，慨然想见古之豪杰。至京师，仰观天子宫阙之壮，与仓廪、府库、城池、苑囿之富且大也，而后知天下之巨丽。见翰林欧阳公，听其议论之宏辩，观其容貌之秀伟，与其门人贤士大夫游，而后知天下之文章聚乎此也。

太尉以才略冠天下，天下之所恃以无忧，四夷之所惮以不敢发，入则周公、召公，出则方叔、召虎。而辙也，未之见焉。且夫人之学也，不志其大，虽多而何为？辙之来也，于山见终南、嵩、华之高，于水见黄河之大且深，于人见欧阳公，而犹以为未见太尉也。故愿得观贤人之光耀，闻一言以自壮，然后可以尽天下之大观而无憾者矣。

苏门：无心于工，自大自刚

> 苏过是一个画家，他在惠州为了让父亲不致感患风寒，专门画了一幅偃卧的寒松图，用作父亲保护脑袋的屏风，叫"护首小屏"。苏过的孝行，叔父苏辙评价很高。苏过照顾父亲之余，致力于学问，并有很大的进步，是苏轼三子中成就最突出者，有作品传世。

"堂堂伟形仪"——苏洵的书法

苏洵有一首诗，叫《颜书》，是专门评价颜真卿的书法的，从中可以看到苏洵对于书法的态度。

颜真卿是唐代著名的书家，在"安史之乱"中，他挺身而出，率兵抵抗安禄山乱军，迟滞了安禄山进攻潼关的计划。后来李希烈叛唐，颜真卿只身前往劝说，被李希烈缢死。苏洵在诗歌开头部分歌颂颜真卿是慷慨忠义的豪杰，后一部分则称赞他的书法：

况此字颇怪，堂堂伟形仪。骏极有深稳，骨老成支离。点画乃应和，关连不相违。有如一人身，鼻口耳目眉。彼此异状貌，各自相结维。离离天上星，纷如不相持。左右自缀会，或作斗与箕。骨严体端重，安置无欹危。

从字形结构来看，苏洵评价颜体字仪表堂堂，如同一匹奔驰的骏马，坐在上面却很平稳，一把老劲的骨头支撑着字的结构。

一点一画相互呼应，彼此构成了统一而不违和，就像一个人脸上的五官的搭配。

不同的字就像不同的人，它们的长相不相同，但放在一起构成了一个整体。不像天上的星星那么游离，注定了不能相互支持。

书写上注意每个字的左右连接与聚合，有时如北斗之形，有时如筲箕之状，骨骼紧致字体端庄沉稳，整体看上去没有欹侧不稳之处。

苏洵认为字就要像颜体那样，仪表俊伟，深稳端重，点画应和，欹侧自在，相互关连，整体协调。苏洵本人的字也具有这样的特点。

苏洵性格沉稳，"正襟危坐，终夕无言"。一个沉静的人写出张力很强的字，是很自然的事情。从苏洵文风来看，后世认同他深受战国诸子如申韩、荀子、孟轲特别是纵横家的影响。元代的朱夏说："老苏之文，顿挫曲折，苍然郁然，镌刻削厉，几不可与争锋。"感情充沛、气势磅礴、纵横恣肆、酣畅淋漓，这些用于表述其文风格的词语，用于形容苏洵的书法，也是恰当的。

苏洵好言兵，是个不折不扣的军事战略专家，他主张"一赏罚，一号令，一举动，无不一切出于威。严用刑罚而不赦有罪，力行果断而不牵众人之是非，用不测之刑，用不测之赏，而使天下之人视之如风雨雷霆……"观其字，真有罡风烈马、不怒而威之势。

苏洵对于书法的理解，深深影响到苏轼、苏辙两兄弟。苏轼《题鲁公帖》说："观其书，有以得其为人，则君子小人必见于书。……吾观颜公书，未尝不想见其风采……"

苏洵在京城，有弟子孙叔静兄弟等"多从讲问"，因为"笃学能文"，苏洵非常称许二人的才能。苏洵写给孙叔静的一幅书法，被他精心保存着。后来苏轼贬谪黄州，孙叔静专门去拜访苏轼，拿出苏洵的字给苏轼看，苏轼请求叔静把字交给自己珍藏，叔静没有答应。

苏轼说："先君平生往还书疏，多口占以授子弟，而此独其真迹，信于叔静兄弟厚善也耶？元丰六年七月十五日，轼记。"原来，苏洵跟弟子写信，一般是口授给弟子，现在发现有亲自书写的信札，就很珍贵了，苏轼相信叔静一定会好好对待这幅作品的。这里，苏洵的字被人珍视，也有其写得精妙的原因在里面。

"无心于工，自工也"——苏轼的书法

苏轼的书法，后世论之者甚多，笔者在此以自己的体会论述一二。

苏轼熙宁初年回京城见到书法家石苍舒，石苍舒给自己的书斋取名"醉墨堂"。苏轼宣称他的写字行为是一种病，如同柳宗元所说一个人好文辞、工书法，都是一种病态的嗜好。石苍舒说写字有最大的快乐，顺情适意就像逍遥之游，因此写坏的毛笔堆起来就像墙一样高。一高兴，手一挥，无数的纸张就写满了字，那速度就像骏马奔驰，腾跃九州。他把书斋取名为"醉墨堂"，这病真是不能治了。

苏轼认为对于书法的理解，重要的一点是自由，字从手出，不必谨守法度，一点一画信手写来，不把时间全花在技法的处理上。这一席话，实际上在给石苍舒治病。石苍舒是"最关中之名书者"，已经到了不亚于著

名书法家钟繇、张芝的地步,但是苏轼提醒石苍舒要做减法,不再下那种苦学的笨功夫,"无心于工,自工也"。到了一定境界之后,真的要悟一悟"工夫在诗外"的道理,这样书法水平必然有很大的进步。石苍舒认同苏轼,苏轼在他那里写的每一个字,他都精心收藏起来了。

蔡絛《铁围山丛谈》卷四一则材料,记下了苏轼与蔡京的交往:"蔡京与蔡卞的书法是从伯父蔡襄那里学来的。二人同中进士之后,蔡京调钱塘尉。那时东坡担任杭州通判,蔡京就与东坡一起学徐浩(季海)的书法。当时神宗皇帝喜欢徐浩的书法,所以熙宁、元丰的士大夫多以学徐浩书法为时尚。"("鲁公始同叔公文正公授笔法于伯父君谟。即登第,调钱塘尉。时东坡倅钱塘,与学徐季海。当是时,神庙喜浩书,故熙、丰士大夫多尚徐会稽也。")

苏轼是否学徐浩,我在《东坡酒》一书中说"存疑"。之后读《苏过诗文编年笺注》下册《书先公字后》,找到了答案,里面有一段非常精妙的话:"然其少年喜二王书,晚乃喜颜平原,故时有二家风气。俗子不知,妄谓学徐浩,陋矣!"

元丰四年(1081)九月间,正值而立之年的米芾慕名来到黄州,拜谒苏轼。

这是一次当代巨星与未来巨星的历史性会面。米芾为人狂放,号称"米颠",见苏轼不执弟子礼(他到金陵谒王安石也如此),仅以晚辈自称。

留下来的材料记载了米芾向苏轼请教画竹的过程。苏轼画竹于墙,先画干,从地而起,直贯于顶。米芾很吃惊,问:"何不逐节分?"苏轼笑答:"竹生时,何尝逐节生?"

苏轼告诉米芾,自己画竹得于文与可,"墨深为面,淡为背"。对苏轼画竹的水平，米芾是认可的，评价说"作成林竹甚精"。

苏轼又作枯木，枝干虬曲无端，石皴硬，亦怪怪奇奇无端，如其胸中盘郁也。

苏轼提醒米芾在书法上要精研"二王"，这在《米海岳年谱》中有记载："米元章元丰中'谒东坡于黄冈，承其余论，始专学晋人'，其书大进。"

这样看来，米芾所记与苏过所说，就一致了。苏轼不仅自己学习"二王"，还把这个经验给了米芾。

笔者有一次问四川师范大学教授书法的刘飞滨先生："米芾字像谁？"

刘先生说，自成一家。

我摇头："米芾学苏洵。"

我说，这是我的一个发现，未必正确。

苏轼书画，除了从晋人、唐人那里学习，还从老庄、陶潜那里获取哲学的滋养。比如陶渊明超然物象、冲淡（平淡）无为的哲学尺度，就能达到"质而实绮，癯而实腴"的高境界；用以衡量书法（也包括绘画），也能探究到一种"精能之至，反造疏淡。如观陶彭泽诗，初若散缓不收，反覆不已，乃识奇趣"来。

元丰五年（1082）寒食节，苏轼写《黄州寒食诗二首》，两诗"质而实绮，癯而实腴"甚至苦寒的特点是非常鲜明的。

两首诗同作于寒食节，萧索悲凉，既是阴雨连绵的节令描写，也是作者悲凉愁苦的内心写照。怎么会这样呢？

这一年开始的时候苏轼建东坡雪堂，在给朋友李公择的信中也比较乐观："有屋五间，果蔬十数畦，桑百余本，身耕妻蚕，聊以卒岁也。"给眉山老家的堂兄弟写信说:"吾兄弟老矣,当以时自娱,世事万端,皆不足介意。"给陈季常的诗中也说:"东坡有奇事,已种十亩麦。"去沙湖看田,还潇洒地说道:"竹杖芒鞋轻胜马,谁怕?一蓑烟雨任平生。"在清泉寺,与名医庞安常一道游玩,说:"谁道人生无再少,门前流水尚能西,休将白发唱黄鸡。"依然乐观。这一段时间也少有疾病折磨,左臂肿痛之症也很快就被庞安常治愈了。

为何这时苏轼有如此凄苦的心理状况?到现在为止,还没有找到准确的答案。因此其在苏轼的整个生命历程中,就占有非常特殊的位置。

书稿(《黄州寒食帖》)几经周转,被河南永安县令张浩得到。张浩与黄庭坚相熟,便于元符三年(1100)七月携诗稿往眉州谒见黄庭坚。此时苏轼正远谪岭南,黄庭坚睹物思人,激动之情难以自禁,欣然题跋于其上:"东坡此诗似李太白,犹恐太白有未到处。此书兼颜鲁公、杨少师、李西台笔意。试使东坡复为之,未必及此。他日东坡或见此书,应笑我于无佛处称尊也。"

黄庭坚此论并不确切,因为此诗全无李太白之豪放、浪漫之风,反而深具苏轼一向不喜欢的"郊寒岛瘦"之气。但是,黄庭坚在《跋东坡书远景楼赋后》中对苏轼书法的评论倒是精妙恰当的,他说:"东坡书随大小真行,皆有妩媚可喜处。今俗子喜讥评东坡,彼盖用翰林侍书之绳墨尺度,是岂知法之意哉!今谓东坡书,学问文章之气鱼鱼芊芊,发于笔墨之间矣,所以他人终莫能及也。"黄本人书法气酣而笔健,与苏轼诗、书并为三绝。

《黄州寒食帖》是苏轼行书的代表作。这两首遣兴抒怀的诗作呈现出苍凉、惆怅、孤独之感,苏轼的书法恰如其分地展现了此诗的思想。通篇观之,初则沉郁,继之奔泻而出,不可遏止。该作品受到当代和后世学者黄庭坚、洪迈、董其昌、纳兰性德、罗振玉、内藤湖南等人的推崇，曾被元文宗、乾隆帝和嘉庆帝三位皇帝宝藏。数十位藏家如北燕张氏、韩世能、韩逢禧、北平孙承泽、清江费念慈、广东颜世清、日本菊池晋二、湖北王世杰等摩肩接踵，传续不绝。赖其庋藏，这一旷世神品方得泽被近千年，为人所临习。

南宋初，张浩的侄孙张演于诗稿后另纸题跋说："老仙（指苏轼）文笔高妙，灿若霄汉、云霞之丽，山谷（指黄庭坚）又发扬蹈厉之，可谓绝代之珍矣。"自此，《黄州寒食二首》诗稿被称之为"帖"。明代大书画家董其昌说："余生平见东坡先生真迹不下三十余卷，必以此为甲观。"清代将《黄州寒食帖》收回内府，并列入《三希堂法帖》。乾隆十三年（1748）四月初八日，乾隆帝亲自题跋于帖后："东坡书豪宕秀逸，为颜、杨后一人。此卷乃谪黄州日所书，后有山谷跋，倾倒至极，所谓无意于佳乃佳……"并特书"雪堂余韵"四字于卷首。

《黄州寒食帖》与东晋王羲之《兰亭序》、唐代颜真卿《祭侄帖》合称为"天下三大行书"。从风格上说，《兰亭序》雅士超人，《祭侄帖》悲歌正士，《黄州寒食帖》学士才子，先后媲美，不遑他让。

《黄州寒食帖》第一排与后面有明显的疏离，结尾"起"字单独成排，不合章法，但无限情感沉郁其中，由抑到扬，一发而不可止，章法已经不能禁锢得了了。

苏轼经历了黄州贬谪的苦难，回到朝廷，逐渐进入王朝政务的中心，事务繁忙，作诗的时间被明显压缩。他却忙里偷闲，在书作、画作上题字，阐述自己的观点，将书画创作引入一个充满活力的正道上。比如：

元丰八年十二月，偶饮卯酒，醉，《惠崇春江晚景二首》；元祐元年三月，《题文与可墨竹并叙》；元祐元年十二月，《虢国夫人夜游图》；元祐二年春，《赵令晏崔白大图幅径三丈》；元祐二年夏，《次韵子由书李伯时所藏马》；元祐二年夏，《郭熙画秋山平远》；元祐二年秋，《书晁补之所藏与可画竹三首》；元祐二年秋，《书李世南所画秋景二首》；元祐二年秋，《书鄢陵王主簿所画折枝二首》；元祐二年八月，《次韵米芾二王书跋尾二首》；元祐二年八月，《郭熙秋山平远二首》；元祐三年三月，《次韵黄鲁直画马试院中作》；元祐三年三月，《题憩寂图诗》；元祐三年三月，《书艾宣画四首》；元祐三年五月，《柏石图诗并叙》；元祐三年秋，《题李伯时〈渊明东篱图〉》；元祐三年九月，《和王晋卿题李伯时画马》；元祐三年秋，《戏书李伯时画御马好头赤》；元祐三年秋，《书〈黄庭内景经〉尾》；元祐三年秋，《书林次中所得李伯时〈归去来〉〈阳关〉二图后》。

从苏轼对于书法、绘画的独到见解，从以上的作书、题图的轨迹，可以看到苏轼又开辟了一个充满创造力的新领域。

苏轼在书法、绘画上的成就，吸引了一大批当时知名画家围绕在他的身边，各自努力，创作出了许多精美绝伦的作品。

苏轼本人创作书法、画画，需要一个喝酒的前提。

他说："吾醉后乘兴作数十字，觉酒气拂拂从十指间出也。"

他说，自己平时不敢写草书，但醉后居然可以做大草——"吾醉后能作大草，醒后自以为不及。然醉中亦能作小楷，此乃为奇耳。"

有人要求他写大字，他说要先喝酒："吾师要写大字，特为饮酒数杯。"

黄庭坚仔细描述过，苏轼爱饮酒，但酒量不大，如果喝得超过四五龠的时候，必定烂醉如泥。他也不招呼任何人，直接就倒下睡觉，发出如雷的鼾声。过了不久，他就醒过来，拿笔书写，就像风雨一样迅疾，即使写得有些戏谑也自有意味，让人感觉他就像神仙中人。这种境界，他还会跟当时弄笔墨的人去竞争吗？

苏轼在回复孙觉的诗中提到一件事，就是大家似乎都知道他喝酒之后不管文章、诗、词还是书法，其水平上都超出不喝酒时很多，以至于：

> 便有好事人，敲门求醉帖。

苏轼同时代的人不约而同有了一个真理性的发现：对于苏轼，酒是创造力，或是创造力的催化剂；酒瓶一旦打开，苏轼的创造力就出现了。就会有"敲门求醉帖"的"好事人"。

再举个例，苏轼元丰四年（1081）跟王巩说，画画，总不能画出来都是佳作，酒醉后所画的二十幅作品，时时有一纸可观，然多为人持去。

恐怕连苏轼也没有思考过自己喝酒跟创造力的关系这个问题。

苏轼曾经对大量的同时代的书家做过评价甚至排位。他特别推崇蔡襄的书法，认为他是当朝第一，在许多场合都坚持这个判断。他对许多人比如欧阳修、黄庭坚、秦观、陈师道等人的书法都有肯定的看法。但对于王安石的书法的评价，就活泼多了，他说："荆公书得无法之法，然不可学，学之则无法。"显然是话中藏了话的。

苏轼知颍期间，滁州知州王诏托刘景文携信来，代滁州百姓求苏轼书写欧公《醉翁亭记》。

由此可见，苏轼书《醉翁亭记》时，大概会喝一点酒，打通本我自我的通道，进入一种自由无拘的创作状态，书写了这一段千古佳话。

"余虽缪学文，书字每慵堕"——苏辙的书法

我认真梳理苏辙《栾城集》一书，发现苏辙在创作上较少涉及词、书法、绘画这三个方面的内容，而这些部分却是苏轼所擅长的。

苏辙居家侍奉父亲，苏轼在凤翔为官。一天，苏辙收到苏轼寄回来的十五件碑刻拓片，苏辙在《子瞻寄示岐阳十五碑》中表达了对书法的态度，给了我们一个非常清楚的观察视角。

> 堂上岐阳碑，吾兄所与我。吾兄自善书，所取无不可。欧阳弱而立，商隐瘦且椭。小篆妙诘曲，波字美婀娜。谭藩居颜前，何类学颜颇。魏华自磨淬，峻秀不包裹。九成刻贤俊，磊落杂么麽。英公与褒鄂，戈戟闻自荷。何年学操笔，终岁惟箭筈。书成亦可爱，艺业嗟独伙。余虽谬学文，书字每慵堕。车前驾骐骥，车后系羸跛。逾年学举足，渐亦行驶跛。古人有遗迹，篋短不及锁。愿从兄发之，洗砚处兄左。

这是苏轼兄弟书法交流的一个证据，子由很谦虚地说自己虽然也算是一个读书论文字的人，但写字却不积极——"余虽谬学文，书字每慵堕"，而"吾兄自善书，所取无不可"，现又寄来了岐阳碑帖十五通，开阔了我的眼界，我要"愿从兄发之，洗砚处兄左"了。

苏轼读到这首诗，就回复说："吾虽不善书，晓书莫如我。苟能通其意，尝谓不学可。……端庄杂流丽，刚健含婀娜。……"这就是著名的《次韵子由论书》。诗中苏轼提到自己追求书法的端庄流丽、刚健婀娜，

这种书法技艺确实是很难达到的一个高度。苏轼还提到自己正在学习射箭，他还建议弟弟也学。说弟弟个子高，常常红脸，如果学了射箭，就有关云长的风度。

苏辙不经意于书法，但其书法水平却是卓然大家气象，又自出机杼。仔细研判，与苏轼书法有相似的地方，晋、唐书风，结出两个巨大的果实。

苏轼治平年间曾在《书摹本兰亭后》仔细辨别了一个兰亭摹本里面的讹误，如"外寄所托"改作"因寄"，"于今所欣"改作"向之"，"岂不哀哉"改作"痛哉"……苏轼又论该摹本字有重复，"之"字有相同。接着又说曾经见过另外一个摹本，和这个摹本相比，稍微增加了楷书意，苏轼怀疑是在这个摹本基础上临摹而成的，但比这个摹本差远了。这个摹本从何处得来的？原来是"子由自河朔持归"的。这是苏轼兄弟二人热爱王羲之书法的一个证据。

苏轼书法在当时就有很高的声誉，很多人都去他那里访求，未必皆能如愿。不过他们想了很多的办法，其一是把苏轼灌醉，"敲门求醉帖"，又从苏辙那里打开缺口，"以求之者众，而子由亦以余书为可以必取，故每以与人不惜"（《跋所书清虚堂记》）。这是什么意思呢？苏辙是苏轼的弟弟，从兄长那里拿书法作品，还不是左手给右手的关系？所以每次送人的时候，毫不吝惜。结果呢，"世多藏予书者，而子由独无有"。苏轼就有意见了："昔人求书法，至拊心呕血而不获，求安心法，裸雪没腰，仅乃得之。"子由的这个做法就太过分了！

子由对书法，亦可以看出兄弟二人的物我态度，拿得起，放得下，可谓得道者也。

"苏氏三虎,叔党最怒"——苏过的书法

苏过在书法和绘画上继承了苏轼的风格,人称"小坡",苏轼也承认这一点,他在《观过所作木石竹三绝》中夸奖道:"老可能为竹写真,小坡今与竹传神。"文与可是苏轼非常仰佩的人,把儿子苏过与自己仰佩的文与可并述,足见苏轼对苏过的认可。金之元好问《遗山集·跋苏氏父子墨帖》说到苏过的书法和绘画:"小坡笔意稍纵放,然终不能改家法。"元好问又在《题苏氏宝章诗注》比较了苏轼三个儿子:"长公苏迈忠义像颜真卿,次公苏迨冲淡平和像林和靖,所以他二人的书法和绘画的风格,以为会不相似,实际上却相似。最有几帖,可以说是所谓的'苏氏三虎,叔党最怒'了。""怒",有"突出""张扬""有个性"之意。

晁以道在苏过《墓志铭》中说:"书画之胜,亦克肖似其先人。"这是继承家中书画传统;"又时出新意,作山水,远水多纹,依岩多屋木,皆人迹绝处。并以焦墨为之,此出奇也",这是发挥个性后的创新。特别指出一点,苏过在绘画上走出了一条新路,这是后来的评论家们一致认同的。

苏过在书法理论上的贡献,突出体现在一篇评价父亲苏轼的书法的文章《书先公字后》上。

苏过说,父亲哪里是靠书法出名呢?根本就是以其"至大至刚之气,发于胸中而应之于手,故不见其有刻画妩媚之工",凛然庄严,有不可犯之色,只有站在这个角度,才可能认识他的书法的妙处。苏过明确指出父亲"少年喜二王书,晚乃喜颜平原,故时有二家风气"。但是俗人不知,

狂妄地认为他是在学徐浩，真是鄙陋之见！

父亲的书法作品就像得道的人，其隐其显，不足以改变其对荣辱的看法。以前的人想把父亲推到深渊中去，那么他的书法作品就隐藏起来；现在的人想要拿他的书法作品为进取的本钱，那么风俗纷然而向，争相以所藏之多夸耀于世。而追逐金钱的家伙，则以各种临摹版本出现，以坏乱好，占十分之七八了。唉！这都是书法的不幸啊。阳春白雪之歌出，哪里能让大街小巷的小人都来喜好呢？虽是这样，但是无知者被其名声所诱惑，把伪劣品当成了真品，不值得责怪；但是缙绅士大夫家为世所欺蒙，却是让人叹息的事。还加上有狂妄平庸的人置身其间，自我标榜能够矫正其错误，固执夸张地说大话，反把真当成伪，其智慧可见一斑了。最后使得像我父亲的这样的好作品玉石俱焚，则是巨大的不幸了。

苏过说，自己侍奉父亲在蛮荒之地七年，所得文字都是父亲老年所书，是花落之后成为果实时期的作品，质朴如太羹玄酒，高雅如清庙之乐，非常人所能品味。

苏过说，这世界上有"世方一律"的流俗，这种流俗反对独创，以同一尺度来度量所有的事物，让人为之痛哭。

诗文呈现

书鄢陵王主簿所画折枝二首

苏轼

论画以形似，见与儿童邻。赋诗必此诗，定非知诗人。诗画本一律，天工与清新。边鸾雀写生，赵昌花传神。何如此两幅，疏澹含精匀。谁言一点红，解寄无边春。

瘦竹如幽人，幽花如处女。低昂枝上雀，摇荡花间雨。双翎决将起，众叶纷自举。可怜采花蜂，清蜜寄两股。若人富天巧，春色入毫楮。悬知君能诗，寄声求妙语。

苏门：文行忠信，斯文在兹

> 孔子是苏轼的人格楷模。苏轼向孔子学习，孔子的精神已经内化到苏轼的灵魂里去了。事"近人情"，是孔门遗风，也是苏门家风。来自普通知识分子家庭的士人以这种方式保持自己的"人民性"本色，所作所为都以此为归依，便不会离题万里；反过来，因为近人情，也会获得人民的支持。

苏轼时代的进士考试有一个考试科目叫"帖经"，它是一种填空题，一句或一段文字，两头部分露出文字，中间贴着一部分，要求考生把贴住部分的文字写出来。当然，填空题的内容跟《论语》有关，要求"帖《论语》十帖"。

苏轼对《论语》的内容是非常熟悉的。

苏轼当年在"帖经"一科要考《论语》；在"论"一科，如果在适当时候用一些《论语》中的话语，自然也会收到锦上添花的效果。苏轼进士考试《刑赏忠厚之至论》一文，里面虽然没有《论语》原话，孔子却出场了。在提到"周道始衰"的周穆王时代时，苏轼说"其言忧而不伤，威而不怒，慈爱而能断，恻然有哀怜无辜之心"，所以孔子觉得有可取之处。

苏轼蟾宫折桂，与熟读孔子有着密切的关系。

在向孔子学习的过程中，孔子的精神开始内化到苏轼的灵魂里去了。

"辞达"与"修辞"

作为一个老师，孔子是非常讲究言语文字的。他说"辞达而已矣"。辞者，既包括我们口头语言，也包括书面语言。那么什么叫"达"呢？通常的理解包括至少两个层次：一是准确，二是优美。这两点做到了，就可以称为"达"了。

孔子是解读过《易经》一书的。《易经》里面的"修辞立其诚"很难不对他产生影响。辞如何"修"？达到准确、优美的过程即是"修"。

苏轼一生，文学成就少有人能够比肩，对于"辞达"和"修辞"的看法恐怕能与孔子找到共鸣。苏轼在答复自己的侄女婿王庠的书信中就提到孔子说的这句话。他说，"辞"能够到"达"的境界，已经是最高的境界了，不可能比这更高了。

"达"是从必然王国走向了自由王国，明代的焦竑在《刻苏长公外集序》中，拿孔子说的"辞达而已矣"来描述苏轼在语言运用上达到了无可无不可的自由状态。他说这世界上常常出现的情形是，心里知道但不能用适当的语言传达出来，嘴里能够描述但是行动上却不能表现。心里知道，口能传达，又能通过行动响应，这就是"辞达"。

《论语》的文本本身，就是经过仔细打磨而最终被称为"辞达"的范本，一代一代流传下来的。在"辞达"这个问题上，苏轼是中国所有知识分子中离孔子最近的一位，他的许多作品因"辞达"而被一代又一代的人所传诵。苏轼在《论作文》中说："又须熟读《论语》《孟子》《檀弓》，要志趣正当；读韩、柳，令记得数百篇，要知作文体面。"熟读《论语》等书对培养正当的志趣有帮助。这里，他把熟读《论语》跟作文联系在一起，充分说明所谓的"辞达"既包括口头语言，也包括书面语言。

与他同时代的理学家们则不同，他们中甚至有人提出"作文害道"之说，直接针对的是作为文人的苏轼等人。殊不知这么一反对，直接反对到提倡"辞达"的孔夫子那里去了。

熟读《论语》培养正当的志趣

苏轼说通过熟读《论语》等书，能够培养正当的志趣。在此有很多的例证。

苏轼《刚说》一文中，连着引用了孔子的两句话，一句是"刚毅木讷，近仁"；另一句是"巧言令色，鲜矣仁"。喜欢"刚"这个特质，不是喜欢表面的"刚"，而是喜欢"刚"背后的"仁"。厌恶谄媚者，实际上厌恶谄媚者背后的"不仁"。苏轼拿自己举例，说自己一辈子多灾多难，平日常相敬畏的"刚"者，经常帮助自己脱却灾难，而那些平日里甜言蜜语的人，倒是经常让我倒霉。于是从中就知道"刚者之必仁，佞者之必不仁"了。这个是关于"刚"的志趣的培养。

苏轼说他从孔子一句话中，学会了一种识人的技术，叫"观过知仁"。孔子原话是："人之过也，各于其党，过斯知仁矣。"意思是：人们犯错，性质不一样。根据过错的性质，就可以知道他有没有仁德了。人是很难识别的，就像"江海不足以喻其深，山谷不足以配其险，浮云不足以比其变"。扬雄曾经说过一句话，大概意思是"有人在场就装，没人在场就露出原形"，所以只有通过一个人出错时的表现来考察其仁德的面貌最为恰当。"观过知仁"，又说到"党"，苏轼第三子苏过，字叔党，其名字来由，大概在此。这是关于"仁"的正当的志趣的培养例子。

关于"礼"与"忠"的培养。苏轼说："君以利使臣，则其臣皆小人也。幸而得其人，亦不过健于才而薄于德者也。君以礼使臣，则其臣皆君子也。不幸而非其人，犹不失廉耻之士也。"他用这段话来解读孔子的话："君使臣以礼，臣事君以忠。"二者是相辅相成的，这是第三个例子。

当然，"正当的志趣"不只来自《论语》，还有孔子对其他著作的解读。"仲尼赞《易》，称天之德曰'天行健，君子以自强不息'"，苏轼从这句话提出"天之所以刚健而不屈"，是因为它运动永不停息，这样的结果是"万物杂然各得其职而不乱……皆生于动者也"，显然，这是非常进步的哲学观。

赞同孔子的治学

孔子从卫国回到鲁国，网罗三代之旧文，经礼三百，曲礼三千，虽然终年不能究其说，但是，孔子并没有放弃，他对子贡说："赐，尔以吾为多学而识之者欤？非也，予一贯之。"苏轼说"百氏之书，百工之技艺，九州之内，四海之外，九夷八蛮之事，荒忽诞谩而不可考者，杂然皆列乎胸中"，如何做到"卓然不乱"？就是"一以贯之"。"一以贯之"之法，也是抵达"博学而不乱，深思而不惑"以全"天下之至精"的法门。

苏轼在另一篇文章中提到一个观点，即"终始惟一，时乃日新"。他引《易》"天下之动，正夫一者也"，论述"一"与"动"的关系之后说，大地日月因为能一，万物的变化都从中来。圣人也是这样，"以一为内,以变为外"。圣人能变,是因为有"一"的缘故。苏轼引出商代伊尹告诫太甲说的那句话:"今嗣王新服厥命,惟新厥德,终始惟一,时乃日新。"日新其德,与抱元守一,二者是辩证的关系。所守的"一"是什么?苏轼通过孔子的事例说,是"一于仁而已矣"。关于"一",实际就是一种恒定的态度,孔子从中获益良多,苏轼兄弟也是通过这个路径获得了成功的。苏辙对"一"也有很好的见地。

又比如《礼记》"自诚明谓之性,自明诚谓之教。诚则明矣,明则诚矣"一句里面涉及"诚""明""性"三个延展性极强的词,还有认识的方法论,很难理解。苏轼深入浅出,拈出孔子"知之者不如好之者,好之者不如乐之者"予以解读,豁然开朗。"诚"是什么?就是"乐",这是一种积极的心理状态,因为"乐",所以"诚"。"明"又是什么呢?是"知之",了解事物以至于通透,就是"明"。知之为明,乐之为诚,苏轼认为孔子是"乐之者",苏轼本人也是"乐之者"。在这个方面,二人千古同契,这是其他学者所不能望其项背的。

笔者当年为"寻乐书岩"作记,其中有一段文字说:

> 孔子云乐:知之好之不如乐之者,有朋自远方来相与乐者,智者仁者乐水乐山者,乐之一也;颜子行乐:箪食瓢饮,独居陋巷,不改其乐者,乐之一也。
>
> 昔有濂溪先生授二程学问,"每令寻颜子、仲尼乐处,所乐何事"。遂悟圣人之乐,外不役于物,内不动于心,不以名利、贫富累其志,乐学也,乐道也。

当时就在思考,周敦颐让二程寻孔子、颜回之乐,这成了理学的一个重要话题。他们究竟寻到没有？我不太确信。写完这篇文章之后，朋友袁国正回成都，于其家共食，聊此话题未及尽兴，他便匆匆登上北去的火车。我把文章发他，他大为惊讶，说："周敦颐让二程寻找孔子、颜回之乐，可以不用找了。"

我们都吃一惊，是的，苏轼之乐，就是孔子、颜回之乐，如假包换。

苏轼引孔子语"吾尝终日不食，终夜不寝，以思，无益，不如学也"申论，废弃学习而坐在那里做单纯的思考，这是孔子所反对的方法，但是现在却成了学者流行的时尚，这是非常错误的。

苏轼拿孔子举例，劝人读书，因为学问来自读书，"自孔子圣人，其学必始于观书"。古代书之少，因此读书之难，也是一种实际情况，今天的读书人有好的条件，更要读书。

近人情

苏轼认为，即使是圣人立说，也要近人情。

一方面，孔子知道箕踞而坐、不揖而食的状态，最近于普通人的生活，最近于普通人的生活感受，并且也让身体处于一种舒服的状态，但是"周公、孔子所以区区于升降揖让之间，叮咛反复而不敢失坠者"，世俗风气会认为他们这种遵从礼仪的行为非常迂阔，俗人不知道圣人的权威正体现在这里。

苏轼在《中庸论中》中说，圣人之道从根本上看，"则皆出于人情"。从人情出发，容易讲清楚道理，使得百姓的心中晓然，知其当然，就会产生好的效果。

苏轼说："自仲尼之亡，六经之道，遂散而不可解。"后人读书都有同感，孔子门人辑录的《论语》明白晓畅，而他整理过的六经也是。但孔子之后的学者著述、解读却总是佶屈聱牙，难于理解，正应了苏轼所说的这句话。苏轼分析个中原因，是"夫六经之道，惟其近于人情，是以久传而不废"。相比之下，世之迂学，必勉强牵合，于是就越来越让人搞不懂了。

再举孔子整理的经书为例。苏轼认为《礼》与《春秋》合，每一言可以考证其出处。"然犹未尝不近于人情"，是一个双重否定句，构成了"近人情"的肯定判断。苏轼接着说"《书》出于一时言语之间，而《易》之文为卜筮而作"，所以两书的法度已不如《春秋》那么严谨了。而《诗》则是一种特殊的情形，它的作者是一个大群体，并且创作时心态各不相同，即"天下之匹夫匹妇羁臣贱隶悲忧愉佚"所创作出来的，因此内容非常广泛。于是孔子在整理《诗经》时，"以为其终要入于仁义，而不责其一言之无当，是以其意可观，而其言可通也"。

苏轼《蜡说》中说"八蜡"是"三代之戏礼也。岁终聚戏，此人情之所不免也"，在这种祭祀中，寄托了相应的礼仪。苏轼认为，这正应了孔子思想："一弛一张，文武之道。"

苏轼夸奖自己的老师张方平英伟豪杰，器局宏大，开物成务，名实相符，其文直而不肆，敏捷且博，终身未尝以言徇物，以色假人。虽对人主，必同而后言。毁誉不动，得丧若一等等，这些立身行事的人格，"真孔子所谓大臣以道事君者"。苏轼说，在艰难的时刻，张方平"独以迈往之气，行正大之言"，并以孔子的话"用之则行，舍之则藏"作为立身行事的准则。张方平之文，从庆历到元丰四十余年，与人主论天下事，都写成了奏章，有的被采纳，有的没有被采纳，这些文章"本于礼义，合于人情"，是非成败自有历史来检验。苏轼特别嘉许老师文章"近人情"的风格，是孔子之余风。（《乐全先生文集叙》）

近人情，是苏门家风。来自普通知识分子家庭的士人以这种方式保持自己的"人民性"本色，所作所为都以此为归依，便不会离题万里；反过来，因为近人情，也会获得人民的支持。

这里要提到苏洵有关"近人情"的一篇著名文章《辨奸论》。苏洵除了在文学、政事、军事上有着卓越不凡的成就之外，还于易学、阴阳、观人上有独得之秘。文章说："惟天下之静者，乃能见微知著。月晕而风，础润而雨，人人知之。人事之推移，理势之相因，其疏阔而难知，变化而不可测者，孰与天地阴阳之事？而贤者有不知，其故何也？好恶乱其中，而利害夺其外也。"文中所说的"天下之静者"善于观察、善于归纳，是能够看出很多人的表里、很多事的规律来的，判断的标准即是否"近人情"。"凡事之不近人情者，鲜不为大奸慝"，刚好朝廷中出现了这么一个人，其表现如下：一、口诵孔子、老子的言论；二、履行伯夷、叔齐的德行；三、收罗好名之士；四、制造舆论，自高身价。苏洵说：这样的人是王衍和卢杞的综合，是更加险恶的大奸贼。

苏洵所说的这个人，指向了如日中天的王安石。《辨奸论》语言凌厉，不容置喙，但逻辑上却有很大的漏洞，这漏洞只不过被貌似犀利的议论、极具说服力的史例、层层推进的条理所遮掩罢了。文字简峻有力，显现出苏洵的文风，也显现出他的偏激和固执。

苏轼也承认："《辨奸》之始作也，自轼与舍弟有'嘻其甚矣'之谏，不论他人。"这段话的意思是说，父亲（苏洵）写《辨奸论》，我和弟弟苏辙都很惊讶，觉得过分了，还不说其他人看了会是什么感受。

但是苏洵关于"不近人情"的判断，影响到了苏轼兄弟，二人也常常以是否"近人情"来观人、识人。前面我们已经读到了苏轼的论断。至于苏辙，他有一个关涉大宋江山的惊人预见，就是准确判断出蔡京是一个大奸臣，并三次上奏朝廷，黜斥蔡京。

> 谨按权知开封府蔡京，职在近侍，身为民害。若不知旧法人数之冗，是不才；若知而不请，是不忠。京新进小生，学行无闻，徒以王安石姻戚，蔡确族从，因缘幸会，以至于此。……乞赐指挥，先罢京开封府，仍敕大理寺疾速结绝前件公事。所贵官吏不至观望首鼠，以长奸私。谨录奏闻，伏候敕旨。
>
> 苏辙《乞罢蔡京开封府状》

苏辙远见卓识，阅人之准，今天读来，仍然让人惊讶。苏辙是怎么做到的？如果按照苏辙的意见，蔡京断无出头之日，整个宋代会不会避开那个充满无限悲剧性的历史大坑呢？

名与实

宰相韩琦，是苏轼敬仰的人物。他退休之后建了一个读书堂，取名"醉白堂"，以表达对白居易的敬佩之情，并写信请苏轼为之作记。

苏轼在那篇著名的《醉白堂记》中说，古之君子，他们对待自己是忠厚老实的，所取名字也清白。因为实大过于名，所以世上的人就记诵那内在之美，不感到厌恶。

接着，苏轼拿孔子举例，"以孔子之圣，而自比于老彭，自同于丘明，自以为不如颜渊"。我们发现，孔子那么伟大的人，却把自己比作老彭、丘明，甚至认为在有些方面还不如自己的弟子颜渊，这就是谦虚、廉退之美德。

但是那些所谓的"后之君子"，他的名声还没有达到实际的高度，自己却有一个自夸之心在那里作怪，于是"臧武仲自以为圣，白圭自以为禹，司马长卿自以为相如，扬雄自以为孟轲，崔浩自以为子房"，但是世有公论，终究不承认他们自以为是的比拟，他们的自比最终变成了笑话。

苏轼说，由此来看，忠献公韩琦就远远超过上面所说的臧武仲、白圭、司马长卿、扬雄了。

从孔子那里寻求治国理政之法

苏轼所处的时代，没有大的兵革，差不多一百年了。君子居安思危，常常从现实世界中见微知著，发现一些祸乱的苗头，寻求对策，防患于未然。

苏轼兄弟在元祐时期，曾拟过一些策问，其中有一首代皇帝寻求治国方略的殿试策问，非常有代表性。策问中说，"朕即位改元，于今三年"，纵然比不上孔子之有成，还是跟言有勇且知方的子路差不多。现在的情况是"风俗未厚，刑政未清，阴阳未和"，我的过错究竟在哪些地方呢？朝廷阙失之政，百姓利害之实情，有的我还不知道；我国诚心以待四夷，但是羌戎不来缔结和约，兵不得解；朝廷捐利与民，但是农民未安，商旅不行。这三点我不明白，日夜思索也没有好的答案。请你们把该说的话都说出来，不要有所隐藏，我将亲自拜读。

另外还有一些杂策，如效法孔子，修废官、举逸民，解决冗官的问题。古代教民择官，法制简便。历夏、商至周，法令慢慢增加，官员人数也增加了，周衰，法令渐坏，到孔子之时，周公制定的法令就坏掉了，造成了贤者无法晋身的局面。于是孔子"慨然而叹，欲修废官、举逸民，以归天下之心，行四方之政"，苏轼在策问中请求要被策问者拿出相应的办法。

又，孔子认为"丧欲速贫，死欲速朽"（即"希望官员离职后迅速贫穷；希望官员死后其尸体迅速衰朽"），有子认为这并不是君子之言，但这实际上是孔子有针对性说的。要求被策问者说出自己的观点。

又，今天下郡县通祀社稷、孔子、风伯、雨师与凡山川古圣贤等庙，那些被祭祀的对象，应有其神主在相应的地方，不可缺少。要求被策问者拿出办法。

苏轼对于孔子所言，不是全盘收纳，而是有深入的思考的。他在《惟圣罔念作狂，惟狂克念作圣》中，以孔子之"惟上智与下愚不移"（这句话姑且这么解释：大智慧与大愚蠢是不会有变化的）与《书》之"惟圣罔念作狂，惟狂克念作圣"（这句话我的理解是：圣人生出一恶念，可能就变成狂人了；狂人克制一恶念，可能就变成圣人了）并列提出，指出这两句话从古至今都不能统一，相关的学者脑袋里打着大问号。苏轼于是展开论述，论述的过程有点长，举了一些例子，我们来看苏轼得出的结论，苏轼支持后者："圣狂之相去，殆不容发矣。"意思是圣人和狂人之间距离很近，容不下一根头发的宽度。

苏轼还有专文论孔子堕三都、孔子诛少正卯、孔子之应对樊迟学稼，后者因对后世影响最大，苏轼代孔子很好地回答了樊迟问稼的问题，在此略叙之。

君子并不因为"不耕而食，不蚕而衣"而感到愧怍，是因为君子所从事的工作更为重大、更为重要。这种情形从尧舜以来，就没有改变过。

尧舜后面的时代，学问衰落，道德废弛，诸子百家的智慧，不足以表现尧舜时代的大格局，只能见到很小很小的一角，认为国之君子，都应该恶衣粝食，与农夫并耕而治，一个人可以兼做一百个人的工作。大概在孔子之时就有这个说法了。樊迟本人亲自从圣人那里接受教育，还因为这个说法而犯了糊涂，于是小家子气地去找孔子，要向孔子学稼。孔子的反应是什么呢？孔子知道那个说法会蔓延于天下，所以说了很重的话来批评樊迟。孔子说："上好礼，则民莫敢不敬；上好义，则民莫敢不服；上好信，则民莫敢不用情。夫如是，则四方之民襁负其子而至矣，安用稼？"礼义与信用足以成就德行，形成风气。

樊迟为什么要坚持学稼呢？是担心谷食不足，百姓有苟且之心以忤慢其上么？是担心人君独享其安荣，而使民劳苦成为贤者么？是担心人君空言不足以劝课百姓么？这三个方面的担忧，是世俗的所谓担忧过头了。

苏轼说："天下如养生，忧国备乱如服药。"养生时，不妨把圣人孔子的话拿来做一做，"慎起居饮食、节声色"，会有意想不到的效果。

苏轼在孔门中的位置

李廌《师友谈记》一书提到一副有趣的对联，把苏轼与孔子进行对比，让人们读到孔子、苏轼的有趣的一面：

伏其几而袭其裳，岂为孔子；
学其书而戴其帽，未是苏公。

又《墨庄漫录》一书记录润州军政长官沈晦曾经跟人吹大牛，说："自古及今，天下秀才只有三个。孔大头一个，王安石、苏轼合一个，和晦乃三个也。"把孔子、王安石、苏轼还有自己放在历史的纵深中进行排列，反映出宋人对苏轼的学问评价相当高。

"夫子之道，可由而不可知，可言而不可议"，苏轼说，夫子去世之后，其门人诸子都喜欢写书传于后世，他们的意图通过文字表达出来，汲汲奔走的样子就像唯恐被埋没而人不知,所以人人都喜欢立论。论一立,就产生了争斗。自孟子之后,到荀卿、扬雄那里,都争相著述相互攻击的学说。

不要忘了,夫子之道还有外部的对手,如老聃、庄周、杨朱、墨翟、田骈、慎到、申不害、韩非等人,也是各自把持自己的学说,用以攻击对手。于是天下已经很困惑了,但是夫子的弟子门人又内斗不止。于是千载之后,学者越来越多,而夫子之道反而更加晦涩弄不清楚了。

苏轼首先批评孟子引发争吵。

孟子说:"人之性善。"

荀子说:"人之性恶。"

扬雄说:"人之性,善恶混。"

于是吵得不可开交。苏轼说,其实这种争吵,把夫子的学问越切越小了,并且夫子说过"性与天道,不可得而闻",性善性恶这个话题不在夫子的研究范围里,它也并不重要。

孟子的观点来自他的老师子思的书。子思的书,最接近夫子,但是孟子错在得之而不善用,自树标靶让人攻击。

苏轼称子思之论最接近夫子。他佐证说,子思用夫妇能行之道来证圣人之道,同时扩展了圣人没有到达的领域。所以,苏轼认为"子思之善为论也"。

苏轼此文,不觉就把夫子的门人弟子做了一番排位。

孔门四教,即德行、政事、言语、文章,有人归纳作文行忠信。按此四标准,排出相应名次,再一综合,如今天的"铁人三项"或"十项全能",排名最前的人中,一定有苏轼。后世那些醇儒正学们,自然是排不到那个序列中去的。

宋孝宗赵昚称苏轼是孔子眼中的"君子"：

成一代之文章，必能立天下之大节。立天下之大节，非其气足以高天下者，未之能焉。孔子曰："临大节而不可夺，君子人欤？"

赵昚《御制文忠苏轼文集赞并序》

诗文呈现

刚　说

苏轼

孔子曰："刚毅木讷，近仁。"又曰："巧言令色，鲜矣仁。"所好夫刚者，非好其刚也，好其仁也。所恶乎佞者，非恶其佞也，恶其不仁也。吾平生多难，常以身试之，凡免我于厄者，皆平日可畏人也，挤我于险者，皆异时可喜人也。吾是以知刚者之必仁，佞者之必不仁也。

建中靖国之初，吾归自海南，见故人，问存殁，追论平生所见刚者，或不幸死矣。若孙君介夫讳立节者，真可谓刚者也。

始吾弟子由为条例司属官，以议不合引去。王荆公谓君曰："吾条例司当得开敏如子者。"君笑曰："公言过矣，当求胜我者。若我辈人，则亦不肯为条例司矣。"公不答，径起入户，君亦趋出。

君为镇江军书记，吾时通守钱塘，往来常、润间，见君京口。方新法之初，监司皆新进少年，驭吏如束湿，不复以礼遇士大夫，而独敬惮君，曰："是抗丞相不肯为条例司者。"

谢麟经制溪洞事，宜州守王奇与蛮战死，君为桂州节度判官，被旨鞫吏士之有罪者。麟因收大小使臣十二人付君并按，且尽斩之。君持不可。麟以语侵君。君曰："狱当论情，吏当守法。逗挠不进，诸将罪也，既伏其辜矣，余人可尽戮乎！若必欲以非法斩人，则经制司自为之，我何与焉。"麟奏君抗拒，君亦奏麟侵狱事。刑部定如君言，十二人皆不死，或以迁官。吾以是益知刚者之必仁也。不仁而能以一言活十二人于必死乎！

方孔子时，可谓多君子，而曰"未见刚者"，以明其难得如此。而世乃曰"太刚则折"！士患不刚耳，长养成就，犹恐不足，当忧其太刚而惧之以折耶？折不折，天也，非刚之罪。为此论者，鄙夫患失者也。君平生可纪者甚多，独书此二事遗其子鳃、勴，明刚者之必仁以信孔子之说。

苏门：苏门家风，大事略表

苏 序

1. 开宝六年（973），苏序诞生。

2. 淳化五年（994），王小波、李顺"甲午之大乱"，李顺转攻眉州。苏序每天守卫城池，鼓舞身边的人。回家遵从礼节埋葬父亲，安慰母亲，做孝子的本分。

3. 教育儿子们读书的方式灵活，安排次子苏涣去学馆进行系统学习，而对于幼子苏洵，则"纵其不学"，直到苏洵最终醒悟，成为大儒。

4. 范仲淹推行"庆历新政"（1043—1045），要求各州县设官学。眉州兴办官学之后，士人争相入学，苏序让自家子弟退让。

5. 苏序让孩子们接受教育，光大门楣，眉山风气大变。后来眉山一地学者发展到一千多人。

6. 作诗数千首，影响少年苏轼、苏辙。

苏 涣

1. 咸平三年（1000），苏涣诞生。

2. 苏涣少年入学馆，读书勤奋。

3. 天圣二年（1024），苏涣中进士。眉山读书风气的形成，苏涣中进士有非常大的引导作用。

4. 苏涣善于发现人才，注重人才培养。任阆中通判时发掘鲜于侁、蒲宗孟、蒲宗闵兄弟。后来，三人都成为北宋有名的大臣。

5. 苏涣为政干练，不避权贵。任祥符令时，大义凛然，坚守法度，得到清官包拯的称许。

6. 庆历七年（1047），父亲苏序去世，苏涣丁忧回家，教育苏轼、苏辙读书、作文、为人、行事之法。

7. 苏涣有诗集名《南麾退翁》。

苏 洵

1. 大中祥符二年（1009），苏洵诞生。

2. 大中祥符六年（1013），石昌言中进士。当时苏洵五岁，石昌言拿枣子、栗子给苏洵吃，此时石昌言对苏洵产生了较大影响。

3. 大中祥符九年（1016），苏洵断字读书、作诗受挫而略罢去，石昌言虽然不开心，但也没有责怪苏洵。

4. 天禧五年（1021），苏洵毁掉眉山所谓茅将军神像，拆其庙宇。

5. 天圣二年（1024），兄苏涣中进士，对苏洵产生了较大的影响。

6. 天圣五年（1027），苏洵娶妻程氏，即程夫人。该年，苏洵参加进士考试，不中。

7. 天圣八年（1030），苏洵游成都玉局观，请得张仙画像，祈求生子。

8. 明道二年（1033），苏洵始知读书，他后来说："生二十五岁，始知读书。"

9. 景祐二年（1035），苏洵开始发愤读书，《三字经》有"苏老泉，二十七，始发愤，读书籍"。该年，女儿八娘诞生。

10. 景祐四年（1037），儿子苏轼诞生。

11. 景祐四年（1037），苏洵进士考试再次落败。

12. 宝元二年（1039），儿子苏辙诞生。

13. 庆历五年（1045），约在此时，苏洵教苏轼作文，有《夏侯太初论》。苏洵参加制策考试，不中。游学。

14. 庆历六年（1046），苏洵举茂才异等，又不中。

15. 庆历七年（1047），苏洵南游庐山、虔州等地，父亲苏序去世，归家。烧掉旧稿，专心向学并培养二子，时间长达十年。《名二子说》写于此段时间。

16. 皇祐四年（1052），苏洵女八娘在程家死，苏、程两家绝交。

17. 至和元年（1054），为苏轼娶青神王方之女王弗为妻。此后，著《权书》（含《六国论》等十篇）。

18. 至和二年（1055），苏洵作《上张益州书》，并访张方平于成都。又访问雅州知州雷简夫。为苏辙娶妻史氏。

19. 嘉祐元年（1056），《上张侍郎第一书》，介绍二子学业。带二子见张方平，张大喜。苏洵携张方平致欧阳修书信、雷简夫致欧阳修、韩琦书信，与二子前往京城。

20. 嘉祐二年（1057），苏轼、苏辙中进士。三苏名动天下。四月，程夫人去世。

21. 嘉祐四年（1059），苏洵率家人乘船沿着岷江南下，出川，一路上唱酬，成《南行集》。

22. 嘉祐六年（1061），苏洵与人同修《礼书》。

23. 嘉祐八年（1063），苏洵作《辨奸论》。

24. 治平二年（1065），该年九月苏洵等编成《太常因革礼》一百卷。

25. 治平三年（1066），该年四月二十五日，苏洵病逝。

程夫人

1. 大中祥符三年（1010），程夫人诞生。

2. 天圣五年（1027），嫁苏洵。

3. 景祐四年（1037），生苏轼。

4. 宝元二年（1039），生苏辙。《栾城遗言》："曾祖母蜀国太夫人，梦蛟龙伸臂而生公。"

5. 庆历六年（1046），苏洵外出，在家亲自教育苏轼、苏辙读书。苏辙说母亲程夫人："生而志节不群，好读书，通古今，知其治乱得失之故。"读《汉书·范滂传》，以史料教育儿子，避免道德教育流于空洞。

6. 皇祐四年（1052），女八娘在程家死，苏、程两家绝交。

7. 至和元年（1054），为苏轼娶青神王方之女王弗。

8. 至和二年（1055），为苏辙娶妻史氏。

9. 苏洵游荡不学之时，程夫人心中不乐，嘴上不说，很巧妙地教育了丈夫，丈夫终于开始发愤，后成为一代名儒。

10. 嘉祐二年（1057），四月，病逝家中。司马光称赞程夫人有高尚的道德、"识高虑远"，"开发辅导成就其夫子，使皆以文学显重于天下"。

苏　轼

1. 景祐四年（1037），苏轼诞生。

2. 宝元二年（1039），眉州知州董储见到苏轼，预测其必将大有为于天下。弟弟苏辙诞生。小时苏辙有肺疾，苏轼总是耐心地照顾他。

3. 庆历二年（1042），苏轼开始读书，苏轼说自己"七八岁始知读书"。

4. 庆历三年（1043），苏轼"八岁入小学"，师从道士张易简。

5. 庆历五年（1045），向父亲学习作文，作《夏侯太初论》。是年父亲苏洵往京城，苏轼跟随母亲读书。

6. 庆历七年（1047），爷爷苏序去世，伯父苏涣居家丁忧，苏轼向他讨教读书、作文、行事、为人。

7. 庆历八年（1048），苏轼、苏辙入官学，向刘巨夫子问学。

8. 庆历、皇祐期间，跟随父亲，研究军事，苏轼诗"少年带刀剑，但识从军乐"。又有《却鼠刀铭》，说有人送刀，苏轼以之却鼠。此时期，父亲苏洵著《六国论》诸文，苏轼、苏辙兄弟也对军事产生了浓厚兴趣。

8. 至和元年（1054），苏轼娶青神王弗为妻。

9. 至和二年（1055），苏轼以所做文章呈成都知州张方平，"公一见待以国士"。

10. 嘉祐元年（1056），苏轼兄弟随父前往京城，在成都拜见张方平。张称赞苏轼兄弟："皆天才，长者明敏尤可爱，然少者谨重，成就或过之。"

11. 嘉祐二年（1057），苏轼中进士。其《刑赏忠厚之至论》饱含"待民以宽""以民为本"的思想，获得了主考官欧阳修的高度赞扬。在京城得知母亲去世，匆匆归蜀。

12. 嘉祐四年（1059），苏轼与王弗生长子苏迈。与家人乘船沿着岷江南下，出川，北上京城，一路上唱酬，成《南行集》《南行后集》。

13. 嘉祐六年（1061），苏轼参加制科考试，中最高等级的第三等（一、二等为虚设）。苏轼全面提出了自己的政治主张，比如他著《六事廉为本赋》，提出"功废于贪，行成于廉"的观点。该年十一月，苏轼为凤翔府签书判官，他与弟弟相约定期书信，进行文学交流，《和子由渑池怀旧》即此期佳作。"博观约取，厚积薄发"亦此时提出。

14. 治平二年（1065），王弗病逝，年二十七。

15. 治平三年（1066），续娶王闰之。父亲苏洵病逝，苏轼兄弟护丧离京，从汴河进入淮河，逆长江回眉州。

16. 熙宁二年（1069），王安石参知政事推行变法。时苏轼兄弟因不赞成新法，受到打击。

17. 熙宁三年（1070），苏轼上《谏买浙灯书》《上皇帝书》《再上皇帝书》，全面批评新法，并乞请外任。

18. 熙宁六年（1073），苏轼写诗将茶分为君子、小人，以讥时俗。

19. 熙宁八年（1075），作《江城子·记梦》，悼念去世十年的妻子王弗。又作《江城子·密州出猎》。建超然台。

20. 熙宁九年（1076），作《水调歌头·丙辰中秋》，思念弟弟子由。

21. 熙宁十年（1077），为儿子苏迈娶妻。在徐州率领军民抗洪，取得胜利。

22. 元丰二年（1079），以诗获罪被逮入狱，即"乌台诗案"，作绝命诗二首与家人等，后贬黄州团练副使。

23. 元丰四年（1081），躬耕黄州城东，号"东坡居士"。

24. 元丰五年（1082），作《黄州寒食诗》，两诗书法被称为"天下第三行书"。又作《定风波·莫听穿林打叶声》《浣溪沙·山下兰芽短浸溪》，并《赤壁赋》《念奴娇·赤壁怀古》《后赤壁赋》。约在此期，谈"抄书法"。

25. 元丰六年（1083），与侍妾朝云生子苏遁，作《洗儿》诗。

26. 元丰七年（1084），游庐山，作《题西林壁》。带苏迈考察石钟山得名缘由。

27. 元祐元年（1086），还朝升起居舍人，三月后升中书舍人，不久任翰林学士、知制诰。其"温和的变革"主张为保守派不喜。

28. 元祐三年（1088），为知礼部贡举。"西园雅集"事据说发生于是年。

29. 元祐四年（1089），出知杭州。是年苏辙出使契丹，知晓契丹盛传三苏诗文。

30. 元祐五年（1090），救灾、设医坊、疏浚西湖、修井。

31. 绍圣元年（1094），贬惠州。

32. 绍圣二年（1095），作《荔支叹》，揭露官僚争新买宠的丑态。

33. 绍圣三年（1096），朝云去世。

34. 绍圣四年（1097），朝廷加重惩罚，苏轼贬谪海南儋州，苏辙贬谪雷州。该年五月，兄弟相遇于藤州，同行至雷州之后为终生之别。

35．元符元年（1098），约在此时，苏轼回信侄婿王庠，说"八面受敌"之法。

36．建中靖国元年（1101）七月二十八日，苏轼病逝于常州。

苏　辙

1．宝元二年（1039），苏辙诞生。

2．庆历四年（1044），苏辙入天庆观小学读书。

3．庆历五年（1045），是年父亲苏洵往京城，跟随母亲读书。

4．庆历七年（1047），爷爷苏序去世，伯父苏涣居家丁忧，苏辙与兄向他讨教读书、作文、行事、为人。

5．庆历八年（1048），苏轼、苏辙入官学，向刘巨夫子问学。

6．庆历、皇祐间，跟随父亲研究军事。时父亲苏洵写《六国论》，苏辙与兄也对军事产生了浓厚的兴趣。

7．至和二年（1055），苏辙娶史家女为妻。

8．嘉祐元年（1056），苏辙与兄随父亲前往京城，在成都拜见张方平。张称赞兄弟二人："皆天才，长者明敏尤可爱，然少者谨重，成就或过之。"在京城兴国浴室院，苏辙读《春秋》三传，为后来的研究打下基础。

9．嘉祐二年（1057），苏辙中进士。获知母亲去世，匆匆归蜀。

10．嘉祐四年（1059），苏辙与兄随父乘船沿着岷江南下，出川，北上京城，一路唱酬，成《南行集》《南行后集》。

11．嘉祐六年（1061），苏辙参加制科考试，中第四等（一、二等为虚设）。该年十一月，苏轼为凤翔府签书判官，兄弟二人相约定期书信，进行文学交流。

12. 治平三年（1066），父亲苏洵病逝，兄弟二人护丧离京，从汴河入淮河，逆长江回眉州。

13. 熙宁二年（1069），王安石参知政事推行变法。苏辙为三司条例司检详文字，不赞成新法，且请外任。

14. 熙宁三年（1070），张方平奏改苏辙为陈州教授。

15. 熙宁六年（1073），夏，改任齐州掌书记。

16. 熙宁八年（1075），苏轼在密州筑台，苏辙将此台命名曰"超然"，并作《超然台记》。

17. 熙宁十年（1077），因前一年中秋兄作《水调歌头》怀子由，本年四月苏辙往徐州苏轼处，留百余日后，赴南京签判任。

18. 元丰二年（1079），苏轼因"乌台诗案"入狱，苏辙作《为兄轼下狱上书》，并请求纳在身官以赎兄之罪，遂贬谪监筠州盐酒税。

19. 元丰四年（1081），十二月，苏辙作《南康直节堂记》，以杉之直节明志。

20. 元丰六年（1083），苏辙撰州学试题不合王安石《三经新义》，被人举报。

21. 元丰八年（1085），八月，以校书郎被召还。这一时期，苏辙撰《春秋集传》十二卷。

22. 元祐元年（1086），二月，苏辙为右司谏，上奏章七十多篇，其中《论蜀茶五害状》为七月所上，痛斥茶官以茶法害川陕。九月改起居郎，十一月升中书舍人。

23. 元祐四年（1089），六月，苏辙以户部侍郎改翰林学士、知制诰以代苏轼，很快权吏部尚书。该年十月奉命出使契丹，了解到三苏诗文在彼广泛传播的情形。

24. 绍圣元年（1094），李清臣撰策题，攻击元祐之政。苏辙在朝堂上反击，哲宗以苏辙将汉武比神宗，予以贬谪。一连三贬，而至筠州。

25. 绍圣四年（1097），朝廷加重惩罚，苏轼贬谪海南儋州，苏辙贬谪雷州。该年五月，兄弟相遇于藤州，同行到雷州之后分别，此为终生之别。

26. 元符元年（1098），贬谪循州，完成《春秋集传》等书。

27. 建中靖国元年（1101），苏轼病逝于常州。苏辙作墓志铭和祭文，遣幼子苏远前往祭奠。

28. 崇宁元年（1102），迁亡嫂王闰之柩于颍州，闰六月，葬兄苏轼、嫂王闰之于郏城小峨眉山，一同安葬的还有苏远之妻黄氏。

29. 崇宁三年（1104），此后居颍昌，教育子孙。有孙苏籀从学九年，著《栾川遗言》一卷，记录苏门家风点滴。

30. 政和二年（1112），十月三日，苏辙以七十五岁去世。

苏　迈

1. 嘉祐四年（1059），苏迈生于眉州，父亲苏轼，母亲王弗。

2. 嘉祐六年（1061），苏迈随父母赴凤翔。

3. 治平二年（1065），母亲王弗病逝。苏迈小时，作诗受到父亲的称赞，如其《林檎》诗："熟果无风时自落，半腮迎日斗先红。"

4. 熙宁十年（1077），苏迈结婚。

5. 元丰元年（1078），八月，苏迈生子苏箪（字楚老）。苏轼得孙，非常开心,中秋赏月时,有诗曰:"卷帘推户寂无人,窗下咿呀惟楚老。"此子患有癫痫。

6. 元丰二年(1079),"乌台诗案"发,苏迈跟随父亲到监狱,送饭送衣。苏轼题绝命诗有"眼中犀角真吾子"即指苏迈。后来又有诗夸苏迈"相从艰难中"不离不弃的好品行。

7. 元丰三年(1080),与父亲夏夜联句,苏轼专诗《夜坐与迈联句》。诗中说:"传家诗律细,已自过宗武。"诗歌传家,苏迈已经超过诗圣杜甫之子宗武了。

8. 元丰七年(1084),苏迈为德兴尉,苏轼送砚壮行,并铭其砚,告诫苏迈做一个好官。至湖口,父子夜访石钟山,留下千古佳话。

9. 元祐元年(1086),生子苏符,为南宋高宗时名臣。

10. 绍圣元年(1094),苏轼再遭迫害,苏迈带领家人前往常州生活。后来又不远万里,携家人往惠州,与父亲团聚。

11. 元符元年(1098),苏迈寄书至海南儋州。苏迈本分、隐忍、坚持,确保家族在大难临头时从容不迫,功莫大焉。

苏 过

1. 熙宁五年(1072),苏过诞生。

2. 熙宁八年(1075),密州出现各种灾情。四岁的苏过依恋父亲,牵衣不使出门,苏轼作《小儿》一诗,云:"小儿不识愁,起坐牵我衣。"

3. 元丰六年(1083),眉山人巢谷来到黄州,他考过进士,懂军事,参加过熙河的战斗。帮助教导苏迨、苏过甚为严厉。

4. 元丰七年(1084),苏轼传"天石砚"与苏迨、苏过。

5. 元祐五年（1090），苏过与兄前往京城参加礼部进士考试，不中。

6. 元祐六年（1091），苏过娶范镇孙女为妻。

7. 元祐七年（1092），苏迨、苏过的诗才被父亲表扬："小儿强好古，侍史笑流汗。"认为两个儿子能够继承诗学家风。

8. 绍圣元年（1094），苏轼贬谪岭南惠州，苏过侍行。

9. 绍圣二年（1095），苏过画《寒松偃盖图》做枕屏，为东坡睡觉时护头。

10. 绍圣四年（1097），苏过抄书《唐书》一部，苏轼称是"贫儿暴富"，又欲抄《前汉》。苏轼夸苏过"文亦奇，在海外孤寂无聊，过时出一篇见娱，则为数日喜，寝食有味"，又夸其诗"咄咄逼老人矣"。

11. 建中靖国元年（1101），苏轼病逝于常州。苏过兄弟护柩葬于郏城小峨眉山。之后约十年，跟随叔父苏辙居颍昌。

12. 北宋灭亡前夕，苏过去世，年五十二。苏过是苏轼儿子中文学成就最高者，人称"苏氏三虎，叔党最怒"。

苏　符

1. 元祐元年（1086），苏符诞生，为苏轼长子苏迈之第二子。

2. 崇宁三年（1104），苏辙回到颍昌，苏符与苏辙其他孙辈跟随苏辙学习。

3. 崇宁五年（1106），正月，毁"元祐党人碑"，宋徽宗同意元祐党人"可复仕籍，许其自新"，又"大赦天下，除党人一切之禁"，叙复元祐党籍曾任宰臣、执政官刘挚等十一人，待制以上官苏轼等十九人。又该年七月，下诏元祐党籍子弟，可在京城为官。苏轼之孙苏符才又获得了仕宦、升迁的机会。

4. 宣和六年（1124），十月，又传诏禁、毁苏轼、黄庭坚之文，违者以"大不恭"论。

5. 靖康元年（1126），二月"除元祐学术之禁"。

6. 宋高宗建炎二年（1128），苏符以苏轼之孙，以宣教郎为国子监丞。

7. 绍兴元年（1131），八月，苏符知蜀州、夔州路提点刑狱，制文称他"尔名臣之后，词学甚优"。

8. 绍兴八年（1138），连升三级为中书舍人。

9. 绍兴九年（1139），升给事中的苏符担任"贺金人正旦使"。该年十二月，金兀术留苏符于东京，酝酿攻打南宋。

10. 绍兴十年（1140），苏符知道金人背叛盟约，便策马回到南宋，告知消息。此行还把沦落金国的两个侄儿（苏过之孙）带了回来。

11. 绍兴十年（1140），十二月，从礼部侍郎升吏部尚书。

12. 绍兴十二年（1142），二月，因反对秦桧，被罢去礼部尚书之职。

13. 绍兴十六年（1146），二月，苏符恢复待制，知遂宁。

14. 绍兴二十六年（1156），知邛州。这一年七月，苏符死于蜀中，时年七十。朝廷"特左中奉大夫，累封眉山开国伯，食邑七百户"。

苏　籀

1. 元祐六年（1091），苏籀诞生。
2. 苏籀随祖父苏辙读书，凡九年，未尝离开。

3. 苏籀晚年回忆祖父苏辙教诲，著成《栾城遗言》一卷。该书记述苏辙带领族人整理保存著述；讲述他视为"平生事业"的《春秋集传》；讲述他与兄长苏轼的异同；讲述读书与作文之法；讲解《论语》《孟子》《老子》《庄子》等，品评古今诗文等等，留下了宝贵的家风材料。苏辙临死前，一再叮嘱苏籀："闻吾语当记之勿忘，吾死无人为汝言此矣！"

附录

望美人兮碧霄之上

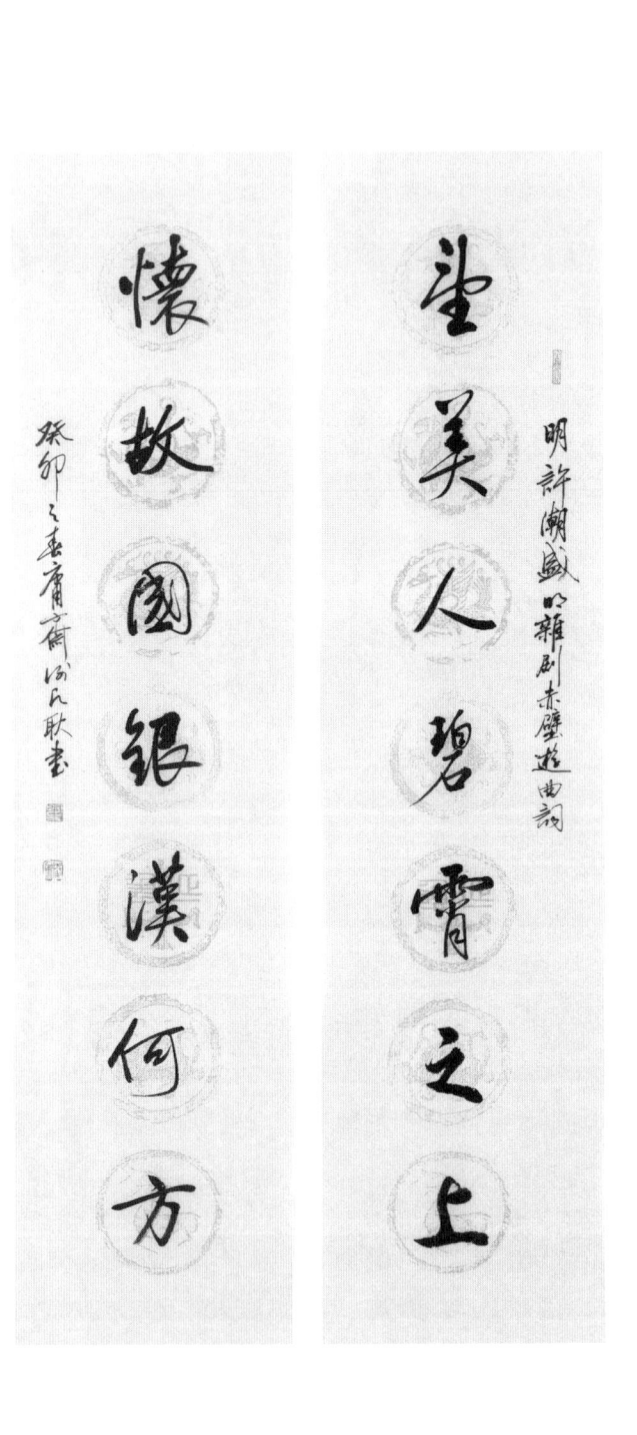

明许潮戏曲杂剧赤壁游曲词

怀故国银汉何方

癸卯之春肩斋沈民耿书

进士考试：高文至理，出人头地

好的家风，不是空洞的内容，而是具有感召力的力量，同时具有经世致用的功效。

好的家风，往往是通过家庭成员的成功故事来验证的。

读书作文，是三苏家风的重要方面。其检验标准，是社会和历史的认可。家风教育不是闭门造车，而是要通往社会，接受社会的检验，反过来证明家风教育的成功。

苏洵被社会认可，经历了较为艰难的过程。苏洵在苏轼兄弟的教育上吸取了教训，让二人在科举考试中顺风顺水，一举成名。这也是家风教育的成功。

离开事实而谈家风，是没有说服力的。所以本文以及之后的几篇文章，研究苏轼的科举考试话题，一定程度上就是在研究家风教育的细节问题。

今天的高考，在宋代大致等同于其进士考试。

北宋开国后，贡举制度为常贡，即地方要向中央推举有真才实学的"士"，即称"贡士"或"进士"，每年举行一次；仁宗朝改为两年一次；神宗时期，认为应该仿照周朝三年大比的旧例，贡举制度就定为三年一次。后来历朝历代都萧规曹随，为三年一次了。

朝廷希望能够通过考试将不同领域的优秀人才招至麾下，为朝廷效力，所以考试的门类，有进士、明经、九经、五经、通礼、三史、三礼、三传、学究、明法等，后来渐渐集中在明经、进士二科，又以进士一科得人才最多，为天下读书人所重视。

流程由低到高，大致是这样：

首先，各县长官考察当地士人，将优秀者保送到州。

然后，州长或者通判通过一定的考试流程加以核实，将通过者保送本道考试官。

接着，本道考试官在该年秋季对各州保送上来的士人进行统一考试，称为"秋试"。秋试合格的士人称为"贡士"，又称"举人"，要由本道上报到朝廷尚书省礼部。

随后，尚书省礼部于次年春季举行考试，铨选上报到朝廷的举人们，这个考试就称为"省试"，主持考试的官员称"知贡举"。一个人做不了，有帮手，叫"同知贡举"。当然还有其他考试官，负责考试的各项工作。

省试之后还有一场考试，即"殿试"，由皇帝或另派大员在内廷大殿复试"省试"过关的士子们，以彰显"天下英雄尽入吾彀中"之义。这是一个非常关键的环节。省试第一名称为"省员"，而殿试第一名才有资格称"状元"。

想想看，今天的高考如此战云密布，全民皆兵，实际上不过是一千多年以前隋、唐、宋"高考"的延续而已。

以苏轼的考试为例，苏轼在嘉祐二年（1057）春天的这一场"省试"要考以下内容：

一、写一首七律。

二、写一篇赋。

三、写一篇论。

四、答策问五道。

五、帖经，需帖《论语》内容，共十帖。

六、《春秋》或《礼记》墨义，十条。

这里把"论""策""帖经"和"墨义"稍微解读一下。

"论"，即就某事立论，摆事实，讲道理，阐发自己的观点，与今天高考作文中的议论文有些类似。

"策"，即策问，是解决实务的小对策，是一种小论文。

"帖经"，是一种填空题。一句或一段文段，两头部分露出文字，中间遮着一部分，要求考生把遮住部分的文字写出来。当然，填空题考的都是经书上的内容。

"墨义"，即"默写"。默写的内容也是指定的经书。

从宋太宗时期开始，宋代的"省试"要"糊名"。"糊名"后考官阅卷，就无法知道考生的名字而难以作假。相比之下，考试内容基本上没有大的变化，即：进士试诗、赋、论各一首，策五道，帖《论语》十帖，对《春秋》或《礼记》墨义十条。

从以上可知，道德是王朝高度重视的内容，体现在各门考试科目之中。家风建设的目标，也是科举考试的目标。

苏轼那年的"省试"要考四场，先后次第如下：

第一场：诗赋。

第二场：论。

第三场：策。

第四场：帖经、墨义。

宋仁宗时，名臣范仲淹主导了"庆历新政"，在考试制度上他认为：上面的考试有弊端，没有学问的人有可能撞上大运金榜题名，有学问的人也会被这种考试制度挡在门外。要确保真正有才能的人能够考中，只有加强学校教育，因为学校教育会留下一个士子在学问上的踪迹。范仲淹提出两点：先考策论，再考诗、赋，其他各个科目的考试优先录取兼通经义的人；其次，以皇帝的诏命晓谕各州县设立学校，参加"秋试"的士人必须在学校学习三百天以上，并且无道德上的不良记录。

"庆历新政"很快失败了，但"设立学校"一项却保留了下来。苏轼享受了范仲淹"庆历新政"设立学校的这个红利。那时他十多岁，进入眉山的官办学校中学习。苏轼对范仲淹是非常崇敬和感激的。

"省试"四场考试如同今天的高考，要连考三天。开考前几天，考官进入贡院，进行准备工作，考试期间不能外出，称"锁院"。现在的中考、高考的负责人和出题人在考试前也要集中，不准外出，也同宋朝一样；学生们在一个屋子关着，不准携带私物，也同宋朝一样；考卷糊名密封，也一样。

主持考试之官即"知贡举"以下，有考官数人，复考官数人，封印卷首一二人。试进士当天，设香案于阶前，主考官与举人对拜，举人入位。考场备有茶汤饮浆，应试者渴了就饮水。入试场时，举人除书案外，不许带茶食、蜡烛等物。考场内举人按座位榜对号入座，座位上标明举人的姓名；官府刻印试题及注解，参加省试的考生试卷要糊名、誊录，再弥封（把姓名密封起来）用印，然后才送交考官评阅。对第一次评定的成绩也要密封起来，进行第二次评阅，最后根据几次评阅结果确定试卷的最终成绩。朝廷对省试高度重视，往往派出德高望重、执文坛牛耳的人物做主考官和副主考官。通过他们的评比后排出的名次在士人心目中具有非常高的权威性。

以上四场考试，苏轼成绩如何？

"《春秋》对义居第一"，这是苏轼弟弟苏辙提供的材料，这说明苏轼博闻强记，对于经书非常熟悉。"《论》第二"，需要稍微说一下。前面说过试卷糊名之后，主考官只知试卷水平高低，不知试卷是谁所作，只能猜想。时任主考官的欧阳修读到苏轼的《刑赏忠厚之至论》时，拍案叫绝。他觉得这一篇文章应为第一，并且判断文章必定是自己的门人曾巩所写——那时来自西南蜀地的苏轼是哪个，人们都还不知道呢。欧阳修心中确定是自己的门人之后，新的问题上来了：把自己的门人的文章置于第一，天下会怎么看？心中便打起了小算盘，于是大笔一挥，把这篇文章列为第二。于是，苏轼的这一科本该第一，却"屈居第二"了。

于是苏轼以两科事实第一的成绩进入最后一轮——"殿试"。

"殿试"的成绩如何？

苏辙记录了下来："殿试中乙科。"

"乙科"是什么概念呢？

北宋太宗皇帝时规定殿试进士，凡进入三甲即发榜，称"金榜题名"。到了宋真宗皇帝那里，又将殿试进士分为甲、乙、丙、丁、戊五等，甲、乙二等为第一甲；丙等为第二甲；丁、戊为第三甲。苏轼兄弟中进士这一年，却是设了"五甲"，苏辙即"中第五甲"，笔者认为是年未黜落进士，五甲皆赐"进士及第"。笔者见其又分"甲"，又分"等"，不甚清楚，查《续资治通鉴长编》卷二百九云："权知贡举司马光等上言：所考试合格进士许安世以下三百五人，分四等；明经诸科二百一十一人，分三等。诏进士第一、第二等并赐及第；第三等赐同出身。"仍有不清楚处，列在此以待方家。

殿试放榜，皇帝临殿，举行唱名仪式，由知贡举官员依照甲次、名次宣唤中第举人姓名，苏轼中"乙科"，于是当殿授予"进士及第"出身，并赏赐绿袍、笏、靴等，"进士及第"的人可以获得美官等荣耀和地位。朝廷举行琼林宴以示祝贺，并将录取进士名单记录在册。

苏轼在这次考试后名动天下，一是考试成绩没有水分；二是获得了主考官欧阳修对于其文章《刑赏忠厚之至论》的认可加分；三是历史最终认定了这一次考试考出了真才实学；四是证明这种文理、理实结合的考试内容更能够拔擢人才。

后来王安石做宰相，宣称这种考试不适合选拔人才，他对神宗皇帝说：

> 今以少壮时，正当讲求天下正理，乃闭门学作诗赋。及其入官，世事皆所不习，此科法败坏人材，致不如古。
>
> 　　　　　　　　　　　脱脱　等《宋史》

于是在科举考试中罢去诗赋、帖经、墨义，让士子们以《易》《诗》《书》《周礼》《礼记》为主经，以《论语》《孟子》为兼经，考试四场：

第一场：大经，考《易》《诗》《书》《周礼》《礼记》上的内容。

第二场：考兼经（即《论语》《孟子》）大义十道。

第三场：论一首。

第四场：策三道。

与以前的考试相比，显然，王安石的考试是从一个较大的面缩小到专注于经书内容的考试了。是否达到了他所说的"讲求天下正理"了呢？可能在表面上达到了，因为"讲求天下正理"中的"讲"容易做到，后面那个"求"要做到却很难，又不容易证明。实际上，王安石的考试方法后来被认为很难拔擢人才，因为题型主观性很强，让人觉得缺乏公认的、确定的标准。苏轼一眼就看出了王安石的问题，坚决反对这种做法。他说，以学问而论，经义策论似较诗赋有用，但以实际而论，诗赋与经义策论同为无用。是否能选出天下英才，全部要看皇帝和宰相有没有知人之明。苏轼后来主持科举考试，又把诗赋列到科举考试中去。

王安石废掉诗赋而重经义策论，在中国历史上开了一个先例。我们看到从此以后的士子们，人人讲谈道德，里面的伪君子也更多了。

王安石在科举考试的变革中，装入了大量的"私货"，士子们考试，必须阅读他主持编写的《三经新义》。

王安石变法失败，他的《三经新义》也就走到了尽头。但是，一百年之后南宋的朱熹对四书、五经等进行全面解读，撰写出的书籍被后来元朝统治者奉为指定教材，元代以后的明、清政权也如此，于是王安石专注经术的科举考试，一直延续到清朝灭亡。

德行、言语、政事、文章，是孔子四教，都是学问，王安石在人才选拔上，专门以经术德行为学，也就是说，想培养学生的品德，就让学生去读品德方面的书，以为一个人把品德书读过之后，这个人的品德就高尚了，这是王安石的泥淖，朱熹继续拓展了这个泥淖，后世一直没有走出来。

诗歌考试：张驰想象，寓理于妙

苏轼时代，诗是苏氏家风的重要内容，也是科举考试的重要内容。

眉山一带有一首童谣，我猜测从苏轼时代就有了，它是从月亮的形象开始说起的：

> 月儿光，挎腰刀。
> 腰刀快，好切菜。
> 菜又㞎，好买粑。
> 粑又甜，好过年。

这种一韵之转的童谣里面有故事，好记，有趣，能够帮助人形成对诗歌韵脚的理解与掌握。在我看来，这样的童谣可以称得上是学习诗歌的敲门砖。

自古诗人到蜀地，总是要去看以峨眉山为代表的"蜀中佳秀"的，比如李白、杜甫、岑参……从而留下了宝贵的诗歌遗产。

另外，五代时的花间词派，一大批诗词大家也在成都平原一带生活，带动了诗歌创作的繁荣。这对苏轼的影响是非常大的。

在苏轼的家中，从爷爷苏序开始，关于诗歌教化的家风，也逐渐养成。

苏序创作诗歌，能够直接口占而出，非常迅速快捷。他一生创作的诗歌有数千首之多。

苏轼考上进士的伯父苏涣也是一个诗人，创作诗歌一千多首，辑录在《南麕退翁》诗集之中。

苏轼的父亲苏洵也能写诗，流传下来的诗显示出他出众的才华。苏洵七八岁的时候就开始断句读书、写诗，作诗上要讲平仄押韵，他的方法似乎没有对路，于是就放弃了。

爷爷爱写，伯父能写，父亲能写，诗歌家风传到苏轼这里之后，我们就看到苏轼特别能写了。不仅特别能写，还特别善于教如何写，就把诗歌创作当成家风的一部分传下去了。

这里提供一个苏轼教大儿子苏迈学诗的细节，可以帮助我们对父子进行互动的过程有一些了解。它出自苏轼整理的一个材料——《夜坐与迈联句》：

清风来无边，明月翳复吐。

这第一句是苏轼起的，描绘了夜间乘凉的景象：清风吹送，不知道是从哪个方向吹过来的；明月在云层里穿梭，一会儿暗，一会儿明。苏迈是苏轼和王弗的儿子，这时候王弗已经去世十多年了，苏轼跟苏迈联诗，这是一个称职的父亲在饶有兴趣地坚守他的家庭教育本分。我们来看看苏迈如何对句，他说：

松声满虚空，竹影侵半户。

视角从天上来到了地上，感觉器官还是先听觉，再视觉。风入松，无处不在，又似乎不存在，一片竹影在月光下遮盖了一半屋子。在苏轼的影响下，苏迈也建立起了诗歌的思维，很细腻。

苏轼眉头一皱，接住苏迈的两句，却是先说形象，再说声音，暗处的枝条上忽然惊飞了一只鹊鸟到空中去了，最低处一堵坏掉的墙壁那里传来饥饿的老鼠的叫声。

暗枝有惊鹊，坏壁鸣饥鼠。

越来越难了，苏迈于是宕开一笔，想到了梧桐树叶上的露水了，风吹动了流萤落在空空的屋宇，又别有一番闲愁怀抱呢！

露叶耿高梧，风萤落空庑。

苏轼显然受到儿子愁绪的影响，说团扇一举，竟然有秋凉之意，身着纻衣，亦有浓浓的古风。

微凉感团扇，古意歌白纻。

可怜父亲兴致高涨，儿子突然收了兵：

乐哉今夕游，复此陪杖屦。

虽然儿子不想往下联句了，但显示了出色的诗才，苏轼觉得苏迈比杜甫的儿子宗武还厉害，非常高兴地表扬了儿子：

传家诗律细，已自过宗武。

最后苏轼总结说，儿子还小，诗歌完成得好，就像东晋时期王述看到儿子坦之膝上成诗的天赋，真是大感安慰。

短诗膝上成，聊以慰怀祖。

看得出，对待自己儿子的诗歌创作培养，苏轼是既耐心，又注意方法，特别善于赞扬、鼓励，保护儿子的好奇心和创造力，他像一位魔法师挥舞手中的魔杖，轻轻点击思维的触突、沟回甚至末梢，促成顿悟、灵感的飞跃。不知不觉，儿子就进入到诗歌那无边无际的想象力、创造力世界中去了。

宋代尚书省礼部进士考试时的诗歌考试，有非常具体的要求。

诗歌考试时，允许带韵书进考场，有以下要求不能违反：

一、诗限六十字。
二、三点当一抹，降一等。
三、不识题。
四、文理纰缪。
五、不写官题。

六、用庙讳御名。

七、诗脱官韵。

八、诗失平侧。

九、重叠用韵。

十、诗韵数少剩。

十一、诗全用古人一联。

十二、诗两韵以前不见题意。

十三、诗重叠用事。

十四、诗用隔句对。

十五、诗脱一字。

十六、诗偏枯。

十七、诗重叠用字。

《宋会要辑稿选举三》

在这里举一个例子,被称为"熙宁三舍人"之一的李大临,被文彦博所荐主持举人考试时,拔擢了写诗用错韵的考生,最后自己受到朝廷的处分,丢了官。可见,当时诗歌的考试制度还是相当成熟的,事关人才的选拔,当局非常认真。

第二条中"三点当一抹",属于乱写字,在这里再举一例。冯梦龙《喻世明言》第十一卷中有《赵伯升茶肆遇仁宗》,小说写成都锦里秀才赵旭上京应举。考毕,自觉十拿九稳,不免得意,填词道:"足蹑云梯,手攀仙桂,姓名已在登科内。"但他在卷中将"唯"字之"口"写作"厶",当朝皇帝宋仁宗向他指出,他却辩白说二字皆可通,仁宗便把他黜落了。赵旭落榜,心中不快,流落茶肆,又题词:"唯字曾差,功名落地，天公误我平生志。"可见，一个字断以自己的主见，胡乱写了，很有可能把功名前程也葬送了。在冯梦龙的书中，这赵举人终是个人才，几经波折，为仁宗录用，最后衣锦还乡。

苏轼时代的尚书省礼部抡才（类似我们今天的高考），考试内容为诗、赋、论、策、帖、墨义。考试安排先是写一首诗、一篇赋；然后是一篇论；接下来是五道策；再是"帖《论语》十帖"，最后是"对《春秋》或《礼记》墨义十条"，要在三天之内完成上述考试内容。

据说苏轼在诗的考试上拖了一点后腿，让他在嘉祐二年（1057）那一个龙虎榜中的位置受到一些影响。

苏轼在诗的科举考试上栽了一个小小的跟头，却并没有影响他成为一位伟大的诗歌泰斗，因为终身的兴趣养成之后，他就成为一个真正的诗人了。

赋作考试：经史八韵，采摭风教

宋代前期的科举考试中，赋是考试内容；中间王安石新法期间和诗、帖经、墨义一同罢去，后来元祐一朝在苏轼等人的坚持之下又得以恢复，等到新法派上台，又罢去，直到北宋灭亡。所以北宋一百六十多年，大概有一百年时间里，赋是科举考试的必考内容。

北宋出现的赋作风格，是承袭南北朝江左衰落凋敝之文风，与汉赋不同，也不能比。北宋初，赋家常常捡拾唐末五代的余唾，文章繁冗，叙事缠夹拖泥，缺少好作品，宋庠宋祁兄弟、范仲淹、滕甫、郑獬以赋得名于世。嘉祐、治平间，赋的大格局才形成。王安石废赋二十余年之后，又才得以恢复。不过在嘉祐、治平之际，赋的繁荣再也没有了。苏轼是这一时期赋作的领袖。

我们可以从秦观对赋的创作感悟中，分析出一些宋赋考试、创作的端倪来。

从结构来说，赋，可以拿人的脑袋来作比。破题的两句是脑袋上的眉毛。长得贵气的面貌要靠眉毛来打动人，给人留下深刻的印象。这两句如何写？要先选择最精妙、最恰当的内容，使人一看就知道其中的妙用。然后是第二韵，交代题意的由来，此处需要使用议论。第三韵开始立论，阐明写作者的目的、意趣。第四韵收束论说，点明主题。第五韵或者生发新事（论据），或者提供反面例证予以论说。第六韵秦观的观点没有传下来，但笔者揣测可能是要说明缘由。第七韵继续反说或简明地列出观点。第八韵是最后一部分，意思尤其要好。

这一段是"苏门六君子"中的秦观和李廌聊天时讲的，李廌把他的讲话内容记录了下来。

笔者从初中开始学写议论文，老师总结了各部分的写法，大概有六部分，叫"正面说""反面议""找证明""驳异议""为什么""怎么样"，笔者觉得非常受用，按此写去，总是能够得高分，今与秦观所列赋写作诸款一比，觉得有些相似。但人家秦观又说了，赋与杂文是不同的。杂文语句，或长或短，可以由人自定。赋一言一字，符合声律。不合声律，义理上说得过去，终无益处。更贵在炼句上下功夫，要斗难、斗巧、斗新。同样一事，别人用了不过如此，而我用了则与众不同，因为我用得巧。

从秦观的叙述、李廌的记录来看，北宋的赋这种文体，基本构成是八韵，即八联。这对我们今天的人学习赋的创作，首先在结构上就可以基本确定了。

秦观说，赋要押韵，押官韵，所以要特别仔细。韵脚选择上要稳当、流利、明亮。有时候先把要押韵的那一句写了，再写它前面那一句。这样写成的赋，让人读了不觉得牵强。

相比之下，笔者看今天的赋家，似乎连押韵都有些顾不上，更不用说押适合的韵了。

赋的语言，可能彼此并不统一，全凭言语缀合牵连而成。好的语言堆叠在赋家那里，赋家就把它们整理成对偶的形式。秦观这么一说，李廌受到启发，说，作赋就像填写歌词啊。

赋中如果是一个六字句，要特别重视两字的使用，两字为主，四字为客。客要听从主的召唤，使得文字清楚明白。

赋作之妙，还在于用事用得好。仔细审核哪一事重要，哪一事次要，要恰当地分配在八韵之中。材料要精心选择，可以用的材料则用，不可以用的材料则放下，不要舍不得。如果材料少，还是要选择放在合适的地方。天然的对仗内容固然是最佳者，否则就要裁剪，不能为了顺从古代名句格言而违背作赋的原则。拿金器打比方，一件金器无缝但是很丑陋、低级，一件金器有缝却很美，怎么选择？答案是选择后者。下面以苏轼的一篇赋作为例，了解其"八韵"。

明君可与为忠言赋（明则知远能受忠告）

臣不难谏，君先自明。智既审乎情伪，言可竭其忠诚。虚己以求，览群心于止水；昌言而告，恃至信于平衡。

君子道大而不回，言出而为则。事父能孝，故可以事君；谋身必忠，而况于谋国。然而言之虽易，听之实难，论者虽切，闻者多惑。苟非开怀用善，若转丸之易从；则投人以言，有按剑之莫测。

国有大议，人方异词。佞者莫能自直，昧者有所不知。虽有智者，孰令听之？皎如日月之照临，罔有遁形之蔽；虽复药石之瞑眩，曾何苦口之疑。

盖疑言不听，故确论必行；大功可成，故众患自远。上之人闻危言而不忌，下之士推赤心而无损。岂微忠之能致，有至明而为本。是以伊尹丑有夏而归亳，大贤固择所从；百里愚于虞而智秦，一身非故相反。

噫，言悦于目前者，不见跬步之外；论难于耳顺者，有以百年而兴。苟其聪明蔽于嗜好，智虑溺于爱憎，因其所喜而为善，虽有愿忠而孰能？心苟无邪，既坐瞻而百里；人思其效，将或锡之十朋。

彼非谓之贤而欲违，知其忠而莫受。目有眯则视白为黑，心有蔽则以薄为厚。遂使谀臣乘隙以汇进，智士知微而出走。仲尼不谏，惧将困于妇言；叔孙诡辞，畏不免于虎口。

故明主审逊志之非道，知拂心之谓忠。不求耳目之便，每要社稷之功。有汉宣之贤，充国得尽破羌之计；有魏明之察，许允获伸选吏之公。

大哉事君之难，非忠何报。虽曰伸于知己，而无自辱于善道。《诗》不云乎，哲人顺德之行，可以受话言之告。

此赋的标题出自《汉书·赵充国传》之"明主可与忠言"。唐宋科举"赋"的题目大都是从经书、史书拟出，由八韵组成，字数五六百字（南宋洪迈说正式考试的文字规定为三百六十字）。

本赋的八韵即"明则知远能受忠告"，这八韵既限定了每一段的韵脚，也限定了每一段的内容。八个字本身就有浓浓的修身齐家治国平天下之寓意，古人排书，一篇文章不分段落，难以分辨。一旦按其韵脚分成八段之后，就很容易明白作为科举考试的律赋是怎么一回事了。

苏轼写过类似的赋作还有：《通其变使民不倦赋（通物之变民用无倦）》《三法求民情赋（王用三法段民得中）》《六事廉为本赋（先圣之贵廉也如此）》等，其中从"八韵"里面鲜明的道德内容可知，如果三苏不重视家风建设，与儒家伦理有机结合，苏轼兄弟在嘉祐二年（1057）那一次进士考试，是很难考上的。

元丰元年（1078）四月，秦少游到徐州，拜见苏轼。秦少游皇祐元年（1049）出生，此时二十九岁。还是秀才的他将要前往京城参加举人考试。与苏轼兄弟的少年得志、一举成名相比，显得蹭蹬了一些。

苏轼尽地主之谊，接待两位最知心的朋友李公择、孙莘老推荐的年轻人。这是两位赋家的首次见面。

苏轼发现，秦观葆有天性的真纯，就像古人淳于髡讲的寓言。淳于髡说国中大鸟，止之王庭，三年不飞不鸣，问王是什么缘故？所得到的回答是："此鸟不飞则已，一飞冲天；不鸣则已，一鸣惊人。"

暂时的困顿算不得什么，秦观就是那个"不飞则已，一飞冲天，不鸣则已，一鸣惊人"的人。

看一个人，要看长远。秦观的纵横捭阖，无所不可，是一个大格局；"知书不怕新书新"，又是一个大格局。过去所有的学问都掌握在手里，未来世界上增加了什么学问，接受吸纳就是了，有什么好担心害怕的！

苏轼接待秦观之隆重，陈师道说是"丰醴备乐"，好吃的，好喝的，还有文艺演出。并且，陈师道"如师弟子"一句，把秦观进入苏门的事，从旁观者的角度记录了下来。

苏轼领导徐州人民抗洪取得胜利之后，筑黄楼以为纪念，遍邀同代知名文人题写文字，秦观撰写了《黄楼赋》。当文字送到时，苏轼读到"唯精诚之贯兮，几孤埠之不全"，一下子就被击中了，"雄词杂今古，中有屈宋姿"，师生之间的会心，往往一篇文章、一首诗、一首词，甚至几个字就决定了。

他中进士还要等到元丰八年（1085）。那一年的进士考试有点凶险，附录于此。

元丰八年（1085）是一个多事之秋，神宗皇帝就是这一年驾崩的。这一年，朝廷任命户部侍郎李定（就是那个不服母丧，审判苏轼不遗余力者）知贡举，王安石女婿蔡卞（这人在历史上被称为一个大奸臣）、起居舍人朱服同知贡举。考场设在开宝寺。考试前，考官们都住进了开宝寺。到考试前一天的清晨两三点（四鼓）时，寺庙发生了要命的火灾。寺庙墙垣高大，难进也难出。开封府太守蔡京派人来救火，在无计可施之时，将墙垣凿出一个洞，把几位主考官救了出来。这次大火，共有考务官员和吏卒十四人罹难，其中有承议郎韩玉、冀王宫教授翟曼、奉议郎陈元方、宣德郎太学博士马希益。

这场大火还烧毁了大量的试卷，使得考试往后延期了一个多月。

本文的大赋家秦观就是在这一届的进士考试高中的。

这一届的状元叫焦蹈，安徽无为人，本来迟到了，却因为大火烧焦了考场，因祸得福，不仅赶上了考试，还中了状元。所以那时有一句传说："不因开宝火，安得状元焦。"

那一年，估计赋家秦观没有考赋，因为王安石把赋从考试中罢去了。

元祐三年（1088），苏轼为知贡举，主持尚书省礼部进士考试，他力排众议，将王安石废掉的诗、赋，又重新纳入进士考试中，苏轼为此作《复改科赋》，他说，以赋考核士人，是"察治之本""取士之制"，又说"祖宗百年而用此，号曰得人"。他为此欢喜不已。

论之考试：齐家忠厚，推及刑赏

朝廷任命翰林学士欧阳修知贡举，即担任考试的主考官；翰林学士王珪、龙图阁直学士梅挚、知制诰韩绛、集贤殿修撰范镇并权同知贡举（副主考官）；梅尧臣等充点检试卷官。

苏洵十多年含辛茹苦的教育，以欧阳修为首诸公的道德文章的引领，这几乎决定了苏氏兄弟的学术性格。等到苏轼、苏辙二人参加进士考试时，主考官竟然是欧阳修本人。

"诗赋"的考试在第一场，第二场就考"论"。

"论"是一种命题作文，考核士子对文、史、论知识的综合运用能力，还有一定的逻辑知识，需要摆事实，讲道理，提出解决问题的办法。

这一科最能代表士子的核心竞争力，"论"写得好，几乎可以代表诗、赋、策问、帖经、墨义，上台领奖。

欧阳修深深厌恶浮艳不实的骈赋之体，独爱清新朴实、自然率真的文章，他担任主考的这一届，对士子考什么、什么样的"论"才是好"论"，他是有立场的。实际上，他所做的改革，即将让那些捡拾浮艳的唐末、五代唾余者接受教训，而清新朴实、自然率真的两汉文风改变了科举考试的格局。

多年以后，苏辙面对自己的孙辈，讲那一场文风丕变仍具有重要的意义：秦始皇焚书之后，汉代的叔孙通、贾谊、董仲舒诸人，以诗书礼乐弥缝其间。两汉之文，后世莫能仿佛。宋代求魁伟之才，罢黜谬妄之学，可以追两汉之余绪，渐渐回复三代之传统。

这种远见卓识，应该归功于学贯古今的苏洵，他以两汉之文，传授二子，代表了文化的前进方向，而与远在京城推动文化变革的欧阳修殊途同归了。

秘密就在这里。

尚书省礼部的考试是在嘉祐二年（1057）的正月进行的。第二场考试"论"，礼部出题为"刑赏忠厚之至"。

历代帝王将相们在赏与罚的运用上，各有各的办法，公正的赏罚能使国祚永续，反之，则会带来王朝的祸殃。

从苏轼文章《刑赏忠厚之至论》来看，当时他身心处于极佳的状态，临场发挥既细致又大胆。远古先王的身影，正反相对的故事，切中肯綮的用典，急中生智的想象，从历史的经验教训到社会现实……发诸真情，自然成文——苏轼听从了自己的心声，他想起与父亲一起思考六国兴亡之由，他想加入自己箭啄金瓶之声，还有丝丝入扣的推理论证——甫一下笔，行云流水，不可遏止。

他甚至在文中杜撰了一个典故，去挑战主考官们的知识结构。可以说，这就是在享受考试了。是的，正是这一个典故的大胆杜撰使得欧阳修等人赞不绝口。

这一年，欧阳修五十三岁，已经经受了两次小人对他的"行为不检，内帷不修"的恶毒攻击。这种打击使他的身体垮了下来，眼睛更加近视了，又得了消渴症（糖尿病）；同时，他的性格也格外内敛，表现在行文上，对自己更加苛刻，哪怕写几十字的小文也非常谨慎，完全没有早年那种心雄百代的豪气。

唐代的韩愈、柳宗元之后，学术界一直缺少一个宗主似的人物，到了北宋欧阳修这里，才有一个着落。欧阳修是一个知识面非常广泛、横跨很多个领域的大家，文学上是当之无愧的盟主。他上承韩柳，下启三苏、曾巩、王安石，奖掖后进不遗余力；在史学上主持《新唐书》的编撰，得到大家的认可；在经学上也有非常渊博的学问；在治国理政上，他紧紧跟随名臣范仲淹，推动了"庆历新政"各项改革；他在考古、金石等方面也有不俗的成就。

也是风云际会，他的这一次知贡举，所发掘出来的人才，对北宋的政治、经济、文化等各个方面，产生了深刻的影响。

按照欧阳修的标准，考官们开始了首轮阅卷。他们先将所有的试卷进行弥封，然后誊录，在誊录后的试卷上开始了第一次打分。

一篇文章引起了梅尧臣的注意，这就是苏轼那篇后来名垂青史的《刑赏忠厚之至论》。文章说，当尧治理天下的时候，皋陶提出了通过"杀"这种严刑峻法来治理天下，尧却不同意，而是采用宽宥的办法治理天下，从而成为伟大的明君。

欧阳修仔细阅读起来。文章引用了皋陶和尧的原话，皋陶的"杀之三"，欧阳修记得其出处，但尧的"宥之三"典故出自何处，博学的欧阳修却茫然了。

欧阳修并不放弃，又问其他几位考官，都说不知。

梅尧臣说："一定有出处，待考完后问那个考生不就得了。"

"此子博览群书，超乎众人之上了。"欧阳修想。他又拿起该文，睁大一双近视眼，逐字逐句地审读：引用儒家经典《诗》《传》《春秋》毫无雕凿之痕，其论充盈雄辩特质，行文气吞山河，真是一篇妙文。

文章不长，五百七十字左右。

刑赏忠厚之至论

尧、舜、禹、汤、文、武、成、康之际，何其爱民之深，忧民之切，而待天下以君子长者之道也。有一善，从而赏之，又从而咏歌嗟叹之，所以乐其始而勉其终；有一不善，从而罚之，又从而哀矜惩创之，所以弃其旧而开其新。故其吁俞之声，欢欣惨戚，见于虞、夏、商、周之书。成、康既没，穆王立，而周道始衰。然犹命其臣吕侯，而告之以祥刑。其言忧而不伤，威而不怒，慈爱而能断，恻然有哀怜无辜之心，故孔子犹有取焉。

《传》曰："赏疑从与，所以广恩也。罚疑从去，所以慎刑也。"当尧之时，皋陶为士。将杀人，皋陶曰"杀之"三，尧曰"宥之"三。故天下不畏皋陶执法之坚，而乐尧用刑之宽。四岳曰："鲧可用。"尧曰："不可，鲧方命圮族。"既而曰："试之。"何尧之不听皋陶之杀人，而从四岳之用鲧也？然则圣人之意，盖亦可见矣。

《书》曰："罪疑惟轻，功疑惟重，与其杀不辜，宁失不经。"呜呼！尽之矣。可以赏，可以无赏，赏之过乎仁；可以罚，可以无罚，罚之过乎义。过乎仁，不失为君子；过乎义，则流而入于忍人。故仁可过也，义不可过也。古者赏不以爵禄，刑不以刀锯。赏以爵禄，是赏之道行于爵禄之所加，而不行于爵禄之所不加也。刑之以刀锯，是刑之威施于刀锯之所及，而不施于刀锯之所不及也。先王知天下之善不胜赏，而爵禄不足以劝也；

知天下之恶不胜刑，而刀锯不足以裁也。是故疑则举而归之于仁，以君子长者之道待天下，使天下相率而归于君子长者之道，故曰忠厚之至也。

《诗》曰："君子如祉，乱庶遄已。君子如怒，乱庶遄沮。"夫君子之已乱，岂有异术哉？时其喜怒，而无失乎仁而已矣。《春秋》之义，立法贵严，而责人贵宽，因其褒贬之义以制赏罚，亦忠厚之至也。

为了方便大家理解这篇文章的精妙，本人在这里稍做努力，把这篇文章翻译一遍。

刑赏忠厚之至论

唐尧、虞舜、夏禹、商汤、周文王、周武王、周成王、周康王的时代，爱民何等深厚，忧民何等急切，用贤明君子、忠厚长者的态度来对待天下的人。有一件事做得好，就奖赏他，又歌颂他、赞美他，用来勉励他善始善终；有一件事做得不好，就处罚他，又同情他、惩戒他，促使他改过自新。因此，表示反对和允许的声音，反映欢欣和悲哀的情绪，都能从虞、商、周的书中见到。成王、康王死后，穆王即位，周朝的天道开始衰微，但穆王还是吩咐他的臣子吕侯，告诉他要谨慎用刑。他的话忧虑而不悲伤，威严却不暴怒，慈爱而能决断，对无罪的人有恻隐同情之心，所以孔子采用了他的话。

《传》中写道："不确定是否赏赐时，选择赏赐，目的是扩广恩泽。不确定是否该罚时，选择豁免，目的是谨慎用刑。"在尧的时候，皋陶担任执法官，准备杀一个人，皋陶三次说当杀，尧三次说应宽恕。所以天下的人惧怕皋陶执法严厉，喜欢尧用刑宽大。四岳说："鲧可任用。"尧说："不行，鲧违抗命令，危害族人。"后来又说："让他试试吧。"为什么尧不听取皋陶杀人的主张，而采纳四岳用鲧的建议呢？这样，圣人的良苦用心大概已能看出来了。

《尚书》中说："罪行轻重有疑问，只轻罚；功劳大小有疑问，就重赏。"与其滥杀无辜，宁可自担违法的罪名。唉！真是把"刑赏忠厚之至"的内涵说尽了。可以赏，可以不赏，赏了就超过了仁的范围；可以罚，可以不罚，罚了就超过了义的规矩。超过了仁的范围，仍不失为君子；超过了义的规矩，就陷入残忍一类了。所以，仁的范围可以超过，义的范围不能超过。

古代不拿爵位和俸禄作赏赐，不用刀锯作刑具。用爵位、俸禄作赏赐，只对能得到爵位、俸禄的人起作用，而不能影响不能得到爵位和俸禄的人。用刀锯作刑具，这种刑法的威力只限于刀锯能到的地方，而不能影响刀锯不能到的地方。先王知道天下人的善行是赏不尽的，爵位和俸禄不足以用来鼓励；知道天下的坏人是罚不完的，刀锯不足以用来制裁。所以，赏和罚不能确定时，就全部采取仁厚的原则，以贤德君子、忠厚长者的态度对待天下人，使天下人一同归于君子、长者之道。所以说，这真是忠厚到了极点。

《诗经》说："君子如喜欢纳谏，祸乱就去迅速止息。君子如怒斥谗言，祸乱也会迅速止息。"君子止息祸乱，难道有什么特异的方法吗？他不过是适时地控制自己的喜怒，不违背仁慈的原则罢了。《春秋》的大义是，立法贵严而责人贵宽。按照《春秋》的褒贬原则来制定赏罚制度，这也就是忠厚到了极点啊！

欧阳修读罢文章，犹不满足，又读一遍，在博闻强记的头脑中细细搜寻那个用典的蛛丝马迹，耿耿于怀，寝食不安。

省试抡才是国家大事，整个考场都要戒严。欧阳修不能从参与监考的同僚那里找到答案，搜寻自己的记忆也不可得，想查阅资料又不可能，这篇文章在他的心目中越来越高大起来。

那些矫揉造作之文，无一事一例之说，捧当朝主考臭脚之章，陈词滥调之作，诸如此类，欧阳修倒未花多大力气，一概将它们划入末等之列。

欧阳修第二次评阅那篇文章，文章依然像凤凰立于众鸟之中，字字珠玑，卓尔不群。他想，倘我晚生三十年，也作此"刑赏忠厚之至"的话，能超越此文乎？难哉！

"曾子固！对了，一定是我的学生曾子固写的！"——他想到了自己的学生曾巩。文章的风格是他一贯倡导的，别人即使领会了他的思想，却难以深刻。要付诸文笔，则更是难乎其难！

再说，要与以前的文风做一个决裂，突然转向，作为一个士子，几乎是难以实现的，因为其风险和难度过大。由此看来，此文断非他人，只能是他——曾子固啊！

但曾子固屡次科场失败，行文还能如此清新吗？

果真是曾子固，作为主考官，我若把学生列为第一，一定会天下哄哄，谓我假国家公器，付与私人。我该如何处置呢？

——子固，委屈了。

欧阳修提起笔来，将该文章降为第二名，最后根据两次的评阅结果确定了试卷的最终成绩。

礼部经过遴选、复核、榜示，四百多份优秀试卷的主人脱颖而出，交由吏部进行面试，以选出符合标准的官员或后备官员。

现在大家知道了，"宥之三"一文的主人，是眉山苏明允之长子苏轼！

这一榜，有变法派的重要人物吕惠卿、章惇；有理学的两大重镇张载、程颢；有文学和政治方面的苏轼、苏辙兄弟；还有文学家、史学家曾巩；有执行王安石"熙河开边"政策的军事人物王韶……

这一榜状元名叫章衡，值得说一说。这章衡与章惇为同族人，但章衡比章惇晚一辈。章衡中了状元，章惇觉得耻于其下，放弃了朝廷诰赐，又于下一榜中进士。

章衡与苏轼友善，后来苏轼疏浚西湖，就是章衡提出的建议。

苏轼这一篇"高考"满分作文，至今还有它的价值。

我们从中可以读到，苏轼后来"以民为本""待民以宽""爱民"的种种思想和举措，似乎都是这一篇作文所做的延展，苏轼终生都在践行他青年时代"高考作文"中立下的抱负，这是我们由衷佩服、敬仰他的地方。在法律上，当一个人的功劳不太确定时，该奖励还是要放手去奖励，以调动人的积极性；当一个的罪过不太确定的时候，就要特别小心了，不能想当然下重手，否则造成冤假错案，再弥补就来不及了，"罪疑惟轻，功疑惟重""以君子长者之道待天下，使天下相率而归于君子长者之道"，这是非常有价值的治国理政思想。

从这个意义来看，欧阳修写给梅尧臣的信中的种种欢喜也就不奇怪了。欧阳修说："读轼书，不觉汗出，快哉快哉！老夫当避路，使出一头地也，可喜可喜。"

那么多的杰出人才被欧阳修发掘出来，独独要让苏轼"出人头地"，足见那一篇《刑赏忠厚之至论》的重要。

成都华阳王珪，以翰林学士之职为苏轼当年进士考试的同知贡举。当年苏轼一举成名，为天下所知，王珪便利用职务上的便利，将苏轼《刑赏忠厚之至论》和草稿本拿回家里。该文打了三次草稿，但即使是草稿也有相应的注释，非常谨慎。《刑赏忠厚之至论》本文被道人梁冲拿走了（如何拿走的？写这个文章的李廌用了一个"窃"字），只剩草稿了。后来王珪的儿子王仲巘想报官，通过打官司拿回它。（出自《师友谈记》）"他山之石，可以攻玉"。苏轼"出人头地"的好文章，这么一"顺"，就成了王珪一家学习效法的好材料。华阳王氏当时科举考试出了十个进士，他们这一家，真是识货啊。

策问考试：经世致用，不为空言

前面介绍了苏轼时代诗、赋、论的考试形式，现在来介绍策问。苏轼兄弟在嘉祐二年（1057）的策问考题，笔者现在无从得之，不过苏轼、苏辙以文学闻名天下，自然会在策问上下功夫。

从留存的材料来看，苏辙曾担任过数个州的学官或者代理学官，还担任过数州的举子考试官，苏辙还为尚书省礼部进士考试、为武举的最高等级的殿试出过策问题。苏辙更多的策问，是一些人私下请他拟出的策问，占了他的策问题大部分，《栾城集》中录策问三十五首，私试进士的策问就达二十八首之多。

苏轼在地方为签判、通判、知州时，主持、监督过数州的举人考试，在翰林学士时候担任过史馆官员的主考，还担任过元祐三年（1088）的知贡举，留下私试策问九首，永兴军秋试策问一首，国学秋试策问二首，试馆职策问三首，省试策问三首，省试宗室策问一首，拟殿试策问一首，又策问六首（涉及五路之士、农政、礼刑、古乐制度、汉封功臣、复古等六个方面内容），还有杂策五首，总共达三十一首。

苏轼嘉祐二年的进士考试，要考试策问，一共要考五道策问。王安石变法时，罢去了诗赋、帖经、墨义，策问却还保留了下来，不过从五道策问题减少为三道了。

当时，儒虽大盛，但佛、道仍然有自己的生存空间，苏辙三教圆融，拟策问让诸生反向思考，推究佛道不可去或无害于世的缘由。于此可见，苏辙在拟策问题具有很强的实际操作的需求。

苏辙另一篇，则是关于如何解决钱币流通的弊端的。

> 问：大钱一钱值十小钱颁行之后，仅仅十年，物贵重而钱重量轻，私下偷造钱的像云一样多，于是市场上各种货物的价格一路攀升昂贵无比，百姓大受其苦已经很久了。朝廷也了解这种情况，官府中堆满了这种钱，有数千万之多，民间所存之数也多到难以统计。因为百姓很难用大钱来交易，就扔掉而不觉得可惜，于是这些大钱十分之七就变得无用了。圣人爱护百姓之意，是非常深厚的。然而，我认为旧钱的价值因为盗铸而损失，新钱在市面的流通也只有十分之三，公家、私人的各种用度大体上还是像铸造新钱之前一样。请求找到妥善解决眼前局面的办法，就要事先研究。希望写成文章，有关部门会予以采纳的。

这个策问跟民生密切相关，朝廷铸大钱，一枚大钱值十枚小钱，发行才十年，价值重，但是钱却很轻，非法私造者很多，结果就造成了钱不值钱，物价昂贵。怎么办？考试的学生要是坐在书斋两耳不闻窗外事的话，这种"经世致用"的问题是很难回答的。苏辙因为苏轼"乌台诗案"牵连，由州学教授贬去筠州做酒官，一做就是若干年，后来进入朝廷，这些实际的经验就大大地帮助了他，人们发现，苏辙原来是一位经学之士，不承想还是一个实干家，让他做户部侍郎，管钱管物，也是卓有成效，于是做到宰相一级。

苏轼策问，爱从经、史材料来引出思考，提出的都是非常烧脑的问题，请看这一篇《诸子更相讥议》：

> 问：古代从事著述的人，如果不是圣人，都抱持着各种偏见。跟随他的偏见就失去了主张，废弃他的长处就显得苛刻了。这两种学习都不好。君子以自身之正，知道别人不正，根据别人不正，推知他身之不正。既用以正人，又反过来用以正己。这就能够少过错而成就大名了。以前韩非子指责荀子、杨子之的缺点，而韩非子的缺点，有甚于荀子、杨子。荀卿讥讽六子的毛病，而荀卿本人的毛病不下于六子。班固批评司马迁，以为司马迁的是非标准已经在圣人那里站不住脚，而范晔批评班固，以为班固眼睛能够看到毫毛般细微之处，却看不到自己的睫毛。从今天的眼光来看范晔，不晓得范晔的著作能逃得出他的眼睛与睫毛的论述不？或者逃不出？没有人来纠正他的观点。所以愿意听到有关上述几个人的得与失的观点。不是非要抒发高论显得比别人高明，取得讨论的胜利，大概是把儒者的以道相正作为乐趣啊。

苏轼注意到了学术上葆有自己的观点、与他人他说进行辩论的价值。他提醒学子们不要自我吹捧粉饰，不要只想到口舌上较出一个胜负，而是要学习真正的儒者，在学问道德上相互帮助。

三苏家风中平等讨论的风气，这一次被苏轼带到了考场。

苏轼下面这一个策问，题目是《师仁祖之忠厚，法神考之励精》，是用来录用史馆官员的。被考人将来一经录用，就称为皇帝秘书班子的成员。这次考试之后，黄庭坚、晁补之、张耒、毕仲游入选馆职。

问：《传》说："秦国的失败在于强大,周朝的失败在于弱小。"当年周公治理鲁国,亲近亲属并尊重在尊位的人,到了他的后代那里,就有渐渐衰微的忧患。姜太公治理齐地,推举贤人而奖励有功者,但到了后来的继任者那里,也发生了争夺权位的祸殃。亲近亲属、尊重在尊位的人,推举贤人而奖励有功者,这是上古三代共同拥有的传统。但是齐鲁推行它的时候,衰乱不能避免,这是什么缘故呢?我大宋承平百年,六位圣明的君主传续,治理方式不同,却是同归于仁政。现在朝廷想效法仁祖(即宋仁宗)的为政忠厚之风,又担心百官和有关机构不能承担其职分,以至于偷安苟且。想学习神考(即宋神宗)的励精图治,又恐怕监管部门和太守县令不明白其深意,以至于刻薄冷酷。要做到为政忠厚而不偷安苟且,励精图治而不刻薄冷酷,一定有办法啊。当年汉文帝为宽仁长者,就是朝廷之间,也以谈论人的过错为耻,却没有听说过有怠惰荒废不振作的问题。汉宣帝全面考核人才,务求名实相副,于是文学崇理循法之士,都能将自己的才能发挥到高水平,而没有听说有监督责问太过的过失。如何修炼、如何经营才可以达到这样的境界?请深入阐明其缘由,逐条列出可以操作的事情,以供采用抉择。

这次高级别的策问,引起了朱光庭、傅尧俞、王岩叟等人的大肆攻击,他们在攻击中把"偷"放在仁宗头上,把"刻"放在神宗的头上,然后嫁祸苏轼,宣称苏轼谤讪先朝,苏轼不得不为此进行了辩解。

攻击他的人在高太后出面的情况下,还继续攻击苏轼,苏轼觉得遭受这样无端的指责实在让人头疼,于是不断上章要求到地方为官,于是在元祐四年(1089)出知杭州。

以上列举了三个策问,这些问题的实际操作性很强,很难有什么标准的答案。大家可以把这五道策问题联系起来,放到一个统一的试卷里,这样就可以了解题量大小,苏轼时代的士子们的进士考试的难易程度是怎样的。

苏轼兄弟当年考试策问,要考五道策问题。该考试在第三场。

附录

策问一:

> 问:尧、舜、禹、周、孔之道行于天下,无一物而不由,无一日而不用,而佛、老之教常与之抗衡于世。世主之欲举而废之者屡矣,而终莫能,此岂无故而能然哉?诸生皆学道者,请推言其所以然,辩不可去之理,与虽不去而无害于世者,详著之于篇。

策问二:

> 问:大钱值十行于世,仅十年矣,物重而钱轻,私铸如云,百物踊贵,民病之久矣。朝廷知之,凡官府之积以数千万计,而民间之畜不可胜数。以民之不可易也,弃而不惜,十损其七。圣人仁民之意,可谓深矣。然窃意旧钱耗于盗铸,新钱在者十三,而公私百用大率如故。求所以善其后者,不可不预讲也。愿著之

于篇，有司将有采焉。

策问三：

问：古之作者，苟非圣人，皆有所偏。徇其偏则已流，废其长则已苛。二者皆非所谓善学也。君子以其身之正，知人之不正，以人之不正，知其身之有所未正也。既以正人，又反以正己。此所以寡过而成名也。昔者韩子论荀、杨之疵，而韩子之疵，有甚于荀、杨。荀卿讥六子之蔽，而荀卿之蔽不下于六子。班固之论子长也，以为是非谬于圣人，而范晔之论班固也，以为目见毫毛而不见睫。自今而观之，不知范氏之书，其果逃于目睫之论也欤？其未也？而莫或正之。故愿闻数子之得失。非务以相高而求胜，盖亦乐夫儒者之以道相正也。

策问四：

问：《传》曰："秦失之强，周失之弱。"昔周公治鲁，亲亲而尊尊，至其后世，有寖微之忧。太公治齐，举贤而上功，而其末流，亦有争夺之祸。夫亲亲而尊尊，举贤而上功，三代之所共也。而齐鲁行之，皆不免于衰乱，其故何哉？国家承平百年，六圣相授，为治不同，同归于仁。今朝廷欲师仁祖之忠厚，而患百官有司不举其职，或至于偷。欲法神考之励精，而恐监司守令不识其意，流入于刻。夫使忠厚而不偷，励精而不刻，亦必有道矣。昔汉文宽仁长者，至于朝廷之间，耻言人过，而不闻其有怠废不举之病。宣帝综核名实,至于文学理法之士,咸精其能,而不闻其有督责过甚之失。何修何营可以及此?愿深明所以然之故,而条具所当行之事,悉著于篇,以备采择。